바진 장편소설

집
家

家
Copyright ⓒ Ba Jin
Korean translation copyright ⓒ (publication year of Korean edition)
by Taurus Books
Korean translation rights arranged with SDX Joint Publishing Company
Through Imprima Korea.

이 책의 한국어판 저작권은 Imprima Korea를 통해 Li Xiao Lin과의 독점계약으로 황소자리 출판사에 있습니다. 저작권법에 의해 한국 내에서 보호를 받는 저작물이므로 무단전재와 무단복제를 금합니다.

바진 장편소설

家

가

1

박난영 옮김

황소자리

일러두기

- 이 책의 한국어판 번역에 사용된 중국어 판본은 중국 인민문학출판사에서 발행한 《家》로, 바진 선생 생전에 마지막으로 수정작업을 가한 판본이다.
- 본문에 사용된 중국어 지명 및 인명은 한글 맞춤법 표기원칙에 따르되 일부 오래된 명사는 한자 발음대로 표기했다.
- 원본 부록에 실린 여섯 편의 '작가의 말' 중 두 편만 골라 한국어판에 수록했다.

| 작가의 말 |*

　몇 해 전에 나는 눈물을 흘리면서 톨스토이의 소설 《부활》[1]을 끝까지 다 읽었다. 그리고 표지 안에 이렇게 썼다.
　"삶은, 비극이다."
　그러나 사실은 그렇지만도 않다. 삶은 비극이 아니라 '투쟁'이다. 우리는 무엇을 하려고 살고 있는가? 아니, 우리에게 생명이 있어야 할 까닭은 무엇인가? 로맹 롤랑은 이렇게 대답했다.
　"삶을 정복하기 위해서."[2]라고. 나는 그의 말이 맞다고 생각한다. 이 세상에 태어나 겨우 20여 년 간 살아왔으나 나는 이 짧은 세월을 헛되이 보내지 않으려 했다. 그동안 나는 적지 않은 사물을 목격했고, 많은 사실들을 알게 되었다. 내 주위는 끝없는 암흑으로 둘러싸

---
* 작가 바진이 《격류삼부곡》의 제1권으로 소설 《가家》를 출간하면서 쓴 글이다.
1) Louise Maude의 영역본이다.
2) 로맹 롤랑이 프랑스 대혁명에 관해 쓴 극본 《사랑과 죽음의 전쟁》을 보라.

여 있으나 나는 고독을 느끼거나 절망하지 않는다. 나는 어느 곳에서나 삶의 격류가 출렁거리며 험한 산과 바위들 사이를 지나 자신의 길을 창조하고 있는 것을 본다. 이 격류는 한시도 멈추지 않고 영원히 출렁이며 흐를 것이다. 어떤 힘도 그 흐름을 방해하지 못할 것이다. 그 격류 속에서 갖가지 물보라가 생겨날 것이며 그 안에는 사랑과 증오, 그리고 기쁨과 고통이 들어 있을 것이다. 이 모든 것이 소용돌이치는 격류가 되어 산을 떠밀 듯한 기세로 저 유일한 바다를 향해 나아가고 있다. 저 유일한 바다란 무엇이며 또 언제 그 물결이 바다로 흘러 들어갈 것인지 정확히 아는 사람은 아무도 없다.

다른 사람들과 마찬가지로 나도 삶을 정복하기 위해서 이 세상에 살고 있으며, 일찍이 이 '투쟁'에 뛰어들었다. 또한 나 자신도 사랑과 증오, 기쁨과 고통을 지니고 있다. 그러나 나는 나의 신념, 삶에 대한 나의 신념을 결코 잃지 않았다. 내 삶은 아직 종말을 고하지 않았으며 앞길에 무엇이 기다리고 있는지 나 자신도 모른다. 그러나 나는 장래에 대해 어떠한 신념을 가지고 있다. 왜냐하면 과거는 결코 침묵하는 벙어리가 아니며 그것은 우리에게 무언가를 알려주고 있기 때문이다.

여기서 내가 독자에게 보여주려는 것은 지나간 10여 년 간의 생활의 화폭이다. 물론 이것은 단지 삶의 조그만 한 부분이지만, 우리는 여기서 사랑과 증오, 기쁨과 고통으로 뒤엉켜 있는 생활의 격류가 어떻게 출렁이며 흐르는지를 볼 수 있다. 나는 설교자가 아니므로 명확하게 어떠한 길을 제시할 수는 없다. 그러나 독자 스스로 이 소설에서 그것을 볼 수는 있을 것이다.

어떤 사람은 길이란 원래 없었던 것인데 다니는 사람이 많아져서 길이 되었다 하고, 또 어떤 사람은 처음부터 길이 있었기 때문에 많은 사람이 다니게 된 것이라 한다. 누구의 말이 옳고 그른지 나는 판단하고 싶지 않다. 나는 아직 젊다. 나는 계속 살고자 하며 또한 삶을 정복하고자 한다.

나는 삶의 격류가 영원히 멈춤 없이 흐르리라는 걸 믿는다. 그 격류가 나를 싣고 어디로 가는지 나는 지켜보리라!

1931년 4월

바진巴金

| 초판 서문을 대신하며 |

나의 형님에게 올립니다

재작년 겨울이었습니다. 나는 형님에게 보내는 편지에서, 형님을 위해 장편소설 집필을 구상중인데 아직 이러저러한 일로 주저하는 중이라고 했었습니다. 그때 형님은 답장에서 나의 소설이 하루빨리 세상에 나오기를 기다린다고, 또 디킨즈의 《데이비드 커퍼필드》를 가장 애독했다며 나를 격려해주었습니다.

그런데 형님의 편지가 내 서랍 속에 일년 남짓 묵어 있도록 나는 붓을 들지 못했으니, 형님의 기다림을 짐작할 수 있습니다. 그러다가 작년 4월에야 비로소 나는 시보관時報館의 요청에 응해 집필을 시작했습니다. 그런데 이 소설의 첫 회가 지면에 실린 다음날, 나는 형님이 세상을 떴다는 전보를 받았습니다. 형님은 내 소설과 대면조차 하지 못했군요!

벌써 8~9년 전에 나는 형님이 언제든 자살할 것이란 말을 들은 바 있어 전혀 예견치 못한 바는 아니었으나, 형님이 이렇게 빨리 독약으로 스스로의 생애를 마감할 줄은 몰랐습니다.

서른 해 남짓의 생애, 하지만 그런 형님에게 청춘시절이 있었으리라고 나는 생각하지 않습니다. 서른 해의 비참한 나날들이 한낱 가치없는 희생으로 마감되었습니다. 어쩌면 형님은 숨을 거두기 직전까지도 그걸 깨닫지 못했을지 모릅니다.

형님은 아름다운 꿈을 가지고 있었으나 스스로 깨뜨려버렸고, 형님 앞의 밝은 길도 스스로 막아버렸습니다. 또 한때는 새로운 이상을 제시했으나 곧 그 '읍례揖禮철학'과 '무저항주의'로 스스로의 영혼을 마취시켰습니다. 한 소녀를 사랑했으나 아버지의 강요에 순종하여 다른 여인과 결혼했고, 아내를 그토록 사랑하면서도 남들의 헛소리에 굴종하여 해산을 앞둔 아내를 성 밖 황량한 곳으로 옮겨갔습니다. 형님은 불의를 보고도 눈물을 머금고 참을지언정 끝내 저항의 말 한 마디 하지 않았습니다. 형님은 생전에 남의 뜻에 따라 살았습니다. 남의 핍박에도 전혀 새로운 출구를 찾으려 하지 않고 그 심연으로 나아가다가 끝내 음독으로 생을 귀결지었습니다. 형님이 사내로서 마지막 몸부림으로 스스로 목숨을 끊었는지 아니면 앞으로 닥쳐올 더욱 고통스러운 삶이 두려워 죽었는지 나는 형님의 유서를 읽고 또 읽어도 알 수 없습니다. 그러나 어쨌든 형님은 사내로서의 모든 것을 잃었고 사랑하는 처자들에게도 고통스러운 삶을 남겼을 뿐입니다. 그리고 또 한 여인에게도(나는 당신이 나에게 어느 여인에 대한 사랑을 말한 바 있어, 그녀가 누군지는 모르나 그 여인의 존재만은 믿습니다. 그 사랑도 당신을 구원하지 못했으니 사랑이 인간의 삶에서 얼마나 무력한지를 짐작할 수 있을 듯 합니다).

만일 형님이 살아계셔서 나의 소설을 읽거나 형님이 떠난 후 사랑하는 여인이 겪는 참담함을 볼 수 있었다면 형님은 결연히 새 출구를 찾아 살아갈 수 있었을지 모릅니다. 하지만 이미 너무 늦었습니다. 지금 형님의 뼈는 땅 속에 묻혀 썩고 있을 것이므로.

그렇다고, 그처럼 연약하게 살다 갔다고 해서 내가 형님을 미워했던 것일까요? 아닙니다. 비록 지난 7~8년 사이 우리 둘의 생각에 거리가 있었고 또 이러저러한 문제로 우리 사이가 소원해지기는 했으나 그래도 나는 형님을 사랑했고 형님 역시 나를 사랑해주었습니다. 나는 지금도 여전히 형님을 사랑하고 있지만 이 사랑이 나에게 어떤 의미인지 형님은 알고 계시는지! 이 모든 것이 나에게는 영원히 지울 수 없는 괴로운 기억으로 남을 것입니다.

3년 전이라 기억합니다. 나를 보려고 상하이에 왔다가 쓰촨四川으로 돌아가던 날, 나는 형님을 배 위까지 배웅하고서 그 작은 선창의 더위에 쫓겨 배에서 내렸습니다. 그때 형님의 얼굴이 온통 눈물에 젖어 있어 우리는 아무 말도 나누지 못했습니다. 내가 막 강기슭에 오르려는데 형님은 나를 불러세웠습니다. 그리곤 선창으로 들어가 트렁크를 열었습니다. 나는 형님이 누군가에게 주려고 가져왔던 물건을 잊어서 그걸 지금 나에게 맡기려 하는 것이라 생각하며 형님의 건망증을 속으로 비웃었습니다.

그런데 뜻밖에도 형님이 울먹이는 목소리로 "어서 받아." 하며 나에게 내민 것은 한 장의 레코드판이었습니다. 그레이시 필즈Gracie Fields가 취입한 〈써니 보이Sonny Boy〉였지요. 내가 그 노래를 좋아하는 줄을 형님이 알고 선물한 것입니다. 형님도 그 노래를 좋아한다는 것을 알면서 선뜻 받기가 주저되었습니다. 그러나 내가 생각을 고쳐 그것을 받기로 한 것은 언제나 형님의 권고라면 듣지 않던 내가, 이별을 앞둔 마당에서까지 그걸 거절해서 형님을 상심케 할 수 없어서였습니다. 레코드판을 받아들고 나는 한 마디 말도 하지 않았습니다.

황푸 강의 풍랑에 흔들리며 미끄러져가는 쪽배 위에서 나는 항구에 켜진 전등불들을 바라보았고 내가 배웅한 형님을 회상했습니다. 내 가슴은 쓰라렸고 눈물을 모르던 눈에서 뜨거운 것이 흐르기 시작했습니다. 그때의 상봉이 젊디젊은 우리 형제의 마지막 만남일 줄이야 어찌 알았겠습니까. 그 레코드판은 내 서랍 속에 3년 동안 간수되다가 1·28사변의 희생물이 되었고 그 레코드판을 매만지던 형님의 두 손도 이젠 썩어 흙이 되었습니다.

나는 유서를 보며 형님이 얼마나 살기를 원했으며 죽음을 앞두고 얼마나 주저했는지 알았습니다. 당신은 유서를 세 번 썼다가 없애버렸습니다. 얼마나 삶에 미련이 남았는지, 당신이 사랑한 그 사람을 떠나기가 얼마나 힘겨웠는지, 죽음을 앞둔 그 순간에 생사와 얼마나 싸웠는지 짐작이 갑니다. 그러나 형님은 네 번째 유서를 썼고 스스로 생명을 마감해버렸습니다.

네 번째 유서에는 행간마다 삶에 대한 부르짖음이 담겨 있었습니다. 그때 형님은 스스로도 모르게 "나는 죽음을 원치 않는다."고 외쳤을 것입니다. 그러나 끝내 형님은 한낱 가치없는 희생물로 세상을 떠나버렸습니다.

나는 죽지 않을 것입니다. 계속 살아 붓을 들 것이며 쓰고 싶은 모든 것을 쓸 것입니다. 3년 전 형님이 상하이에 왔을 때 선물로 준 이 만년필로 나는 내 작품 《멸망》을 썼고 또 이 소설을 썼습니다. 이 만년필로 나는 영원히 형님을 기억할 것이며 형님을 부활시킬 것이며, 내가 어떻게 썩어가는 해골들을 밟고 나아가는지를 형님에게 보여줄 것입니다.

1932년 4월

바진

차례

작가의 말 5

초판 서문을 대신하며 9

눈보라 속의 두 형제 17
찾아온 손님 25
꿈꾸는 젊은 그들 32
운명의 조각배를 타고 46
새로운 삶을 찾아 54
기쁨도 슬픔도 없는 나날 63
사랑과 갈등 76
학생운동의 서곡 94
동맹휴학 106
매화꽃 향기 속에 119
금지된 외출 140

행복에 대한 열망 _____ 153
꽃과 시 _____ 169
옛사랑의 고백 _____ 183
가슴 속에 흐르는 물 _____ 202
운명의 그림자 _____ 221
불꽃놀이 _____ 234
고통 속의 축제 _____ 246
달빛 아래 뱃놀이 _____ 256
한밤중에 울린 포성 _____ 276
다시 만난 두 사람 _____ 297

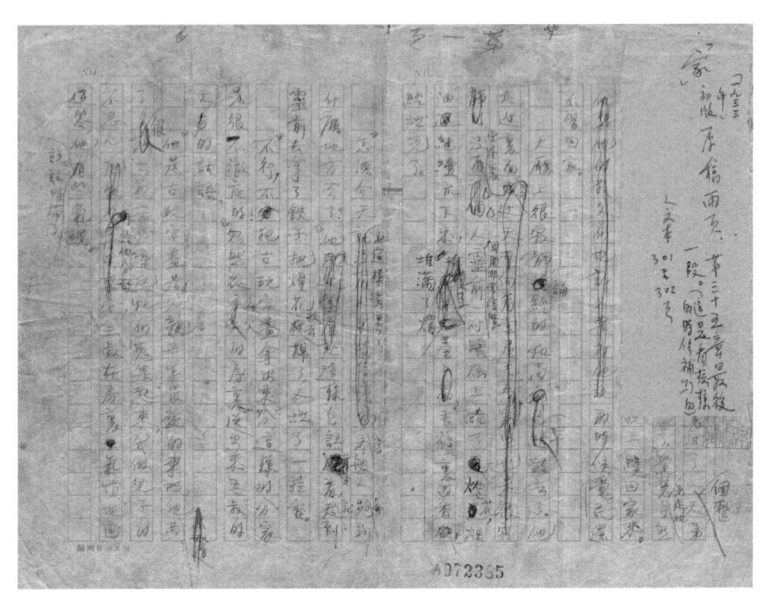

1933년 《가家》를 수정할 때 남긴 바진의 친필 원고.

눈보라 속의 두 형제

바람이 세차게 불었다. 찢겨진 솜 같은 눈송이가 허공에서 휘날리다가 목적도 없이 아무 데나 떨어지곤 했다. 길 양쪽 담장 밑에는 눈이 제법 쌓여 질척거리는 복판 길 양쪽에 마치 하얗고 넓은 장식천을 드리운 것 같았다.

거리에는 행인과 두 명이 메는 가마들이 다니고 있었는데 그들은 눈보라를 이기지 못하여 몸을 자꾸만 움츠렸다. 눈송이는 갈수록 많아져서 온 하늘을 새하얗게 뒤덮은 채 사방으로 떨어져내렸다. 우산 위에도, 가마 꼭대기에도, 가마꾼의 삿갓 위에도, 행인의 얼굴에도.

세찬 바람에 행인들의 우산은 마치 장난감처럼 이리저리 휘둘렸다. 간혹 사람의 손에서 떨어진 우산들이 길바닥을 굴렀다. 공중에서 처량하게 울부짖는 바람소리는 눈길 위의 발자국 소리와 한데 어울려 기괴한 음악처럼 들렸다. 그 음악은 눈보라가 이 세계를 영원히 지배할 것이며 아름다운 봄이 결코 다시는 돌아오지 않으리라고 경고하듯 행인의 귀를 아프게 찔렀다.

날은 이미 어둑어둑해졌으나 가로등은 아직 켜지지 않았다. 거리의 모든 것이 잿빛 어둠 속으로 사라지고 있었다. 거리는 온통 물과 진흙투성이고 대기는 매우 싸늘했다. 그 적막한 거리를 애써 걸어가는 행인들에게는 밝고 따뜻한 집이 유일한 희망이었다.

"쥬에후이覺慧야, 좀 빨리 걷자."

한 손으로 우산을 들고 다른 한 손으로는 솜두루마기의 아랫자락을 걷어쥔 18세의 젊은이가 말했다. 뒤를 돌아다보는 그의 둥근 얼굴은 얼어서 빨개졌으며 코에는 금테 안경이 걸려 있었다.

뒤에서 걷는 동생은 그와 비슷한 체격에 역시 같은 옷차림이었는데 나이가 약간 어려 보이고 얼굴도 좀 야위었다. 그러나 두 눈만은 반짝반짝 빛났다.

"괜찮아. 이제 거의 다 왔는데 뭐…. 형, 오늘 연습 성적은 형이 제일인 것 같아. 영어 발음도 자연스럽고 유창한 데다 리브세이 의사 연기가 아주 그럴듯하던데."

그는 열정적인 어조로 말하면서 걸음을 재촉했다. 흙탕물이 또 그의 바짓가랑이에 튀었다.

"뭘, 별거 아니야. 담이 좀 커졌을 뿐이지."

형 가오쥬에민高覺民은 웃음 띤 어조로 말하면서 걸음을 멈추고 동생 쥬에후이가 따라오기를 기다렸다.

"넌 담이 너무 작더라. 너의 '블랙독' 연기는 전혀 어울리지 않던

데. 어제는 그렇게 잘 외우던 대사를 무대에 올라가서는 어째서 외우지 못했지? 저우 선생님이 힌트를 주지 않았다면 넌 아마 다 외우지 못했을 거야." 형은 조금도 꾸짖는 기색 없이 부드럽게 말했다.

쥬에후이가 얼굴이 빨개지더니 초조한 듯 말했다.

"나는 무대에 서기만 하면 왠지 가슴이 두근거려. 내 대사를 한 자도 빠뜨리지 않고 다 하고 싶은데, 사람들의 시선이 다 나에게 쏠려 있는 것만 같아서…."

그때 바람이 휙 불어와 그의 우산을 마구 흔들어댔다. 그는 얼른 입을 다물고 우산대를 힘껏 붙잡았다. 바람은 곧 지나가버렸다. 길 가운데는 녹지 않은 눈 위에 다시 내린 눈이 쌓이고 또 쌓여 온통 교교한 은세계를 이루고 있었다. 그 위에 발자국들이 무수히 찍혀 있었는데 먼저 밟은 자리를 또 밟게 되어 새 발자국이 낡은 발자국을 지워버리곤 했다.

"대본 전체 대사를 한 마디도 빠짐없이 다 외우고 싶은데." 쥬에후이는 방금 중단했던 말을 다시 이었다.

"그런데 정작 입을 열면 죄다 잊어버리고 평소에 줄줄 외우던 구절까지도 생각이 나지 않는단 말야. 그래서 저우 선생님이 꼭 한두 마디씩 떼주어야 계속 할 수 있게 되니… 앞으로 정식 공연할 때도 그럴까 걱정이야. 만일 그때 가서도 이렇게 막힌다면 그야말로 망신이지!"

어린애같이 천진한 얼굴에 엄숙한 표정이 떠올랐다. 눈길을 걸어가는 발자국 소리가 사뿐사뿐 가볍게 울렸다.

"쥬에후이야, 걱정할 것 없어." 쥬에민이 위로했다.

"이제 두서너 번 더 연습하면 줄줄 외울 수 있을 거야. 마음을 크게 먹고 하면 돼…. 솔직히 말해서 저우 선생님이 각색한《보물섬》(영국 소설가 스티븐슨의 소설)은 그리 잘된 편이 아니야. 공연한다고 해도 별로 좋은 성과를 거두지 못할 거야."

쥬에후이는 형의 우애에 감격할 뿐 아무 말도 하지 못했다. 그는 어떻게 하면 연기를 잘해 내빈과 친구들의 칭찬을 받고 형을 기쁘게 해줄 수 있을지, 그 생각만 하고 있었다. 그런 생각에 잠겨 있노라니, 그는 자신이 점점 기이한 경지로 들어가고 있음을 느꼈다. 갑자기 눈앞에 있는 모든 것이 일변했다. 자기 앞에 보이는 것이 바로 '펜보대장'이라 불리우는 여관이고 그의 친구 벨이 거기 있었다. 유랑자의 기질을 지닌 블랙독, 그는 손가락 두 개를 잘리고, 많은 변고를 겪은 후에 마침내 벨의 종적을 찾게 되었다. 그의 마음은 복수의 환희와 까닭 모를 공포심으로 교차되었다. 그는 어떻게 벨을 만나고 그에게 무슨 말을 한지, 그가 자신을 배신해 보물을 감추어버리고 유랑자끼리의 신의를 저버리기까지 한 것을 어떻게 꾸짖어야 할지 생각해보았다. 이렇게 생각하니 평소에 외우고 있던 대본 속의 영어가 자연스럽게 머리에 떠올랐다. 그는 꿈에서 깨어난 것처럼 기쁨으로 가득 차 소리를 질렀다.

"형, 이제 알았어!"

쥬에민이 놀라서 그를 바라보며 물었다.

"무슨 일이 그렇게 기쁜 거니?"

"형, 난 이제야 연기를 잘할 수 있는 비결을 깨달았어." 쥬에후이는 소년답게 득의만만한 표정으로 웃으며 말했다.

"내가 '블랙독'이 된 것처럼 생각하니까 힘들여 고민하지 않아도 말이 저절로 나오는데."

"그래, 연극이란 바로 그래야 되는 거야." 쥬에민이 빙긋이 웃으며 말했다.

"네가 그 요령을 알았으니 이제는 틀림없이 성공할 서다. 이제 눈이 멎었으니 우산을 접자. 바람이 이렇게 센데 우산을 쓰고 있으면 오히려 더 힘이 들 거야."

이렇게 말하며 그는 눈을 털고 우산을 접었다. 쥬에후이도 우산을 접었다. 두 사람은 우산을 어깨에 메고 바짝 붙어선 채 나란히 걸었다.

눈은 완전히 멎었고, 바람은 차차 기세가 약해졌다. 단장 꼭대기와 지붕에 두텁게 쌓인 눈이 어슴푸레한 어둠 속에서 흰 빛을 발산하고 있었다. 검은색 대문이 달린 저택들 사이에 여기저기 끼어 있는 점포들의 휘황한 등불이 쓸쓸한 거리를 장식하며, 추운 겨울날 저녁에 다소나마 따뜻함과 빛을 던져주었다.

"쥬에후이야, 춥니?" 쥬에민이 문득 걱정스레 물었다.

"아니, 난 아주 훈훈해. 이야기를 하면서 걸으니까 전혀 추운지 모르겠어."

"그런데 왜 그렇게 떨고 있니?"

"너무 흥분해서 그래. 나는 흥분하기만 하면 이렇게 떨리고 심장이 몹시 펄떡이거든. 연극 생각만 하면 긴장이 돼. 사실은 말이지,

난 꼭 성공하고 싶어. 형, 유치하다고 비웃지 않겠지?" 쥬에후이는 말하면서 고개를 돌려 형을 흘끔 바라보았다.

"쥬에후이야." 쥬에민은 동생에게 연민의 시선을 보냈다.

"아니야, 전혀 그렇게 생각하지 않아. 나 역시 네가 잘해내기를 바라. 우린 모두 마찬가지야. 그래서 수업시간에 선생님의 칭찬을 들으면 아무리 짧은 말 한 마디에도 누구나 기뻐하게 되는 거야."

"그래, 형 말이 옳아."

동생은 형에게 바짝 더 다가갔다. 두 사람은 추위도 눈보라도 밤도 잊어버린 채 앞만 바라보며 함께 길을 걸었다.

"형, 형은 정말 좋은 사람이야." 쥬에후이는 천진한 미소를 띤 채 형을 바라보았다. 쥬에민도 고개를 돌려 쥬에후이의 반짝이는 눈을 바라보며 빙긋이 웃었다.

"너도 좋은 사람이야." 주위를 살펴보니 어느덧 집에 거의 다다랐다.

"쥬에후이야, 빨리 걷자. 저 모퉁이를 돌면 바로 집이구나."

쥬에후이는 고개를 끄덕였다. 그들은 걸음을 재촉하여 더욱 고요해진 거리에 들어섰다.

거리에는 가로등이 켜져 있었다. 네모난 유리덮개 안에서 가물거리는 동백기름 등불이 찬바람을 맞아 더욱 쓸쓸하게 보였다. 가로등 기둥의 그림자가 희미하게 눈 위에 누워 있었다. 어쩌다 거리를 지나는 몇몇 행인들은 총총 걸음으로 눈 위에 발자국을 남겨놓은 채 사라지곤 했다. 깊숙이 찍힌 발자국들은 움직일 생각도 않고 거기에서 피곤한 듯 잠을 자다가, 새로운 발자국들이 몸을 내리누를 때에야 비로소 가느다란 비명을 지르며 기괴한 모양으로 부서지곤 했다. 그래서 끝없이 이어진 그 하얀 거리에는 온전한 발자국은 하나도 없고, 온통 크고 작은 검은 구덩이들만 남았다.

칠흑 같은 어둠과 매한가지 색깔의 대문을 한 저택들이 찬바람 속에 조용히 늘어서 있었다. 문앞에는 언제까지나 침묵을 지키는 두 마리의 돌사자들이 꿇어앉아 있었다. 열려 있는 대문은 마치 괴상한 짐승의 아가리 같았다. 아무도 어두운 동굴과도 같은 그 안에 무엇이 들어 있는지 들여다볼 수 없었다. 각각의 저택은 오랜 세월 문패가 몇 번씩 바뀌는 동안 발설할 수 없는 비밀을 간직해오고 있었다. 대문은 흑칠이 벗겨지면 또다시 칠해지곤 했는데 이런 변화를 겪는다고 해서 저택의 비밀들이 외부 사람들에게까지 알려지지는 않았다.

거리의 가운데쯤 큰 저택 앞에 이르러 두 형제는 걸음을 멈추었다. 그들은 댓돌에 구두를 몇 번 문지르고 옷 위의 눈을 턴 다음, 우산을 들고 성큼성큼 안으로 들어갔다. 그들의 발자국 소리는 어느새 어두운 동굴 속으로 사라져버렸다. 대문 앞은 다시 종전처럼 고요해졌다. 그 저택도 다른 저택과 마찬가지로 문어귀에는 돌사자 한 쌍이, 처마 밑에는 커다란 붉은 초롱 한 쌍이 걸려 있었다. 다른 것이라면 문 앞 섬돌 아래에 돌로 만들어진 장방형의 큰 독 한 쌍이 더 놓여 있다는 것뿐이었다. 붉게 칠해진 대문 중앙에는 검은 예서 隸書체로 '국은가경, 인수년풍 國恩家慶, 人壽年豐'이라는 글자가 씌어진·주련柱聯(기둥이나 바람벽 따위에 장식으로 써서 붙이는 한시漢詩의 연구聯句)이 걸려 있었다. 대문은 안으로 열려 있었는데, 큰 칼을 쥐고 우뚝 서 있는 수문장의 채색 초상이 양쪽 문에 하나씩 그려져 있었다.

찾아온 손님

　바람은 멎었지만 대기는 여전히 싸늘했다. 밤이 왔으나 아직 짙은 어둠은 깔리지 않았다. 잿빛 하늘 아래 흰 눈 덮인 석판石板이 놓여 있었다. 널따란 뜨락은 눈으로 덮여 있었다. 정원 가운데에는 약간 도드라지게 네모난 돌을 깐 통로가, 길 양편에는 매화 화분이 몇 개 놓였는데 가지마다 눈이 수북이 쌓여 있었다.

　앞장서 걸어가던 쥬에민이 왼편 행랑채의 댓돌에 올라 막 문턱을 넘어서려 할 때, 왼쪽 윗채의 창 밑에서 한 소녀의 목소리가 들려왔다.

　"둘째 도련님, 셋째 도련님. 마침 잘 돌아오셨어요. 막 저녁식사를 드시는 참이었어요. 얼른 들어가세요. 안에는 손님도 와계세요."

　밍펑鳴鳳이라는 열여섯 된 하녀의 목소리였다. 길게 땋아내린 머리채에 남색 솜저고리가 호리호리한 몸매를 감싸고 있었다. 갸름한 얼굴은 복스러웠고 윤기가 돌았으며, 웃음을 띠고 말할 때에는 두 볼에 보조개가 들어갔다. 그녀는 맑은 두 눈을 반짝이며 천진스럽게 그들을 바라보았다. 쥬에후이가 뒤에서 소녀를 바라보며 빙그레 웃었다.

"그래, 우산을 갖다두고 곧 오지." 쥬에민은 큰 소리로 대답하고 그녀에게 눈도 돌리지 않은 채 성큼성큼 안으로 들어가버렸다.

"밍펑아, 어디서 온 손님이지?" 쥬에후이가 댓돌을 딛고 문턱에 올라서며 물었다.

"고모님하고 친퀸 아가씨예요. 어서 가보세요." 그녀는 곧 몸을 돌려 윗채로 갔다.

쥬에후이는 그녀의 뒷모습을 바라보며 빙그레 웃었다. 그는 그녀의 뒷모습이 윗채의 문 안으로 사라진 뒤에야 비로소 자기 방으로 들어갔다. 쥬에민이 마침 방에서 나오다가 말했다.

"너 밍펑과 무슨 이야기를 하고 있었니? 빨리 밥 먹으러 가자. 더 늦어지면 식사가 다 끝나버리겠구나." 쥬에민은 밖으로 나갔다.

"그럼 난 그냥 이대로 가겠어. 다행히 옷이 젖지 않았으니까 갈아입을 필요도 없고." 쥬에후이는 우산을 마룻바닥에 집어던지고 곧 도로 나왔다.

"넌 항상 이렇게 물건을 아무 데나 놓는구나. 몇 번 말해도 고치지 않으니, 참. 강산은 옮길 수 있어도 사람의 본성은 고치기 어렵다더니…."

쥬에민이 동생을 나무랐으나 여전히 웃는 낯이었다. 그는 다시 안으로 들어가서 우산을 집어들어 마룻바닥에 조심스럽게 펼쳐놓았다.

"할 수 없지 뭐." 쥬에후이는 문 밖에서 형의 모습을 물끄러미 바라보다가 웃으며 말했다.

"내 성질이 본래 그렇게 돼먹은걸. 날더러 빨리 가자고 재촉하더니 오히려 형이 더 시간을 끄네."

"넌 언제나 말 대답이로구나. 입으로는 널 못 당하겠다." 쥬에민이 웃으면서 걸어나왔다.

쥬에후이도 여전히 웃으면서 형의 뒤를 따라갔다. 그의 머리에 한 소녀의 모습이 떠올랐다. 그러나 윗채에 들어서자 새로운 정경이 펼쳐졌기 때문에 그 형상은 즉시 사라지고 말았다.

네모난 식탁에 여섯 사람이 둘러앉아 있었다. 상좌에는 계모 저우씨周氏와 고모인 장씨張氏 부인이 앉아 있고, 왼쪽에는 고종사촌 누이인 친과 형수 리우이쥬에李瑞珏가, 아랫쪽에는 큰형 쥬에신覺新과 누이동생 수화淑華가 앉아 있었으며, 오른쪽에 두 사람의 자리가 비어 있었다. 쥬에후이와 쥬에민은 고모에게 인사를 하고 친에게도 눈인사를 보낸 후 곧 비어 있는 자리에 앉았다. 행랑어멈 장씨가 얼른 두 공기의 밥을 담아왔다.

"오늘 왜 이렇게 늦었니? 고모님이 놀러오시지 않았다면 우린 벌써 밥을 다 먹었을 거야." 저우씨가 밥공기를 든 채 부드럽게 물었다.

"오늘 오후에 선생님이 연극 연습을 시켜서 조금 늦었어요." 쥬에민이 대답했다.

"방금 전까지도 눈이 쏟아지고 있었으니까 바깥은 몹시 춥겠지?

그래 가마를 타고 돌아왔니?" 장씨 부인이 인사치레로 물었다.

"아녜요, 걸어왔어요. 우리는 본래 가마 따위는 타지 않아요." 쥬에후이가 가마를 타고 왔느냐는 물음에 얼른 이렇게 대답했다.

"쥬에후이는 원래 가마 타는 것을 질색으로 알지요. 인도주의자니까요!" 쥬에신이 웃으며 해설을 덧붙이자 모두 웃음을 터뜨렸다.

"바깥은 그다지 춥지 않았어요. 바람도 벌써 멎었구요. 내내 이야기를 하고 오다보니 오히려 기분이 좋던데요." 쥬에민이 고모의 물음에 공손히 대답했다.

"둘째 오빠! 오늘 연습했다는 그 연극은 학예회 때 공연할 거지요? 오빠네 학교는 학예회가 언제 열려요?"

친이 쥬에민에게 물었다. 친은 쥬에민과 동갑이지만 친이 몇 달 늦게 태어났기 때문에 그를 오빠라고 불렀다. 친이란 그녀의 애칭이고 진짜 이름은 장원화張蘊華인데 가오高씨네 집 사람들은 그녀를 친이라고 부르길 좋아했다. 그녀는 가오씨네 일가친척들 중 제일 아름답고 활달한 아가씨로 '성립省立제일여자사범학교' 3학년 학생이다.

"아마 내년 봄학기 개학할 때쯤이겠지. 이번 학기는 일주일밖에 남지 않았으니까. 친은 언제부터 방학이지?" 쥬에민이 물었다.

"우리 학교는 지난 주일에 벌써 방학했어요. 듣자하니 운영자금이 부족해서 방학을 좀 일찍 했다나봐요." 친이 대답했다. 그녀는 이미 밥술을 놓은 상태였다.

"지금은 교육경비가 모두 군사비로 충당되고 있기 때문에 어느 학교나 가난하긴 마찬가지야. 하지만 우리 학교는 조금 다르지. 우리 교장이 외국인 교원과 계약을 맺을 때 수업을 하든 안 하든 월급을 계약대로 지불하기로 했으니 며칠 더 수업을 하는 게 오히려 이익이겠지…. 듣자니까 교장은 독군督軍(省의 최고 군사령관)과 좀 관계가 있다나봐. 그래서 돈을 타오는 데도 편리하다더군." 쥬에민이 덧붙여 말하고는 수저를 놓았다. 그러자 밍펑이 곧 물수건을 짜서 가져왔다.

"그거 괜찮군. 아무튼 공부만 할 수 있다면 다른 거야 상관할 것 없지." 쥬에신이 옆에서 한마디 거들었다.

"내 정신 좀 봐, 쟤들이 다니는 학교가 무슨 학교라고 했지?" 장씨 부인이 불현듯 자기 딸에게 물었다.

"엄마는 정말 기억력이 나빠요." 친이 미소를 지으며 대답했다.

"외국어 전문학교예요. 제가 전에 엄마한테 말씀드렸잖아요."

"네 말이 맞다. 난 이제 나이를 먹어서인지 기억력이 나빠졌어. 오늘은 마작을 하면서 한 번은 짝을 다 맞추어놓고도 그냥 넘겨버렸구나." 장씨 부인이 웃으며 말했다.

모두 수저를 내려놓고 얼굴을 닦고 나자 저우씨가 장씨 부인에게 "우리 이제 내 방에 들어가서 앉지."라고 말하면서 의자를 뒤로 밀고 일어섰다. 모두들 따라 일어나 옆방으로 들어갔다.

친이 뒤따라 나가자 쥬에민이 그녀에게 다가가서 나직이 말했다.

"친, 우리 학교에서는 내년 여름방학부터 여학생을 모집한대."

그녀가 놀라서 고개를 돌렸다. 더할 나위없이 기쁜 그 소식에 그녀의 얼굴은 환히 빛났고, 쥬에민의 얼굴을 바라보는 서글서글한 큰 눈이 유난히도 반짝였다.

"정말?" 그녀가 믿기지 않는다는 표정으로 물었다. 그녀는 쥬에민이 자기를 놀려주려는 게 아닌가 의심하는 듯했다.

"물론 정말이지. 내가 언제 거짓말한 적 있었어?" 쥬에민이 정색을 하고 옆에 서 있는 쥬에후이를 돌아보며 덧붙였다.

"믿기지 않거든 쥬에후이에게 물어봐!"

"난 믿어지지 않는다고 말하진 않았어요. 하지만 그런 좋은 소식을 너무 갑자기 들으니까…." 친이 흥분하여 웃음을 띤 채 말했다.

"그런 말이 있긴 하지만 실현될 수 있느냐가 문제지."

옆에 서 있던 쥬에후이가 말을 받았다.

"우리 쓰촨성四川省에는 지금껏 구도덕을 숭상하는 사람이 너무 많고, 그들의 세력이 매우 크니까 말이야. 그들은 틀림없이 이 일에 반대하고 나서겠지. 남녀공학이란 일생 동안 꿈도 꾸지 못한 것일 테니까!" 그가 분개하며 말했다.

"그것도 별로 큰 문제는 아니야. 우리 교장선생님이 결심만 하면 그만이니까." 쥬에민이 말했다. "그분은 만약 지원하는 여학생이 없으면 자기 부인을 제일 먼저 지원시키겠다고까지 했어."

"아녜요, 내가 제일 먼저 지원하겠어요!" 친이 마치 어떤 위대한 이상에 고무되기나 한 듯이 열정적으로 말했다.

"친아, 넌 왜 안 들어오니? 문 앞에 서서 무슨 이야기를 하고 있는 거냐?" 장씨 부인이 안에서 불렀다.

"고모한테 가서 우리 방에서 놀다오겠다고 말해. 내 그 이야기를 자세히 해줄 테니까." 쥬에민이 가만히 친에게 말했다.

친은 묵묵히 고개를 끄덕이고는 자기 어머니에게 달려가 어머니의 귀에다 대고 소곤거렸다.

"오냐, 하지만 너무 오래 있어서는 안 된다." 장씨 부인이 웃으면서 당부했다. 친은 고개를 끄덕이고는 윗채에서 나와 쥬에민 형제에게로 달려왔다. 그녀가 문을 나서자마자 마작패가 탁자 위에서 딸그락거리는 소리가 들렸다. 그녀는 자기 어머니가 적어도 마작을 네 판은 하리라는 걸 알고 있었다.

꿈꾸는 젊은 그들

"우리는 이번 학기에 《보물섬》을 다 끝내고 다음 학기부터는 톨스토이의 《부활》을 배울 모양이야." 쥬에민이 의기양양한 미소를 지으며 친에게 말했다. 그들은 윗채에서 나와 돌층계를 지나서 방으로 걸어갔다.

"다음 학기에는 우리 국어 선생님으로 우여우링吳又陵 선생을 초빙한다더군. 〈신청년新靑年〉에 '사람을 잡아먹는 예교'라는 글을 발표한 그분 말이야."

"우여우링 선생은 나도 알아요. 바로 그 '한 주먹으로 공가점孔家店(중국의 전통적인 유교를 숭상하는 유학파들을 胡適이 비난하는 뜻으로 가리킨 말)을 쳐부순 분' 말이죠. 오빠들은 정말 좋겠어요." 친이 상기된 채 부러운 듯 말했다.

"우리 학교 국어 선생님은 모두 청조 때 급제한 선비들이고 배우는 책이란 게 모두《고문관지古文觀止》따위예요. 영어도 그렇지요. 벌써 몇 해째 배우고 있지만 아직도《챔버의 영어독본》을 공부하는 정도예요. 언제나 그 낡아빠진 것들뿐이에요…. 나는 오빠네 학교에서 여학생 입학 금지령을 당장 취소했으면 좋겠어요"

"《챔버의 영어독본》도 좋은데 뭘 그래요? 우리나라에도 아마 그 번역본이 나왔지? 듣자니까《시인해이어詩人解頤語》인지 하는 이름으로 나온 데다 또 린치난林琴南의 손을 거친 모양이더군." 쥬에후이가 뒤에서 비웃으며 말했다.

친이 그를 돌아다보며 밉살스럽다는 듯 말했다. "쥬에후이는 언제나 농담밖에 몰라. 남은 진지하게 말하는데!"

"좋아, 그럼 난 다시는 입을 열지 않을 거야." 쥬에후이가 웃으며 대답했다.

"눌이 가서 실컷 이야기하라고." 그는 이렇게 한마디를 더 던지고는 일부러 걸음을 늦추어 쥬에민과 친을 방 안으로 들여보냈다. 그러고 자기는 문 밖에 남았다.

안채는 등불 빛이 희미했다. 좌우 양쪽의 윗채와 맞은편 아랫채에는 전등불이 밝게 켜져 있고, 왼쪽 윗채에서 마작하는 소리가 들려왔다. 사방에서 사람들의 말 소리가 웅얼거렸다. 정원은 새하얀 눈으로 그야말로 아름답고도 순결하게 장식되어 있었다. 머리를 들어 사방을 바라다보는 쥬에후이의 마음은 한껏 들떴다. 그는 마음껏 고함을 지르며 실컷 웃고 싶었다. 그를 에워싸고 있는 광활한 공간 속에서 그의 몸은 자유로울 뿐 아니라 아무것도 자신을 속박하거나 방해하지 못한다는 것을 과시하기나 하듯이 두 팔을 휘둘러보았다.

그는 자신이 출연할《보물섬》의 '블랙독'이 무대에 등장할 때 식탁을 두드리며 큰 소리로 여관 보이를 불러 물을 가져오라고 시키는 장면을 떠올렸다. 호기로운 기분이 불현듯 솟아올라 그는 무심결에 큰 소리로 외쳤다.

"밍펑아, 차를 석 잔 가져오거라!"

왼쪽 윗채에서 대답하는 소리가 났다. 몇 분 후 밍펑이 차 두 잔을 들고 윗채에서 나왔다.

"어째 두 잔뿐이냐? 내가 분명히 석 잔 가져오라고 했는데!" 그는 여전히 큰 소리로 물었다. 쥬에후이 앞까지 걸어왔던 밍펑은 큰 목소리에 화들짝 놀랐다. 손이 떨려서 차가 약간 쏟아졌다.

"저는 손이 둘뿐인 걸요." 그녀는 눈을 들어 쥬에후이를 바라보고는 방긋이 웃으며 말했다.

"어째서 쟁반에 담아가지고 오지는 못하니?" 그도 말하면서 웃었다.

"좋아, 이 두 잔은 친 아가씨와 둘째 도련님에게 갖다드려라." 그는 밍펑이 지나가도록 왼쪽으로 비켜서 문설주에 기대어섰다.

밍펑은 방에 들어갔다가 곧 나왔다. 발자국 소리가 나자 그는 일부러 두 다리를 쩍 벌리고 문 가운데 서서 밍펑을 가로막았다.

"도련님! 비켜주세요." 밍펑은 그의 뒤에 말없이 한참 서 있다가 겨우 조그맣게 말했다.

그는 못 들었는지 아니면 듣고도 못 들은 척하는지 여전히 꼼짝도 하지 않았다.

그녀는 비켜달라면서 마님이 일을 시킬 거라는 말을 덧붙였다. 그러나 그는 여전히 들은 체 만 체 돌부처처럼 문턱을 지키고 서 있었다.

"밍펑아, 밍펑아!" 윗채에서 부르는 소리가 났다. 그의 어머니 목소리였다.

"비켜주세요. 마님이 절 부르시잖아요." 밍펑이 뒤에서 나직한 소리로 애원했다. "늦으면 마님께 꾸중 들어요."

"꾸중 들으면 어때. 나한테 일이 있었다고 마님께 여쭈면 되지." 그는 웃으면서 담담하게 말했다.

"마님이 곧이듣지 않으세요. 마님 기분을 건드렸다간 손님이 돌아가신 후 한바탕 꾸중을 들을 거예요." 소녀의 목소리는 여전히 나지막하여 방 안의 사람들은 들을 수 없었다.

"밍펑아 밍펑아! 마님이 담배 한 대 담아오라고 부르신다!" 다른 소녀의 목소리가 들려왔다. 그의 여동생 수화였다.

쥬에후이가 한쪽으로 비켜 길을 내어주자 밍펑은 곧 달려나갔다.

"너 어디 갔댔니? 왜 부르는데도 대답을 안 해?" 그때 마침 윗채에서 나오던 수화가 밍펑을 보고 꾸짖으며 물었다.

"셋째 도련님께 차를 갖다드리느라고 그랬어요." 그녀는 고개를 숙이고 대답했다.

"차를 갖다 드리는데 무슨 시간이 그렇게 오래 걸리는 거냐, 응! 벙어리도 아니면서 왜 불러도 대답을 안 해?" 수화는 올해 겨우 열네 살인데도 마치 어른처럼 하녀를 꾸짖는 태도가 자연스러웠다.
"빨리 가봐, 마님께서 아시면 또 야단맞을 테니." 말을 마치자 그녀는 뒤돌아서 윗채로 돌아가고, 밍펑은 아무 소리 없이 그녀를 따라갔다.

수화의 한 마디 한 마디가 또렷하게 쥬에후이의 귀를 파고들어 채찍처럼 그의 머리를 후려갈겼다. 그의 얼굴은 갑자기 화끈거렸다. 그는 수치감을 느꼈다. 그 소녀가 들은 꾸지람은 모두 자신 탓이었다. 그리고 누이동생의 태도에도 반감이 일어났다. 그는 밍펑을 위해 몇 마디 변명이라도 해주고 싶었으나 무언가가 뒤에서 그를 제지하고 있었다. 그는 그 일이 자기와 아무 상관도 없는 듯 어둠 속에서 말없이 그 광경을 지켜보기만 했다.

그녀들은 그를 혼자 거기에 남겨두고 가버렸다. 한 소녀의 얼굴이 또다시 그의 눈앞에 떠올랐다. 그 소녀는 언제나 순종적일 뿐 아니라 원망할 줄도 모르며 자기의 쓰라림을 조금도 하소연하지 않았다. 큰 바다와도 같이 모든 것을 받아들이면서 그녀는 아무런 내색도 하지 않았다.

방 안에서 울려나오는 여자의 목소리가 때때로 그의 귀에 들려왔다. 그의 눈앞에는 또 다른 한 소녀의 얼굴이 떠올랐다. 역시 아름다운 얼굴이기는 하나 표정은 전혀 달랐다. 그것은 반항적이고 열렬하며 강인하여 어떤 일에나 굽힐 줄 모르는 표정이었다. 두 얼굴은 두 가지 삶을 대표하며, 두 가지 운명을 보여주고 있었다. 이 두 얼굴을 비교하는 동안 그는 후자의 얼굴에서 보다 많은 행복과 광명을 보았지만 그래도 어쩐지 전자에게 더 동정이 가고 마음이 쏠리는 걸 느꼈다.

그러면서 그의 눈앞에 그 얼굴이 더욱 크게 나타났다. 순종적이고 애원하는 듯한 그 표정이 마음을 더욱 끌어당겼다. 그 소녀에게 위안을 주고 싶었고 무언가를 해주고 싶었다. 그러나 그녀에게 줄 수 있는 것이 무엇인지 생각나지 않았다. 그는 무심결에 그 소녀의 운명에 대해 생각했다. 그는 그녀의 운명이 이 세상에 태어날 때부터 이미 정해져 있다는 것을 알고 있었다. 그녀와 같은 처지에 있는 많은 소녀들은 다 그러한 운명을 타고난 것이며 그녀 혼자만 예외가 될 수는 없었다. 여기까지 생각하자 그는 운명의 안배에 불공평함을 느꼈다. 그는 이 모든 사실들에 반항하고 그것을 변화시키고 싶었다. 잠시 후 그의 머리엔 기괴한 생각이 떠올랐다. 그러나 이내 그는 실소를 머금었다.

"있을 수 없는 일이지. 그건 불가능한 일이야!" 그는 혼자 중얼거렸다.

"가령 그런 일이 정말 가능하다면?" 그는 다시 자신에게 물었다. 그리고 그 후에 생길 여러 가지 결과들을 상상해보자 그의 용기는 그만 사라지고 말았다. 그는 다시 웃으면서 중얼거렸다. "정말 꿈이야! 꿈 같은 생각이야!"

그러나 꿈일 뿐이라고 아무리 생각해도 그에게 미련이 남았다. 그는 그 꿈을 즉시 지워버리고 싶지는 않은 듯 다시 희망을 품으며 한 가지 의문을 떠올렸다. '만일 밍펑이 친 누이와 같은 처지에 있다면 어떨까?" "그렇다면 물론 문제도 안 되지!" 그는 스스로 결연히 대답했다. 그러자 정말 그녀가 친과 같은 환경에 처해 있기나 한 것처럼 생각되었다. 자기와 그녀 사이의 모든 것도 아주 자연스럽고 합리적인 것처럼 여겨졌다.

그러나 잠시 후 그는 다시 웃기 시작했다. 그는 자신을 비웃으며 중얼거렸다. "내가 왜 이런 바보 같은 생각을 하고 있담! 이건 도무지 사랑이라 할 수도 없어. 장난에 불과할 뿐이야."

그러자 순종적인 표정을 띠고 있던 그 소녀의 모습은 점점 사라져버리고 반항적이고 열렬한 소녀의 얼굴이 다시 눈앞에 떠올랐다. 그러나 얼마 안 되어 그 얼굴도 사라져버리고 말았다.

"흉노도 멸망시키지 못했거늘 어찌 집 생각을 할 쏘냐?"

그는 이 진부한 말귀를 평소에는 그리 좋아하지 않았으나 이때만은 그것이 모든 문제를 해결해주는 제일 적절한 말인 것처럼 생각되었다. 그래서 그는 비분강개한 어조로 그 구절을 소리내어 읊었다. 여기서 '흉노'라는 말은 외적을 가리키는 것이 아니었다. 더욱이 정말 자신이 총칼을 들고 싸움터에 나가서 외적을 죽여버리겠다는 생각도 아니었다. 다만 명색이 '사내 대장부'로서 마땅히 집을 버리고 사회에 나가 비범한 일을 해보아야겠다고 생각했을 따름이었다. 그런데 그 일이라는 것이 도대체 무엇일지에 대해서는 그 자신도 막연하기만 했다. 아무튼 그는 그 구절을 읊으며 방 안으로 들어갔다.

"저것 좀 봐, 쥬에후이가 또 발광하기 시작했어!"

방 안의 책상 옆에 서 있던 쥬에민이 책상 앞 등의자에 앉아 있는 친과 이야기를 하다가 쥬에후이의 목소리가 들려오자 고개를 들었다. 그는 쥬에후이를 바라보며 웃음 띤 어조로 친에게 말했다. 친도 고개를 들어 쥬에후이를 바라보며 비웃듯이 쥬에민에게 대답했다.

"오빤 쥬에후이가 영웅인 줄 모르셨어요?"

"아마도 '블랙독'이겠지. 블랙독도 영웅이니까!" 쥬에민이 웃으며 말하자 친도 웃었다.

쥬에후이는 그들이 조롱하는 바람에 좀 화가 나서 정색을 하고 대답했다.

"어쨌든 블랙독이 리브세이 의사보다는 낫지. 리브세이 의사는 신사에 불과하니까."

"그건 무슨 뜻이냐?" 쥬에민은 의외라는 듯 물었다.

"너도 장차 신사가 될 게 아니냐?"

"그렇지, 그렇고 말고." 쥬에후이가 분개했다.

"할아버지도 신사였고 아버지도 신사였으니 우리도 신사가 되어야 한단 말이지요?" 그는 형의 대답을 기다리는 듯이 곧 입을 다물었다.

쥬에민은 처음엔 동생과 농담 삼아 말했을 뿐이다. 그러나 쥬에후이가 정색을 하고 대들자 그를 타이를 말을 찾으려고 애썼으나 선뜻 적당한 말이 생각나지 않았다. 친은 옆에서 아무 말 없이 그들을 바라보고 있었다.

"이젠 충분해. 난 이런 생활은 할 만큼 했어." 쥬에후이가 말을 이었다. 그는 말을 할수록 흥분하여 얼굴까지 붉어졌다.

"큰형은 왜 항상 한숨만 내쉬는 거지요? 이런 양반집 생활을 배겨낼 수가 없고 이런 양반의 가정에서 부질없이 속을 태울 수밖에 없기 때문이 아니에요? 이건 형이나 누이도 알거요…. 이 큰 집안이 아직 5대에도 이르지 못하고 4대에 불과한데 이 모양이니. 분명 한 집 식구이면서도 날마다 서로 물고 뜯고 하니… 사실상 우리는 재산 때문에 옥신각신 하는 것뿐이지 않아요?"

여기까지 말하자 그는 더욱더 화가 치밀어올랐다. 할 말이 많은 것 같은데도 무언가 목구멍을 가로막는 것처럼 말이 나오지 않았다. 사실 그를 화나게 한 것은 그의 형이 아니라 다른 데에 원인이 있었다. 그것은 바로 순종적인 표정을 지닌 그 소녀의 얼굴 때문이었다. 그는 그녀와 가까워질 수 있으리라 생각했었다. 그런데 불행히도 그들 사이엔 양반 가정이라는 무형의 장벽이 가로놓여 있었다. 바로 그 양반 가정이 그가 원하는 일을 가로막고 있기 때문에 그는 그것을 더욱 증오하게 되었다.

쥬에민은 동생의 상기된 얼굴과 유난히도 반짝이는 두 눈을 바라보았다. 그는 동생에게 다가가 손을 잡고 어깨를 두드리며 감격한 어조로 말했다.

"내가 농담을 하지 말았어야 하는데. 네가 옳다. 너의 고통이 곧 나의 고통이다. 우리 형제는 영원히 같은 처지에 있게 될 거야…." 그는 쥬에후이의 머릿속에 다른 한 소녀의 얼굴이 떠오르고 있다는 사실을 아직 몰랐다.

쥬에후이는 형의 말을 듣자 이내 화가 가라앉았다. 그는 말없이 고개를 끄덕였다.

"쥬에후이, 나도 농담을 하지 말았어야 했는데. 나도 영원히 함께 있을게. 나는 더욱 용감히 싸워야 될 처지야. 내 처지는 더욱 곤란하니까." 친도 감동하여 일어서며 말해다.

그들 형제는 그녀를 바라보았다. 그녀의 아름다운 큰 눈은 우수에 잠겨 있었다. 무언가가 그녀의 눈에서 꿈틀거리는 듯했다. 평소의 활발하던 모습은 보이지 않고 골똘히 생각에 잠긴 우울한 표정이 그녀 내심의 격투를 말해주고 있었다. 그녀의 그런 표정을 처음 보았으나 그들은 무엇이 그녀를 괴롭히는지 알 수 있었다. 그녀가 그들보다 더 어려운 처지에 있다는 것은 옳은 말이었다. 수심에 잠긴 그녀의 표정은 자주 보지 못하던 것이었기 때문에 늘 쾌활하던 평소 모습보다 더욱 사람의 마음을 움직였다. 그때 그들에게는 이 소녀의 희망을 하루 빨리 실현시키기 위해서라면 자신들의 모든 것을 희생해도 좋다는 마음뿐이었다. 다만 구체적 방법이 있는 것이 아니라, 당연히 해야 될 일이라고 느꼈을 뿐이다.

그들은 자신의 고뇌를 말끔히 잊어버리고 오로지 친의 일만을 생각했다.

"친, 걱정할 것 없어. 우리가 방법을 생각할 테니까 안심해. '마음만 먹으면 못할 일이 없다'는 말을 난 언제나 믿고 있어. 우리가 전에 학교에 들어갈 때 일을 생각해봐. 할아버지가 처음에는 극구 반대하시지 않았니? 그렇지만 결국은 우리가 승리 했잖아." 쥬에민이 입을 열었다.

친은 두세 발자국 뒤로 물러서서 한 손으로는 책상을 짚고 다른 한 손으로는 이마를 짚으면서 몸을 책상 위에 기댔다. 그녀는 꿈에서 깨어나기라도 한 것처럼 그들을 멍하니 바라보았다.

"누나, 형 말이 옳으니 마음 푹 놓아요." 쥬에후이도 진심으로 말했다.

"학과 공부만 잘해요. 특히 영어 공부를 잘해서 '외전外傳' 시험에만 합격하면 다른 문제는 자연히 해결될 거요."

"나도 그렇게 되기를 바라. 어머니는 틀림없이 승낙하실 테니 문제가 안 되고 할머니가 반대하실 것 같아서 그렇지. 그리고 친척들도 수군댈 거야. 우선 이 집에서도 오빠와 쥬에후이 두 사람을 제외하고 다른 사람은 모두 반대할 테지." 친은 머리를 가볍게 쓰다듬으며 방긋이 웃었으나 여전히 걱정스러운 듯이 말했다.

"이게 그네들과 무슨 관계가 있어? 누나가 공부하는 건 자신의 일이고, 더군다나 누나는 우리 집안 사람도 아닌데, 뭘." 쥬에후이가 까닭을 알 수 없다는 듯 분개하는 어조로 말했다.

"나를 제일사범학교에 보냈다고 해서 어머니가 얼마나 빈정거림을 받았는지 오빠들은 모를 거예요. 저렇게 다 큰 계집애가 날마다 거리를 쏘다니면 남들이 어떻게 보겠냐며, 양갓집 규수로서의 규범을 잃었다고 친척들이 수군거렸다나요. 다섯째 외숙모님은 작년에 대놓고 나를 비웃었어요. 그때 나는 아무렇지도 않았지만 어머니는 무척 속을 태우셨지요. 어머니는 일반 사람들보다는 좀 개명한 편이지만 개명한들 얼마나 했겠어요? 어머니 역시 낡은 생각에 포박되어 계시지요. 어머니가 친척들의 비난에도 불구하고 그런 책임을 짊어지려고 했던 것은 나를 사랑하시기 때문이지, 학교에 다니는 것이 옳은 일이라고 생각해서 그런 것은 결코 아니었어요…. 학교에 다니는 것만도 이미 충분한데 게다가 남자 학교에 들어가서 남학생과 함께 공부한다고 해봐요. 우리 친척들 가운데 누가 감히 그 일이 옳다고 말하겠어요?" 친은 말할수록 흥분하여 몸을 곧추세웠다. 그녀는 무슨 대답을 얻으려는 듯 반짝이는 눈으로 쥬에민을 바라보았다.

"큰형은 반대하지 않을 거야!" 쥬에민이 무심결에 한마디 했다.

"큰오빠 한 분 더 동의한다고 무슨 소용이 있겠어요? 큰외숙모는 반대하실 거예요. 그리고 넷째 외숙모, 다섯째 외숙모에게는 이야깃거리가 생기게 될 거구요." 친이 계속 말했다.

"그네들이 뭐라고 말하든 상관할 것 없잖아?" 쥬에후이가 말을 이었다.

"그런 사람들이야 배불리 먹고 하루 종일 할 일이 없으니까 이게 어떠니 저게 어떠니 떠들 수밖에! 가령 누나가 아무 일도 하지 않고 가만히 있다 해도 무슨 흠이든지 만들어낼 거요. 어쨌든 그네들의 입은 막아낼 방법이 없어요. 이러나 저러나 그들은 쑥덕거릴 테니까 못 들은 척하고 그냥 내버려두는 것이 상책이죠."

"쥬에후이 말이 맞아. 친, 그런 말들에 신경쓸 것 없어." 쥬에민이 격려하듯 말했다.

"나도 이제 결심했어요." 친의 눈이 갑자기 밝아지며 여느 때처럼 활발하고 굳센 표정을 회복했다. 그녀는 힘 있는 어조로 말했다.

"어떤 개혁이든 성공하려면 그 대가로 커다란 희생을 치러야 된다는 건 나도 알고 있어요. 이제 내가 그 희생물이 되겠어요."

"그런 결심이 섰으니 반드시 성공할 거야." 쥬에민이 그녀를 위로하며 말했다.

"성공 여부는 둘째 문제에 불과해요. 그것과는 관계 없이 나는 해보겠어요." 친은 미소를 지으며 여전히 힘 있는 어조로 말했다.

쥬에민 형제는 감탄하는 눈으로 그녀를 바라보았다. 옆방에서 9시를 알리는 괘종 소리가 울려나왔다.

"난 가야겠어요. 마작도 이제는 네 판이 끝났을 거예요." 친이 머리카락을 쓰다듬어 올리며 말했다.

"시간 있으면 우리 집에 놀러들 오세요. 난 하루 종일 무척 적적하니까." 밖으로 나가면서 그녀가 고개를 돌려 웃는 얼굴로 인사를 했다.

"그래." 두 사람은 동시에 대답했다. 그녀를 문 밖까지 배웅한 그들은 그녀의 뒷모습이 윗채로 사라진 후에야 돌아왔다.

"친은 정말 용감한 여자야." 쥬에민이 무의식중에 찬탄을 금치 못하듯 말했다.

"친처럼 활발한 여자에게도 역시 자기의 고통이 있었구나. 정말 뜻밖이야." 잠시 환상에 잠겨 있던 그가 불쑥 말했다.

"사람은 누구나 자신의 고통을 가지고 있는 법이지. 나에게도 고통이 있으니까." 쥬에후이는 마치 하고 싶지 않은 말을 하기나 한 듯이 말끝을 흐려버렸다.

"네게도 괴로움이 있다고? 무슨 괴로움이 있니?" 쥬에민이 놀라서 물었다.

"아니야, 그냥 해본 말이야." 쥬에후이는 얼굴을 붉히며 얼른 당황한 어조로 얼버무렸다.

쥬에민은 아무 말 없이 의아한 시선으로 동생을 바라보기만 했다.

"고모 마님의 가마를 들이세요!" 밖에서 말 소리가 들려왔다. 그것은 밍펑의 맑은 목소리었다.

"고모 마님의 가마를 들이라신다!" 중년 하인 위안성의 목소리가 뒤이어 울렸다. 몇 분이 지나자 중문이 열리고 두 가마꾼이 빈 가마를 들고 들어와 안채 문앞 섬돌 위에 내려놓았다.

거리에는 징 소리가 울리고 있었다. 이경(밤 10시 전후)을 알리는 무겁고도 쓸쓸한 징 소리였다.

운명의 조각배를 타고

밤은 쥐죽은 듯 고요했다. 어둠이 그 큰 저택을 지배하고 있었다. 전등불이 꺼질 때 울리던 처량한 소리가 아직도 공중에서 은은하게 여음을 남기고 있었다. 소리는 나지막했지만 집안 구석까지 그 가늘고 슬픈 소리가 울리지 않는 데라곤 없었다. 기쁨의 시간은 지나가고 이제는 비애에 잠길 시간이었다.

사람들은 낮에 썼던 가면을 벗어버리고 자리에 누워 각자 오늘 하루의 일을 결산해보았다. 자기들의 마음속을 열고 영혼의 한 구석을 꺼내어 그 은밀하고 신비한 구석을 더듬어보았다. 그들은 오늘 하루의 낭비, 오늘 하루의 손길, 그리고 오늘 하루의 괴로운 생활로 인해 후회하고 슬퍼했다. 물론 득의만만한 사람들도 다소 있겠지만, 그들은 만족스럽게 이미 잠들어버렸다. 나머지 불행한 사람들, 실망에 빠진 사람들만이 차디찬 이불 속에서 자신의 운명을 한탄하고 있는 것이다. 낮이건 밤이건 세상에는 서로 다른 두 모습이 서로 다른 두 종류의 사람을 위하여 존재했다.

하녀들의 방에서는 희미한 등불이 어슴푸레 비치고 있었다. 심지가 낮은 큼직한 불똥이 옆으로 늘어져 찌륵찌륵 소리를 내며 방 안을 더욱 괴괴하게 만들었다. 오른쪽 두 나무침대에는 이 집의 장손 하이천海臣의 시중을 드는 30세 가량의 허씨와 큰마님의 시중을 드는 장씨가 자고 있는데 이따금 큰 소리로 코를 골곤 했다. 왼쪽에도 같은 모양의 나무침대가 하나 있는데 머리가 반백이 된 황씨 어멈이 잠들어 있었다. 그보다 좀 작은 침대에는 열여섯 살 먹은 하녀 밍펑이 침대 가에 앉아 멍하니 불꽃을 바라보았다.

이치대로라면, 온종일 고된 일을 했고 마님과 아가씨들이 모두 잠이 들어 잠시나마 자기 몸의 자유를 회복했으니 일찌감치 잠들어야 마땅했다. 그러나 요즈음 들어 밍펑은 이 자유로운 시간을 유달리 소중히 여기게 되었다. 그녀는 그 자유를 마음껏 누리고 싶었고, 소홀히 놓쳐버리기 싫어 일찍 잠들 수 없었다. 그녀는 밤이 되면 온갖 생각과 회상에 잠기곤 했다. 온종일 귀청을 울리던 명령과 꾸짖음도 말끔히 사라져버리고 그녀를 못 살게 구는 이가 아무도 없는, 이 얻기 어려운 '한가로운 시간'을 제 마음대로 보내고 싶었다.

그녀도 다른 사람과 마찬가지로 날이 밝으면 가면을 쓰고 바삐 돌아다니며 억지 웃음을 지어야 하지만 이때만은, 즉 요즈음 들어 부쩍 보물처럼 소중히 여기게 된 이 자유로운 시간에는 가면을 벗어던지고 속마음을 열어 자신의 '영혼의 한 구석'을 들추어보곤 했다.

'내가 이 집에 온 지도 7년이 되었구나.' 맨 먼저 떠오르는 바로 이 생각이 요즘 들어 자주 그녀를 괴롭혔다. '7년이란 역시 긴 세월이지!' 그녀는 7년이란 세월이 이렇게 평탄하게 지나간 것이 이상하게 여겨졌다. 그동안 수없이 눈물을 흘렸고 많은 매를 맞았고 무수한 욕을 얻어먹었다. 눈물과 매와 욕은 아주 일상적인 것으로서 이미 그녀 생활의 일부분이 되어버린 지 오래였다. 그녀도 물론 이 모든 것이 싫었지만 피치 못할 것이기에 참고 견디는 수밖에 없었다. 세상의 모든 것은 전지전능하시고 만사에 영험한 하느님이 정해준 것으로 자기가 이런 처지에 놓인 것 역시 타고난 팔자라 여겼다. 그것은 곧 그녀의 단순한 믿음이었으며 다른 사람들의 말이기도 했다.

하지만 그녀의 마음속에는 다른 무엇인가가 요동을 치고 있었다. 자신조차 깨닫지 못하는 사이에 무언가 차츰 움트기 시작하여 애타는 희망을 불러 일으키고 있었던 것이다.

'내가 이 집에 온지도 벌써 7년이 지났고 이제 곧 여덟 번째 해를 맞게 되는구나!' 그녀는 불현듯 삶이 무미건조하게 느껴져 가슴이 아팠다. 그리고 이런 처지에 놓인 자기의 운명이 슬퍼졌다. '큰아가씨가 살아계실 때는 늘 나에게 나의 운명이 어떠리라는 말을 해주곤 했지만 이젠 나의 운명이 어찌 될지 도무지 알 수가 없구나.' 그녀의 눈앞에는 아득한 황야뿐 빛이라곤 전혀 보이지 않았다. 눈앞에 하나의 낯익은 얼굴이 어른거렸다. "큰아가씨가 살아계실 땐 그래도 나를 생각해주는 사람이 있었는데… 아가씨는 나에게 많은 것을 알려주셨고 글도 가르쳐주셨지. 지금은 세상을 떠나셨으니 정말 가련도 하시지. 좋은 사람은 오래 살지 못하나봐!" 중얼거리는 그녀의 눈엔 어느새 눈물이 맺혔다.

"이런 삶을 아직도 얼마나 더 계속해야 할까?" 그녀는 슬퍼하며 자신에게 물었다. 지난날의 정경들이 두려움과 함께 되살아났다. 그녀의 기억은 이렇게 시작되었다. 7년 전, 역시 눈이 내리던 날이었다.

한 험상궂게 생긴 중년 부인이 아내를 잃은 그녀의 아버지로부터 그녀를 이 저택에 데려왔다. 그때부터 심부름과 고된 일과 눈물과 매운 욕이 꼬리를 물고 그녀를 덮쳤다. 이 모든 것이 그녀 삶의 중요한 부분이 되어버렸다. 삶은 평범했고 끝없이 단조로웠다. 그동안 그녀도 동년배의 다른 소녀들과 마찬가지로 아름다운 꿈을 꾸어보기도 했으나 이런 꿈들은 순식간에 지나가버렸다. 냉혹하고 무정한 현실이 영원처럼 그녀 앞에 버티고 서 있었다. 그녀가 시중을 들고 있는 아가씨들이 누리는 것처럼 그녀도 훌륭한 노리개, 화려한 의복, 맛있는 음식과 포근한 잠자리를 꿈꾸어보기도 했다. 그러나 세월은 그녀에게 끊임없는 고통만 가져다주었을 뿐 새로운 것이라곤 아무것도 맛보지 못한 채 흘러가버렸다. 심지어 그녀는 새로운 희망마저 잃게 되었다.

"운명이야, 모든 것이 다 운명적으로 정해진 거야." 그녀는 매를 맞고 꾸중을 듣던 일을 회상하며 이런 말로 자신을 위안했다. '내 운명이 아가씨들과 같다면 얼마나 좋을까?' 그녀는 다시 이런 생각을 하며 환상에 잠겼다. 예쁜 옷을 입고 부모님의 총애와 도련님들의 숭배를 받으며… 그러다가 어떤 잘생긴 도련님에게 시집을 가고 그의 집에서 행복한 삶을 누리는 광경을 상상했다.
 '있을 수 없어, 정말 어리석은 생각일 뿐이야.' 그녀는 자기를 책망하듯 서글픈 미소를 지었다. '나의 운명은 결코 그렇지 못할 거야!' 생각이 여기까지 미치자 그녀의 얼굴에서는 웃음이 사라졌다. 그녀는 자신의 운명이 절대로 그렇게 바뀔 수 없다는 것을 똑똑히 알고 있었다. 현실은 이러할 것이다. 시집갈 나이가 되면 마님은 '이젠 너도 네 할 일은 다 했으니까'라고 할 것이고 그 다음에 마님이 골라준 어느 남자에게, 어쩌면 30~40대쯤 되는 사내에게로 조그만 가마에 실려 시집을 가게 될지도 모른다. 그러면 그 사람의 집에 가서 그 사람에게 일을 해주고 그 사람의 아이를 낳으며 가난 속에 살아가게 될 것이다. 혹은 어쩌면 10여 일쯤 지나서 다시 이 저택으로 돌아와 옛 주인을 섬기게 될지도 모른다. 그때 가서 지금보다 좀 나아진다면 몇 푼 안 되지만 그래도 일한 품삯을 받게 될 것이고 또 늘 듣던 꾸지람이나 면할 것이다. '다섯째 마님의 하녀 시얼喜兒이 바로 그렇지 않은가?' 그녀는 이런 생각들을 하고 있었다.
 '정말 소름끼치는 일이야, 이러한 팔자라면 차라리 팔자가 없는 게 낫지 않아?' 자신의 앞날을 생각하자 그녀는 자신도 모르게 소름이 끼쳤다. 그녀는 시집을 갔다가 되돌아온 시얼을 생각했다. 땋아 드리웠던 머리를 쪽진 채 시얼은 늘 홀로 꽃밭 한 모퉁이에 가서 눈물을 흘리곤 했다. 시얼은 이따금 남편이 자신을 어떻게 천대했는가를 사람들에게 하소연하는 일도 있었다. 그 모든 것은 밍평에게 있어서 자신의 불행한 운명을 암시해주는 데 불과한 것이었다.

"차라리 큰아가씨처럼 죽어버리는 게 나아." 그녀는 슬프게 탄식했다. 주위의 어둠이 그녀를 엄습해왔다. 등불은 불똥이 커짐에 따라 더욱 희미해졌다. 맞은편 침대에서 잠든 장씨와 허씨의 코 고는 소리가 고막을 울렸다. 그녀는 마지못해 일어나서 심지를 돋우고 불똥을 털어내었다. 그러자 방 안이 훨씬 환해지고 마음도 좀 풀리는 것 같았다. 뚱뚱한 장씨는 모로 누워 이불을 잔뜩 뒤집이쓰고 헝클어진 머리와 얼굴만 약간 내놓은 채 잠들어 있었다. 숨이 넘어가는 듯한 코고는 소리가 이불 속에서 새어나왔다. "무슨 잠을 저렇게 정신없이 잔담!" 밍펑은 이렇게 중얼거리며 씁쓸히 웃었다.

그러나 그 웃음도 가슴을 내리누르는 그녀의 무거운 시름을 덜어주지는 못했다. 여전히 어둠은 곳곳에서 그녀를 덮쳐왔다. 어둠 속 여기저기에서 징그러운 웃음을 띤 얼굴들이 어렴풋이 나타났다. 그 얼굴들은 성난 얼굴로 다가와 그녀에게 욕설을 퍼부었다. 그녀는 무서워서 손으로 눈을 가리고 주저앉아버렸다.

밖에서는 바람이 포효하며 창문을 세차게 뒤흔들었다. 창살에 붙은 문풍지가 처량하게 울어댔다. 찬 기운이 종이 창문 틈새로 스며들어와 방 안 공기는 삽시간에 싸늘해졌다. 찬 공기에 등불도 떨고 있었다. 한기가 옷소매를 통해 그녀의 몸 깊숙이 스며들었다. 그녀는 오싹 몸서리를 치고 손을 내리면서 다시 한 번 사방을 휘둘러보았다.

"흥, 넷째 마님만 믿고 사람 놀리지 마!" 허씨가 맞은편 침대에서 불쑥 소리쳤다. 밍펑은 깜짝 놀라 목을 내밀고 바라보았다. 허씨는 몸을 한 번 뒤척이더니 고개를 안으로 밀어넣고 잠잠해졌다.
"잠이나 자자." 밍펑은 한숨을 내쉬며 힘없이 중얼거리고는 저고리 단추를 끌렀다. 웃옷을 다 벗고 속옷만 남자, 앞가슴의 부드러운 살이 적삼 위로 볼록하게 도드라졌다.
'이제 나이도 어리지 않은데. 앞으로 내 운명은 도대체 어떻게 될까?' 이런 생각이 들자 그녀는 또 비탄에 빠졌다. 불현듯 한 젊은 남자의 얼굴이 그녀의 눈앞에 아른거렸다. 그는 자기를 보며 웃는 듯했다. 그녀는 그가 누구인지 잘 알고 있었다. 금세 마음이 활짝 열리는 듯하며 한 가닥 희망이 그녀의 마음을 따뜻하게 덥혀주었다. 그녀는 그가 손을 내밀어주기를 기다리고 있었다. 그가 이런 삶에서 자기를 건져내줄지도 모른다고 생각했다. 그러나 그 얼굴은 점점 공중으로 올라가더니 갈수록 더 높아져서 나중엔 아주 사라져버렸다. 그녀는 환상에 잠긴 눈으로 먼지가 가득 낀 천장을 멍하니 바라보았다.
싸늘한 기운이 풀어헤쳐진 그녀의 가슴께로 스며들어 환상 속에서 헤매는 그녀를 현실로 잡아끌었다. 그녀는 눈을 비비고 한숨을 내쉬며 "일장춘몽일 뿐이지."라고 중얼거렸다. 환상에서 깨어나기가 아쉬운 듯 그녀는 사방을 한 번 휘둘러보고는 솜바지를 벗었다. 벗어놓은 옷들을 이불 위로 올린 후 그녀는 얼른 이불 속으로 기어들었다.
큰아가씨가 살아 있을 때 늘 말하던 '박명'이란 말이 머릿속을 맴돌 뿐 아무런 다른 생각도 나지 않았다.
이 두 글자는 끊임없이 그녀의 마음을 후려갈겼다. 그녀는 이불 속에서 나지막이 흐느껴 울었다. 다른 사람이 놀라 깰까 두려워 소리내어 울 수도 없었다. 등불 빛은 차차 희미해졌다. 바람이 성난 소리로 포효하고 있었다.

새로운 삶을 찾아

　무거운 바람이 눈 쌓인 적막한 거리에서 구슬피 울고 있었다. 가마 두 채가 바람소리 뒤를 따라가고 있었다. 바람소리가 지나가버리면 가마꾼들의 발걸음이 그 장엄한 길동무를 잃어버릴 것이 애달픈 듯 느릿느릿 움직였다. 골목 두 개를 지나자 바람소리는 마침내 모퉁이로 사라져버리고 점점 사라져가 애틋한 여음만이 가마꾼과 가마에 탄 사람의 귓가에 울릴 뿐이었다.
　마흔이 넘은 하인 장성張升이 등롱을 들고 앞에서 이 가마를 인도하고 있었다. 그는 추위를 견뎌내기 힘든지 목을 움츠리고 어깨를 잔뜩 치켜올린 채 걸었다. 이따금 내뱉는 그의 헛기침 소리가 다소 무섭기까지 한 정적을 깨뜨리곤 했다.
　가마꾼들은 어깨를 내리누르는 무거운 가마를 메고도 그다지 대수롭지 않다는 듯 말없이 성큼성큼 걸었다. 그들을 에워싸고 있는 냉기와 얼음같이 찬 눈 때문에 짚신을 신은 맨발이 꽁꽁 얼었으나 그들은 이미 이런 것들에 익숙해져 있었다. 그들은 가뿐한 발걸음으로 이따금 가마채를 다른 어깨에 옮겨 메기도 하고 언 손을 녹이기도 했다. 차차 온몸에 더운 피가 돌아 등에는 땀이 나기 시작했다. 어느새 얇고 낡은 그들의 솜저고리가 축축이 젖었다.

친의 어머니 장씨 부인은 앞의 가마에 앉아 있었다. 그녀는 이제 거우 마흔세 살이었으나 벌써 제법 늙어가는 태가 났다. 마작 열두 판을 두고 나자 몹시 피곤하여 가마에 앉아 꾸벅꾸벅 졸았다. 바람이 불어와 이따금 가마 주렴을 흔들었으나 잠에 취한 그녀는 전혀 느끼지 못했다.

어머니와는 반대로 친은 몹시 흥분한 채 머지않아 자신에게 난생처음 닥쳐올 중대한 일을 생각하고 있었다. 그녀 앞에 놓인 중대한 일은 보배와도 같이 몹시 눈부신 것이었다. 그녀는 그것을 갖겠노라 마음먹었다. 그러나 일단 손을 내밀면 사람들에게 제지당하리라는 것도 잘 알고 있었기 때문에, 그것을 손에 넣을 수 있을지 없을지에 대해서 확신할 수는 없었다. 그녀는 그것을 손에 넣기로 결심했으나 여전히 실패가 겁이 나서 손을 내밀기가 두려웠다. 복잡한 생각이 머릿속에서 맴돌아 때로는 기쁘다가도 때로는 우울해졌다. 그녀는 자기 주위의 모든 것에 대해서 그다지 주의를 기울이지 않았다. 가마가 대문 안에 들어가 대청에 내려졌을 때까지도 그녀는 깊은 사색에 잠겨 있었다.

여느 때와 마찬가지로 그녀는 어머니를 따라 안으로 들어갔다. 먼저 어머니 방에 들어가 행랑어멈 리씨의 시중을 받으며 어머니가 옷 갈아입는 것을 보고 어머니가 벗어놓은 나들이옷을 잘 개어 옷장에 넣었다.

"오늘은 왜 이렇게 피곤한지 모르겠다." 장씨 부인은 오래된 호주 湖州산 저고리로 갈아입고 침대 앞 등의자에 털썩 주저앉으며 탄식하듯 중얼거렸다.

"엄만 오늘 마작을 너무 오래 하셨어요." 친은 탁자 옆의 의자에 앉아 미소를 띠고 맞은편에 앉아 있는 어머니에게 말했다.

"마작이란 건 본래 머리를 써야 되는데 그걸 열두 판이나 하셨으니 피곤하지 않으실 도리가 있나요?"

"넌 언제나 내가 마작 하는 것을 타박하더라만 너는 아직 모른다. 내 나이에 마작이라도 하지 않으면 무슨 할 일이 있단 말이냐?" 장씨 부인이 웃으며 말했다. "그렇지 않으면 너희 할머니처럼 온종일 염불이나 하고 앉아 있으란 말이냐? 그건 못하겠다."

"어머니더러 어디 마작을 하시지 말랬어요? 그걸 너무 하시면 정신이 쓰인단 말이지…." 친이 변명하듯 말했다.

"나도 그건 안다." 장씨 부인이 부드럽게 받았다. 그녀는 문득 리씨가 아직도 고개를 숙이고 맥없이 옷장 앞에 서 있는 것을 보고 말했다.

"자네도 어서 가서 자게. 이젠 할 일이 없으니까." 리씨가 대답을 하고 막 돌아서 나가려는데 장씨 부인이 물었다.

"차는 끓여두었겠지?"

"예, 난로 위에 있어요." 리씨는 말을 마치고 밖으로 나갔다.

"뭐라 했지? 아, 마작을 너무 오래하면 정신이 쓰인다고 했지. 그건 나도 안다. 하지만 난 정신을 쓰나 안 쓰나 마찬가지야. 아무것도 하는 일이라곤 없이 이렇게만 산다면 너무 재미가 없어. 오래 살면 도리어 미움이나 받게 되고." 장씨 부인은 그렇게 말하고 나서 잠을 자려는 듯 두 손을 가슴에 얹고 눈을 감았다.

유난히 적적한 방 안에는 괘종시계 소리만 뚝딱뚝딱 울리고 있었다.

어머니에게 중대한 이야기를 하려던 친은 어머니가 눈을 감는 것을 보고 오늘 저녁에는 말할 기회가 없을 성싶어서 그만 일어섰다. 그녀는 어머니가 감기에 걸릴까봐 침대에 가서 주무시라고 깨우려고 했다. 그러나 그녀가 막 일어서자 장씨 부인이 눈을 뜨고 그녀를 바라보며 말했다.

"차 한 잔 따라주렴."

친은 얼른 대답하고 차 테이블로 가 찻잔을 챙긴 뒤 난로 위에서 끓고 있는 찻주전자를 내려 한 잔 가득 부어가지고 어머니에게로 갔다. 그녀는 찻잔을 어머니 옆에 있는 낮은 걸상 위에 놓으면서 말했다.

"엄마, 차 가져왔어요"

그러고도 여전히 그곳을 떠나지 않고 곁에 선 채 어머니를 물끄러미 내려다보고 있었다. 기회가 왔다고 느꼈으나 그래도 마음이 놓이지 않아 그녀는 목구멍까지 나왔던 말을 도로 삼켜버렸다.

"친아, 너도 피곤할 게다. 가서 자거라." 어머니는 따뜻하게 말하며 걸상 위에 놓인 찻잔을 들어 연거푸 두어 모금 마셨다.

"엄마." 친은 그 자리를 떠나지 않고 다정하게 불렀다.

"왜 그러니?" 장씨 부인이 고개를 들어 친을 바라보았다.

"엄마." 친은 다시 한 번 부르고서 고개를 숙이고 옷자락을 만지작거리다가 천천히 말했다.

"둘째 오빠가 그러는데 오빠네 학교에서 내년 2학기부터 여학생을 모집한대요. 그래서 저도 시험을 쳐볼까 해요."

"뭐라고? 남자 학교에서 여학생을 받는다고! 그래, 네가 또 시험을 쳐본다고?" 깜짝 놀란 장씨 부인은 자기 귀를 의심했다.

"그래요." 친이 낮은 소리로 설명을 했다.

"이건 결코 이상한 일이 아니에요. 유명한 베이징대학에서는 벌써 세 명의 여학생을 받아들였고, 난징, 상하이에도 남녀공학을 하는 학교들이 있대요."

"이 세상이 어떻게 되려고 이러는지 모르겠구나. 여학교가 있으면 됐지. 그것도 부족해서 또 남녀공학이라니!" 장씨 부인이 탄식하며 말했다.

"우리 처녀 시절에는 이런 세상이 올 줄은 꿈에도 생각지 못했다."

이런 말들이 마치 친에게 찬물을 한 바가지 끼얹은 듯 그녀는 온몸이 싸늘해졌다. 그녀는 아무 말도 하지 않고 있었으나 완전히 실망하지는 않았다. 그녀는 더욱 용기를 내어 말을 이었다.

"엄마, 지금은 시대가 달라졌어요. 그때로부터 이미 20년이나 지났잖아요. 세상은 하루하루 달라지고 있어요. 남자나 여자나 다 같은 사람인데 왜 한 학교에서 공부할 수 없단 말이에요?"

그녀는 계속 말하려 했으나 어머니가 그녀의 말을 중단시켜버렸다. 장씨 부인은 웃으며 말했다.

"난 너하고 시비를 따지지는 않겠다. 내가 널 어떻게 당해내겠니? 너는 학교에 다니며 그만큼 공부를 했으니까 물론 말도 잘 할 테지. 신식 공부를 하면서 배운 걸 가지고 나를 몰아댈 게고 또 구식 늙은이라고 말하리라는 것도 알고 있다."

"엄마, 승낙해주세요. 엄마는 언제나 날 믿어주셨죠. 엄만 여태까지 내가 하겠다는 걸 못하게 하신 적은 없잖아요?" 친이 웃으며 다시 애원했다.

"바로 그렇기 때문에 나도 적지 않게 속을 태웠어. 그렇지만 나는 사람들이 수군대는 걸 무서워하지는 않는다. 너를 믿기 때문이야. 그렇지만 이건 작은 일이 아니란다. 우선 네 할머니가 제일 먼저 반대하실 거고, 친척들도 이러쿵저러쿵 말이 많을 게다." 마음이 좀 누그러진 장씨 부인이 대답했다.

"엄마, 방금 사람들이 수군대는 소리는 부섭지 않다고 하셨잖아요?" 친이 목청을 돋우어 말했다.

"절에 계시는 할머니는 집에 오신대야 한 달에 기껏 사나흘밖에 안 되잖아요. 요 몇 달 동안은 한 번도 오시지 않았는데 무슨 걱정이세요. 게다가 할머니는 평소에 집안일에 간섭하시지 않으니까 전에 '제일여자사범학교'에 들어갈 때처럼 엄마가 결정만 내리시면 그만이에요. 친척들도 반대할 이유가 없지요. 또 친척들 잔소리는 못 들은 걸로 치면 되잖아요?"

"전에는 나도 배짱이 있었지만 지금은 늙어서 그런지 더이상 친척들의 잔소리를 듣고 싶지 않구나. 난 이제 더이상의 말썽일랑 피하고 조용히 살고 싶구나. 생각해보거라. 내가 딸자식의 사정을 조금도 몰라주는 그런 어미는 아닐 게다. 네 아버지가 일찍 돌아가시고 너 하나만 남겨놓았으니 책임이 다 내게 지워지고 있지 않니? 그렇지만 나는 너에게 전족纏足을 시키지도 않았고, 어릴 적부터 외가에 보내서 외사촌들과 함께 글을 읽게 했었다. 그 후에는 네가 학교에 가겠다고 해서 나는 또 너를 학교에 넣어주었다. 너의 막내 외숙모네 사촌동생 좀 봐라. 발은 전족을 해서 조그맣고 글도 변변히 모르지 않니? 네 큰외숙모와 사촌동생도 벌써 공부를 그만두었지? 나도 이만하면 너에게 잘못한 것이 없을 게다." 장씨 부인은 잠시 동안 말이 없다가 힘없이 입을 열었다. 그녀는 말을 계속하려 했으나 피곤하여 입을 다물고는 묵묵히 자기 딸을 바라보았다. 절망하여 거의 울 듯한 딸을 보고 그녀는 애처로운 생각이 들어 부드러운 말로 위로했다.

"친아, 이제 가서 자거라. 내년 가을의 일이라니 시간이 아직 많이 남았잖니. 두고두고 다시 상의해보기로 하자. 나도 어떻게든 방법을 생각해보마."

"예." 친은 슬픈 목소리로 대답하고 어머니 방에서 나와 자그마한 안채를 지나 자기 방으로 돌아왔다. 그녀는 실망했으나 어머니를 원망하지는 않았다. 도리어 어머니가 지금까지 자기를 보살펴준 데 대해 감사했다.

모든 희망이 다 날아가버린 듯 방 안은 몹시 쓸쓸했다. 벽에 걸린 아버지의 초상마저 자기를 보고 우는 것 같았다. 그녀는 눈시울이 뜨거워졌다. 치마를 벗어서 침대 위에 놓고 책상 앞에 가서 남포등 심지를 돋운 후 의자에 앉았다. 등불 빛이 환해지자 책상 위에 놓인 집지의 《신청년新青年》이란 큼직한 세 글자가 눈에 들어왔다. 그녀는 아무렇게나 몇 페이지를 들추다가 무심결에 다음과 같은 몇 구절을 읽었다. '(…) 나에게 가장 중요한 것은 내가 사람이라는 점이에요. 나는 당신과 똑같은 사람이에요…. 혹은 적어도 나는 사람이 되도록 노력하겠어요. (…) 나는 많은 사람들이 하는 말을 곧이들을 수가 없어요. (…) 모든 일은 마땅히 나 자신이 생각하고 나 자신의 노력으로 해결해야겠지요….' 그녀가 펼친 것은 바로 입센의 희극 《인형의 집》에 나오는 구절이었다.

이 글귀를 읽자 그녀는 계시를 받은 것처럼 눈앞이 갑자기 환해지는 것 같았다. 그녀는 자신의 꿈이 결코 절망적인 것이 아니며 성공 여부는 여전히 자신의 노력 여하에 달렸다는 것을 깨달았다. 어쨌든 그래도 희망은 있으며, 그것은 다른 사람에게가 아니라 바로 자신에게 있는 것이다. 여기까지 생각하자 모든 절망과 슬픔이 순식간에 사라져버렸다. 그녀는 유쾌한 마음으로 펜을 들어 다음과 같은 짤막한 편지 한 장을 썼다.

첸루倩如에게

오늘 나는 외국어 전문학교에서 내년 가을부터 여학생을 모집하기로 했다는 소식을 우리 외사촌 오빠에게서 들었다. 그리고 나는 응시하기로 작정했다. 네 생각은 어떠니? 나하고 같이 행동해보겠니? 모든 걱정들은 깨끗이 버려주기 바란다. 어떤 일이 있더라도 우리는 굳세게 분투하여 뒤따라오는 여성들에게 새로운 길을 열어주어야 하고 그들에게 행복을 가져다주어야 돼.

만나서 자세히 하고 싶은 말도 있으니 시간 내서 우리 집에 한번 놀러 와. 어머니도 환영하실 거야.

○○일, 윈화 씀

그녀는 편지를 다 쓴 후 한 번 읽어보고 날짜를 써넣었다. 그러고는 신식 구두점을 일일이 찍었다. 그녀의 어머니 견해에 따르면 대화체 편지는 '문어체보다 쓸데없이 길어지고 속되기 짝이 없다'는 것이지만, 그녀는 요즈음 대화체로 편지 쓰기를 즐겼다. 같은 의미의 토씨지만 경우에 따라 여러 가지 용법이 있을 때는 그것을 분명히 구별하는 데까지 주의를 기울였다. 그녀는 대화체로 편지 쓰는 법을 배우기 위해서 한동안 〈신청년〉의 통신란을 골똘히 연구한 적도 있었다.

기쁨도 슬픔도 없는 나날

 가오쥬에신高覺新은 쥬에민, 쥬에후이 형제의 큰형이다. 쥬에민, 쥬에후이와 한 어머니에게서 태어났고 또 같은 집에서 살고 있지만 그의 처지는 두 동생과 매우 달랐다. 쥬에신은 이 집의 맏아들이며 이 가문에 있어서는 종갓집 장손이었다. 바로 이 때문에 세상에 태어나면서부터 그의 운명은 결정되어버렸다.

 그는 용모가 준수하고 어릴 적부터 총명하여 집에서는 부모의 사랑을, 서당에서는 훈장의 칭찬을 받았다. 보는 사람마다 장래에 큰 일을 할 사람이라고 칭찬했으며 그의 부모도 이런 아들을 둔 것에 대해 은근히 기뻐했다.

 이런 관심 속에서 성장한 쥬에신이 중학생이 되었다. 중학교에서도 성적이 우수했던 그는 4년 간의 과정을 마치고 수석으로 졸업했다. 그는 화학에 대단한 흥미를 가졌으며 졸업한 후에는 상하이나 베이징에 있는 유명한 대학에 들어가 연구를 계속하고 독일 유학까지 갈 생각을 하고 있었다. 그의 머릿속은 아름다운 꿈들로 가득 차 있었다. 당시 그는 모든 동창생들이 부러워하는 대상이었다.

그러나 뜻하지 않은 악운이 다가왔다. 그가 중학교 재학 중 어머니를 여의자 아버지는 젊은 후처를 맞아들였다. 계모는 작고한 어머니의 사촌동생이었다. 환경은 다소 달라졌으며 그는 적어도 무언가를 잃어버린 듯했다. 어머니의 사랑은 어떤 것으로도 바꿀 수 없다는 것을 뼈저리게 느꼈지만 이것도 그의 마음에 그다지 큰 상처를 남겨주지는 않았다. 그에게는 앞날에 대한 희망과 아름다운 꿈이 있었기 때문이다. 게다가 그를 이해해주고 위로해주는 사람이 있었다. 바로 그의 이종사촌 여동생이었다.

그러나 어느날 그의 꿈은 산산조각나고 말았다. 은사와 학우들의 찬사 속에 졸업장을 타가지고 돌아온 그날 밤, 부친이 그를 불러다 놓고 이렇게 말했던 것이다.

"너도 이제는 중학교를 졸업했지. 내가 이미 너의 혼처를 보아두었다. 네 할아버지께서도 증손자를 보고싶어 하시고 나도 일찌감치 손자를 안아보고 싶다. 너도 이제 결혼할 나이가 되었으니 얼른 장가들여 시름 하나라도 덜고 싶다…. 내가 지방에서 관리 노릇을 여러 해 해서 수중에 모아둔 것은 많지 않지만 혼사를 치르는 데는 걱정이 없다. 그러나 몸이 좋지 못해서 가사를 너에게 맡기고 좀 들어앉아 쉬어야겠다. 그러자니 너에게 내조의 힘이 없어서는 안 될 형편이다. 리씨 댁과의 혼사는 준비가 다 되었고 다음달 열사흗날이 길일이기에 그날로 정했다…. 대사는 올해 안으로 치러야 한다."
 너무도 갑작스러운 말에 그는 듣고 나서도 무슨 의미인지 이해할 수 없었다. 그는 말없이 고개만 끄덕였다. 부친의 시선은 여전히 부드러웠으나 그는 부친의 눈을 감히 똑바로 바라보지도 못했다.
 그는 반항의 말 한 마디도 하지 않았으며 반항하려는 생각도 없었다. 머리만 끄덕여 부친의 말에 순종히겠다는 뜻을 표시했다. 그러나 자기 방에 돌아간 그는 문을 닫아걸고 침대에 쓰러져 이불을 머리까지 뒤집어쓰고 울었다. 산산이 깨진 자기의 꿈을 위하여.
 리씨네 집과의 혼사 문제에 대해서는 그도 이전에 사람들에게서 어렴풋이 들은 적이 있었다. 그러나 사람들은 그에게 똑똑히 알려주려 하지 않았고 그도 캐어물을 염치가 없었다. 그는 소문이 사실이 되리라고는 생각지도 않았다. 용모가 준수한 데다 총명하고 영민하며 공부도 썩 잘한 그는 혼기 찬 딸을 둔 몇몇 양반 집안에서는 탐낼 만한 배필감이었다. 그래서 중매를 서겠다는 사람들이 자주 저택을 드나들었다. 부친이 계모와 의논한 결과 며느릿감을 두 명으로 좁히는 데 성공했지만 그 처녀들 중 어느 한 쪽을 선뜻 고르지는 못 했다. 이 두 처녀 중에서 어느 쪽이 자기 아들의 배필이 되기에 적합한가를 확정할 수가 없었고 두 집에서 내세운 중매인과의 안면도 마찬가지로 신경을 써야 하기 때문이었다. 그래서 그의 부친은 하는 수 없이 제비뽑는 방법을 썼다. 네모난 붉은 종잇조각에 각각 두 처녀의 성씨를 써서 그것을 둥글둥글하게 비벼 손에 쥐고 조상들의 신주 앞에 가서 정성껏 빈 후 마음 내키는 대로 그중 하나를 골라잡는 것이었다. 제비뽑기의 결과를 그는 이날 저녁에야 알게 된 것이다.

그렇다! 그도 한때는 꽃다운 청춘남녀가 지니는 그러한 꿈을 꾼 적이 있었다. 그의 마음속에도 사랑하는 처녀가 있었으니 그것은 바로 자기를 이해해주고 위로해주는 이종사촌 누이였다. 한때는 그녀가 반드시 자신의 배우자가 될 것이라 꿈꾸었고 그렇게 되기를 기대했었다. 이런 양반 가정에서는 고종 혹은 이종사촌 간에 결혼하는 것이 그다지 드문 일이 아니었고 그녀와의 사이도 무척 좋았기 때문이다. 그런데 그의 부친은 그에게 알지도 못하는 처녀를 골라놓고 장가를 들라고, 더구나 올해 안으로 결혼을 하라는 것이었다. 상급학교에 진학하려던 희망은 물거품이 되어버렸고 게다가 그가 장가를 들어야 할 여자도 그의 마음속에 있는 '그녀'가 아니었다. 그에게 있어 그 사실은 그야말로 큰 충격이었다. 앞날은 막혀버렸고 아름다운 꿈은 산산조각이 났다.

그는 그저 문을 닫아걸고 이불을 뒤집어쓴 채 절망적으로 통곡했다. 그는 반항하지 않았으며 오로지 인내할 뿐이었다. 한 마디 원망도 없이 부친의 뜻에 순종했다. 그러나 마음속으로 자기 자신을 위해, 그리고 사랑하는 그녀를 위해 울었다.

약혼식 날이 닥쳐왔다. 그는 꼭두각시처럼 사람들에게 희롱당하기도 하고 보배와도 같이 사람들의 귀여움을 받기도 했다. 그는 그저 사람들이 시키는 대로 했다. 기쁨도 슬픔도 없었다. 이렇게 하는 것이 자신의 당연한 의무처럼 생각되었다. 밤이 되자 한바탕 연극이 끝나고 축하하러 온 손님들도 다 흩어졌다. 그는 피로하여 모든 것을 다 잊어버리고 그만 자리에 쓰러져 깊이 잠들었다.

　이때부터 그는 화학을 집어치우고 학교에서 배우던 모든 학과를 집어던졌다. 평소에 보던 책들을 차곡차곡 책장에 집어넣고 다시는 손도 대지 않았다. 그는 매일매일을 목적도 없이 마작을 하고 연극 구경을 다니거나 술을 마시며 보냈다. 그는 부친의 명령에 따라 결혼할 갖가지 준비를 했다. 그다지 깊은 생각도 없이 단지 결혼할 날짜만을 기다릴 뿐이었다.

　반 년이 못 되어 마침내 새로운 배우자가 들어왔다. 할아버지와 부친은 그의 혼례를 위하여 집에다 특별 무대를 설치하고 축하 연극까지 상연했다. 결혼 의식은 그가 생각하는 것처럼 그렇게 간단한 것이 아니었다. 그 자신도 연극배우가 되어 사흘 동안 줄곧 연기를 한 후에야 아내를 맞게 되었다. 이 며칠 동안 역시 그는 때론 꼭두각시처럼 사람들에게 희롱당하고 때론 보배처럼 사람들의 귀여움을 받기도 했다. 그에겐 오직 피로감뿐이었다. 얼마간은 마음이 들뜨기도 했지만 기쁨이나 슬픔과 같은 감정은 전혀 느껴지지 않았다.

　이번에는 연극이 끝나고 손님들이 돌아간 후에도 모든 것을 잊고 푹 잘 수가 없었다. 왜냐하면 그의 옆에 낯선 처녀가 누워 있었기 때문이다. 이제 그는 또 연극을 해야 했다. 그가 결혼을 하니 할아버지에게는 손자며느리가 생겼고 부친에게는 며느리가 생겼으며 다른 많은 사람에게 일시적이나마 웃음과 즐거움을 주었다. 그 자신 역시 아무 소득도 없는 것은 아니었다. 그는 자신을 어루만져주는 유순한 아내를 얻게 되었다. 아내의 용모는 이종사촌 누이에 비해 별로 손색이 없었다. 그는 만족했다. 얼마 안 가서 전에는 상상도 못했던 환희와 쾌락을 맛보게 되었고 과거의 아름다운 꿈들을 잊어버리고 말았다. 마음속의 그녀와 자신의 앞날에 대해서도 잊어버렸다. 그는 아내의 부드러운 사랑에 도취되었다. 그의 얼굴에는 언제나 웃음이 어려 있었고 온종일 집에 틀어박혀 아내 곁을 떠나지 않았다. 주위 사람들은 그의 행복을 부러워했고 그 역시 자기가 행복하다고 여겼다.

그렇게 한 달이 지난 어느날 저녁, 부친은 그를 자신의 방에 불러 놓고 말했다.

"너도 이제는 가정을 이루었으니 이제부터는 스스로의 힘으로 먹고살아야 한다. 그래야 남들에게서 이러니 저러니 하는 소리를 듣지 않을 것이다. 나도 너를 이만큼 길렀고 이제 장가까지 보냈으니 애비로서 할 책임은 다한 셈이다. 이후의 일은 전적으로 너에게 달렸다. 너를 더 공부시킬 만한 돈이 없는 것은 아니지만 첫째, 너에겐 이미 처가 있고 둘째, 아직 분가를 하지 않은 데다 내가 집안 살림을 맡고 있기 때문에 너를 공부시키기가 거북하다…. 뿐만 아니라 너를 외국으로 유학을 보내는 건 할아버지가 절대 찬성하지 않으실 게다. 그래서 네 일자리를 구해두었다. 시수西蜀실업회사인데 월급은 많지 않지만 너희 두 내외가 쓰기엔 넉넉할 게다. 가서 일만 잘 하면 앞으로 출세하게 될 날이 반드시 있을 거라고 생각한다. 내일부터 회사 사무실에 나가서 사무를 보도록 해라. 내가 데리고 가마! 우리도 이 회사의 주식을 상당히 가지고 있고, 내가 이사를 맡고 있는 데다 사무실 사람들도 다 내 친구니까 널 잘 돌봐줄 게다…."

부친은 예삿일처럼 아무렇지도 않게 말했다. 그는 부친의 말에 대해서 좋다고도 싫다고도 하지 않았다. '모든 것이 이제 다 끝나는구나' 하는 생각만 머릿속에서 떠돌 뿐이었다. 마음속에는 하고 싶은 말들이 무수히 많았으나 그는 한 마디도 하지 않았다.

이튿날 오후, 부친은 그에게 사회에 나가 일하며 사람들과 교제할 때 취해야 할 태도에 대해서 들려주었다. 그는 그 말들을 일일이 명심해 들었다. 가마 두 채가 그들 부자를 시수실업회사에서 경영하는 아케이드의 뒷문까지 태워다주었다. 그는 아버지를 따라 사무실에 들어가 마흔 쯤 되어 보이는 팔八자 수염에 곱사등인 지배인 황黃씨와 노파처럼 생긴 회계 천陣씨, 키가 크고 여윈 수금원 왕王씨, 그밖에도 얼굴이 평범하게 생긴 직원 두세 명과 인사를 나눴다. 사람들은 그를 정중하게 대했으나 대화에서나 거동에서나 그는 그들과 자신이 한 부류에 속하는 사람이 아니라고 여겼다. 게다가 전에는 어째서 이런 사람들을 한 번도 만나지 못했을까 이상하게 느껴질 정도였다.

부친은 그를 거기에 남겨두고 먼저 돌아가버렸다. 그는 버림을 받아 외로운 섬에 홀로 남겨진 것처럼 무섭고 고독했다. 하는 일 없이 지배인실에 우두커니 앉아서 지배인이 다른 사람과 이야기하는 것을 멍하니 바라보았다. 이렇게 두 시간을 앉아 있노라니 문득 그가 그냥 거기에 앉아 있는 것을 발견한 지배인이 겸손하게 말했다.

"오늘은 별로 일이 없으니 어서 돌아가시오."

그래서 그는 석방된 죄수처럼 기뻐하며 빨리 가자고 가마꾼을 재촉해 집으로 돌아갔다. 이 세상에 자기 집보다 더 좋은 곳은 없다는 생각이 들었다.

집으로 돌아간 그는 먼저 할아버지를 찾아뵙고 한바탕 훈계의 말을 들은 후, 부친으로부터 또 잔소리를 들었다. 마지막으로 자기 방에 들어가니 아내가 또 그에게 이것저것 물어보았다. 그래도 아내에게는 다소 위안을 받을 수 있었다.

이튿날에는 집에서 아침을 먹고 10시에 회사에 나가 오후 4시가 된 후에야 집으로 돌아왔다. 이날부터 그는 자신의 사무실을 가지게 되었고 지배인과 동료들의 지도하에 사무를 보기 시작했다.

이렇게 열아홉 살의 나이에 그는 사회에 첫 걸음을 내디뎠다. 그는 이런 환경에 적응하고 새로운 생활방식을 배운 대신 중학교에서 4년 동안 배운 지식을 차차 잊어버렸다. 그리고 그런 삶에 점점 익숙해졌다. 처음으로 32원元이란 월급을 받았을 때 그의 마음은 환희와 비애로 가득 찼다. 한편으로는 그것이 자기 자신이 번 첫 수입이었고, 다른 한편으로는 그것이 자기의 장래를 팔아서 얻은 대가이기 때문이었다. 그러나 그후 다달이 평범하게 살아가며 32원이란 월급을 받게 되자 다시는 별다른 느낌도 없었다.

그런 삶도 그럭저럭 지낼 만한 것이었다. 기쁨도 슬픔도 없이 매일같이 똑같은 얼굴들을 보아야 하고, 무미건조한 그들의 이야기를 들어야 하고, 싫증나는 일들을 처리해야 했지만 그래도 주위의 모든 것은 조용하고 안정되었다. 집안 사람들도 그가 아내와 평온하게 살아가는 가정생활을 방해하지는 않았다.

그러나 반 년도 못 가서 그의 일생에 커다란 변고가 일어났다. 전염병이 부친을 앗아가버린 것이다. 그와 동생들의 울음 소리도 부친을 살려놓지는 못했다. 부친이 세상을 떠나자 집안의 책임은 모두 그에게 지워졌다. 위로는 계모 한 분이 계시고, 아래로는 집에 있는 여동생 둘과 학교에 다니는 남동생 둘이 있었다. 이때 그의 나이 겨우 스물이었다.

그의 마음은 비애로 가득 차 있었다. 그는 돌아가신 부친을 생각하며 울었다. 자기의 처지가 이렇게 가련하게 될 줄은 생각조차 못했다. 그러나 그의 비애는 얼마 안 가서 차차 사라졌다. 부친의 장례를 치르고 난 뒤, 그는 부친을 완전히 잊다시피 했다. 그는 부친을 잊었을 뿐만 아니라 동시에 과거의 모든 것을 잊었으며 심지어 자신의 청춘마저 잊어버렸다. 그는 담담하게 가정의 짐을 자신의 젊은 두 어깨에 짊어졌다. 처음 몇 달 동안은 이 짐이 그리 무거운 것 같지 않았고 능히 감당해나갈 만했다. 그러나 시간이 지나자 유형 무형의 많은 화살들이 그에게로 날아왔다. 그는 빗발치는 화살 세례 속에서 자신의 가정에 숨겨져 있던 또 다른 면모를 보게 되었다. 겉으로는 평화롭고 사랑이 넘쳤지만 그 속엔 증오와 질투가 흘렀다. 사람들은 끝없이 그를 공격했다. 환경 때문에 어쩔 수 없이 잊어야만 했으나 그의 가슴 속에는 여전히 청춘의 불길이 타오르고 있었다. 그는 몹시 분개해 집안의 모든 부조리와 힘껏 싸웠다. 그러나 분노의 결과는 더욱 많은 번민을 가져왔으며 더욱 많은 적들을 만들었을 뿐이다.

이 대가족은 네 개의 가정으로 이루어져 있었다. 그의 할아버지에게는 아들 다섯이 있었는데 맏삼촌은 일찍 세상을 떠났다. 지금 있는 네 가족 중에서 자기 가족을 제외하고는 둘째 숙부가 그와 비교적 사이가 좋고 셋째 숙부와 넷째 숙부는 그와 사이가 그다지 좋지 못했으며, 특히 셋째 숙모는 그의 계모와 사이가 나빠져 암암리에 그의 가족들을 헐뜯곤 했다. 그리고 넷째 숙모는 셋째 숙모의 충동질을 받아 늘 그의 계모와 맞섰다. 이 두 숙모들 때문에 그와 그의 가족에 관한 험담이 끊이지 않았다.

분투의 보람도 없이 그는 피로하기만 할 뿐이었다. 이렇게 어른들과 충돌한들 무슨 소용이 있겠는가라는 생각이 들었다. 셋째 숙모와 넷째 숙모 그리고 작은할머니 천씨는 영원히 달라지지 않을 여자들이다. 그들을 설복시키는 것이 불가능할 바에야 공연히 쓸데없는 번뇌를 자초하여 정력을 낭비할 필요야 없지 않은가? 그래서 그는 새로운 처세술이라 할까, 아니 새로운 처가술處家術이라고 할 방법을 개발했다. 숙모들과의 충돌을 피하고 가능한 한 그녀들에게 양보했다. 그녀들을 받들어주고 함께 마작도 하고 물건을 사다주기도 했다. 다만 며칠 간이라도 평온한 시간을 얻기 위하여 시간을 들여 그들의 환심을 사려는 것이었다.

그후 얼마 안 되어 그의 큰여동생 수룽이 폐병으로 죽었다. 이것은 그에게 슬픔을 갖다주었으나 한편으로는 어깨의 짐을 덜어버린 듯 마음이 좀 가벼워지는 것 같았다.

얼마 안 되어 첫 아이가 탄생했다. 아들이었다. 아들이 태어나자 그는 아내에게 거듭 고마워했다. 아들의 출생은 그에게 커다란 기쁨이었다. 그 자신은 이미 아무 희망이 없는 사람이 되어버렸고 이전의 아름다운 꿈도 영원히 실현될 기회가 없을 것이었다. 그는 오직 어깨에 지워진 짐을 위해서, 부친이 남기고 간 이 대가족을 유지해 나가기 위해서 살아갈 뿐이었다. 그러나 이제 아들이 태어났다. 가장 소중한 자기의 친혈육이었다. 그는 아이를 잘 가르쳐서 자신의 포부를 이 아이를 통해 실현할 수 있기를 희망했다. 아들의 행복이 곧 자신의 행복이다. 이런 생각은 그에게 얼마간의 위안을 주었다. 그는 자신의 희생이 결코 모두 무의미한 것은 아니라고 생각하기 시작했다.

그후 2년이 지나 '5·4운동'이 폭발했다. 신문 지상에 대대적으로 게재되는 격하고 날카로운 비판 기사들은 그의 잊혀진 청춘을 불러일으켰다. 그는 지방 신문에 전재轉載되는 베이징 소식과 상하이의 '6·3운동' 기사들을 두 동생과 함께 탐욕스럽게 읽었다. 지방 신문에는 또 〈신청년〉과 〈주간평론〉에 실렸던 글들이 게재되었다. 그래서 그는 시내의 유일한 신간서적 판매점인 '화양서보유통처華洋書報流通處'에 가서 최근에 출판된 〈신청년〉과 〈주간평론〉 두세 권을 사서 읽었다. 거기에 씌어진 한 자 한 자는 쥬에신 형제들의 열정을 불꽃처럼 지펴주었다. 그 신선한 토론과 열렬한 글들은 불가항력적으로 그들 3형제를 압도했다. 그들은 생각할 겨를도 없이 거기에 곧 설복되었다. 그래서 〈신청년〉, 〈신사조〉, 〈매주평론〉, 〈주간평론〉, 〈소년중국〉 등이 잇달아 그들의 손에 쥐어졌다. 〈신청년〉과 〈신사조〉 두 잡지는 새로 출판된 것이건 이전에 출판된 것이건 간에 살 수만 있으며 다 샀고, 심지어 〈신청년〉의 전신인 〈청년잡지〉까지도 늙은 점원이 헌책 무더기를 뒤져 그들에게 보내주었다.

매일 밤 그는 두 동생과 함께 이런 서적과 신문들을 돌려가면서 읽었고 통신란까지도 그냥 넘기지 않았다. 때로는 이들 출판물에서 논의되는 각종 문제들을 토론하기도 했다. 두 동생의 사상은 형보다 다소 진보적이었다. 동생들은 늘 그를 보고 류반눙劉半農의 '겸손주의'의 옹호자라고 했고 그 자신도 톨스토이의 '무저항주의'를 숭상한다고 했다. 그러나 사실 그는 톨스토이가 이에 대해 쓴 글을 읽은 적도 없고 《바보 이반의 이야기》를 읽었을 뿐이다.

'겸손주의'와 '무저항주의'는 그에게 상당히 쓸모 있는 것이었다. 그런 태도야말로 〈신청년〉의 이론과 이 대가족의 현실을 전혀 충돌시키지 않고 결합할 수 있었다. 그것은 그에게 위안을 주었으며 새로운 이론에 심취하는 한편, 낡은 환경에 순응하며 살아나가는 데 아무런 모순도 느끼지 않게 했다. 그래서 그는 이중인격을 지닌 사람이 되어버렸다. 즉 낡은 사회, 낡은 가정에서는 무기력한 도련님이었지만 두 동생과 함께 있을 때에는 신식청년이 되었다. 이런 생활방식은 물론 두 동생들에게는 이해될 수 없었으며 따라서 늘 동생들의 비난을 받았다. 그러나 그는 아무렇지도 않은 듯 꾹 참고 지냈다. 그는 신사조의 출판물을 계속 읽으며 낡은 생활방식을 여전히 고수했다.

바닥을 기는 게 고작이었던 아이는 차차 자라나 걸을 수 있게 되었고 말도 몇 마디씩 하게 되었다. 이 아이는 사랑스럽고도 총명했다. 그는 자신의 모든 사랑을 이 아이에게 쏟아부었다. 그는 '내가 하고 싶었으나 하지 못한 일을 이 아이로 하여금 하게 해야지'라고 생각했다. 그는 아들을 몹시 사랑해 유모를 두지 못하게 하고 아내가 직접 기르게 했다. 다행히 아내의 젖은 충분했다. 이런 일은 양반 가정에서는 매우 드물었기 때문에 다른 사람들이 뒤에서 수군거렸지만 그는 거기에 아랑곳 하지 않았다. 그는 자기 아들의 행복을 위해서는 이렇게 해야 한다는 확신이 있었고 아내도 그의 심정을 이해하고 불만이 없었다.

밤이 되면 아내는 언제나 아이를 데리고 먼저 자고 그는 좀 늦게 잤다. 그는 자리에 눕기 전에 아내 옆에서 혹은 아내의 팔에 안겨 고이 잠들어 있는 어린 것의 천진한 얼굴을 들여다보곤 했다. 아이의 얼굴은 그로 하여금 모든 시름을 잊어버리게 했다. 그는 오로지 끝없는 사랑만을 느꼈다. 그는 사랑을 참지 못해 아들의 그 귀여운 얼굴에다 입을 맞추고 뭐라고 몇 마디씩 얼러주곤 했다. 그 말에 별다른 의미가 있는 것은 아니었다. 그것은 마치 분수대에서 분수가 솟아나오듯 자연스럽게 그의 입에서 흘러나왔다. 오로지 감격과 희망과 사랑의 표시일 따름이었다.

그는 어렸을 적에 자신도 부모에게서 이러한 사랑을 받았다는 사실과 감격과 희망과 사랑으로 가득 찬 말들을 들었다는 것을 알지 못했다.

사랑과 갈등

일요일 오후, 쥬에신은 여느 때와 마찬가지로 시수실업회사 사무실에 나가서 사무를 보았다. 이 회사는 일요일에도 쉬는 일이 없었다.

그가 막 자리에 앉아 차를 몇 모금 마셨을 때 쥬에민과 쥬에후이가 찾아왔다. 그들은 거의 매주 일요일 오후마다 쥬에신의 사무실에 신서 몇 권을 사가지고 왔다.

쥬에신이 근무하는 시수실업회사는 아케이드 경영 외에도 소형 발전소를 부대적으로 설치하여 아케이드 점포들과 인근 가도에 있는 점포에 전문적으로 전기를 공급하고 있었다. 아케이드의 규모는 상당히 커서 각양각색의 상점들이 있었다. 사무실은 이 아케이드 안에 있어, 점포를 세 주고 임대료를 거둬들이는 등의 업무를 했다. 신서와 신문을 파는 '화양서보유통처'도 바로 이 아케이드 뒷문의 왼쪽 모퉁이에 있었다. 그래서 이 서점과 쥬에신네 형제의 관계는 몹시 친밀했다.

"이번 호 〈신청년〉은 몇 권밖에 오지 않아서 우리가 갔을 때는 딱 한 권만 있었어요. 몇 분만 늦었어도 못살 뻔 했어요." 쥬에후이는 창 밑에 놓인 등의자에 기대앉아 무슨 보물이라도 얻은 듯이 잡지를 뒬지며 미소를 띠고 말했다.

"새 책이 오면 어떻게든 내 몫으로 한 권씩 남겨두라고 내가 주인 천씨에게 부탁했었는데." 장부를 뒤적이던 쥬에신이 쥬에후이의 말을 들으며 무심히 이렇게 대답했다.

"부탁해두었다고 해도 쓸데없는 일이지요. 사겠다는 사람이 너무 많고 또 대부분이 이전부터 보던 사람들이니까요. 이번에는 겨우 세 묶음밖에 오지 않았기 때문에 이틀도 못 가서 다 팔렸대요." 흥분한 어조로 설명을 보탠 쥬에후이가 논문 한 편을 골라 흥미진진하게 읽기 시작했다.

"나머지 것도 머지않아 올 거야. 저쪽에서는 벌써 발송했다고 천씨가 말하지 않았니? 먼저 온 세 묶음은 속달 우편으로 온 거고…."

쥬에민이 이렇게 한마디 던졌다. 그는 자리에서 일어나 책상 위에 놓인 〈소년중국〉을 집어들더니 여기저기를 펼쳐보았다. 그는 오른쪽 벽에 붙은 의자에 앉았다. 거기에는 의자 세 개가 한 줄로 늘어서 있고 가운데에는 찻잔이 놓인 탁자가 두 개 있었다. 그가 앉은 의자는 창문에서 제일 가까웠으며 그 사이에는 쥬에신이 늘 앉는 둥근 회전의자가 놓여 있을 뿐이었다.

세 사람은 모두 말이 없었다. 방 안에서는 주판을 놓는 달그락거리는 소리만이 계속 울리고 있을 뿐이었다. 겨울의 따스한 햇빛이 비스듬히 유리창으로 들어오다가 담청색 양사로 만든 커튼에 막혀 그림자만 약간 드리우고 있었다. 밖에서 발자국 소리가 들려왔다. 그 중 콘크리트 바닥을 밟는 구둣발 소리가 다른 소리보다 더욱 선명하게 들려왔다. 이윽고 사무실의 남색 문발이 들춰지며 키만 홀쭉하게 큰 청년이 들어섰다. 방 안에 있던 세 사람의 시선이 일제히 그에게로 쏠렸다.

"지엔윈!" 미소 띤 얼굴로 쥬에신이 불렀다.

들어온 청년은 천지엔윈陳劍雲이었다. 그는 쥬에신의 형제들과 인사를 한 후 책상 위에 놓여 있는 그날치 〈국민공보〉를 집어든 채 쥬에민 옆의 의자에 앉았다. 그는 성내省內 소식을 대강 훑어본 후 신문을 테이블 위에 놓으며 쥬에민에게 물었다.

"자네 학교는 겨울방학을 했나?"

"수업은 벌써 끝냈고 다음 주부터는 시험이라네." 쥬에민은 고개를 들어 그를 흘끗 바라보더니 간단히 대답하고는 다시 고개를 숙인 채 계속 〈소년중국〉을 들여다보았다.

"듣자 하니 오늘 학생연합회가 평민학교를 운영할 자금을 마련하기 위해 만춘극장에서 연극을 한다지?" 지엔윈이 다정하게 물었다.

쥬에민은 약간 고개를 들고 여전히 냉담한 어조로 대답했다.

"하기야 하겠지! 나는 별로 신경쓰지 않아서 잘은 모르겠지만 학생연합회가 아니라 아마 서너 학교에서 주최했을 거야."

그의 말은 진심이었다. 평소에 그는 그런 일들에 대해서 그다지 신경을 쓰지 않았다. 그는 매일 학교에 가서 수업을 받고 수업이 끝나면 곧장 집으로 돌아왔다. 내년 봄 학예회 때 공연될 연극《보물섬》에 나오는 '리브세이' 의사 역을 맡게 된 것도 영국인 교사가 그를 지명했기 때문이었다.

"그럼 자네들은 가보지 않으려나? 〈종신대사終身大事〉(후스胡適가 쓴 단막극 〈신청년〉에 발표되었나)와 〈인형의 집〉을 공연한다던데 나는 틀림없이 괜찮을 거라고 생각하네."

"너무 멀기도 하고 또 요새 며칠은 시험 걱정 때문에 연극 구경갈 생각이 없네." 쥬에민이 이번에는 머리도 들지 않은 채 대답했다.

"나는 가보고 싶은데. 다 좋은 연극들이니까."

"하지만 애석하게도 내겐 시간이 없어." 쥬에신이 주판알을 튕기면서 한마디 던졌다.

"시간이 있다 해도 이젠 늦었어요." 잡지를 다 읽은 쥬에후이가 책을 덮어 무릎 위에 놓으며 웃는 얼굴로 말했다.

지엔윈은 고개를 숙인 채 말없이 테이블 위에 있는 신문을 시무룩하게 들여다보고 있었다.

"지엔윈, 자네는 요새 왕씨네 집 가정교사로 다니나? 여러 날 동안 보이지 않더니 어디 몸이라도 편치 않은가?" 장부 계산을 마친 쥬에신이 안절부절 못하며 앉아 있는 지엔윈을 보고 걱정스레 물었다.

"감기에 걸려서 며칠 동안 앓았어요. 그래서 놀러오지 못했지요. 지금도 왕씨네 집에 다니며 글을 가르치고 있고 친 아가씨도 가끔

만납니다." 지엔윈은 친 앞에서건 친이 없는 데서건 그녀의 말이 나올 때마다 언제나 친을 '친 아가씨'라고 불렀다.

지엔윈은 가오 집안의 먼 친척으로 쥬에신과 같은 항렬이지만 쥬에신보다 나이가 좀 어렸다. 그래서 그는 쥬에민, 쥬에후이와 마찬가지로 쥬에신을 '형님'이라고 불렀다. 일찍 부모를 여읜 그는 백부의 집에서 자라났다. 중학교를 졸업하고는 상급학교에 진학할 여력이 없어서 조그마한 일자리를 구해 근근히 살아가고 있었다. 그 일자리가 바로 왕씨네 집 두 아이에게 영어와 수학을 가르치는 것이었다. 왕씨네는 장씨 부인의 친척으로 장씨와 한 저택에서 살고 있었다. 그래서 그는 자주 친과 마주쳤다.

"자네는 얼굴에 혈색이 없고 몸도 몹시 야위었군. 본래 약한 몸이니까 관리를 잘 해야지." 쥬에신이 그를 동정하며 위로했다.

"형님 말씀이 옳아요." 지엔윈이 감사하다는 듯 말했다.

"저도 알고 있어요!"

"그런데 자네는 왜 그렇게 늘 우울한 표정을 하고 있나?" 쥬에신이 관심 있게 물었다.

지엔윈은 미소를 지었다. 그러나 그것이 억지로 짓는 미소라는 것을 누구나 알아차릴 수 있었다.

"글쎄요. 보는 사람마다 그렇게 말하지만 나 자신은 잘 모르겠어요. 아마 몸이 약한 탓이거나 그렇지 않으면 부모를 일찍 여읜 탓이겠지요." 곧 울음이라도 터질 것처럼 그의 입술은 약간 떨렸다. 그러나 눈물은 흘리지 않았다.

"몸이 약하면 운동을 많이 해야지. 근심만 한다고 무슨 소용 있나." 쥬에민이 머리를 쳐들며 동의하지 않는다는 듯이 말했다. 그의 말이 채 끝나기도 전에 밖에서 별안간 발자국 소리가 나며 한 여자 목소리가 들려왔다.

"큰오빠."

"친 아가씨가 오는구면." 지엔윈이 낮은 소리로 말했다. 한 줄기 희망의 빛이 그의 얼굴을 스쳐갔다.

"응, 어서 들어와." 쥬에신이 얼른 일어서며 큰 소리로 대답했다.

이때 문발이 들리더니 과연 친이 들어왔다. 그녀의 어머니와 하인 장성이 뒤따라 들어왔으나 장성은 곧 나가버렸다.

친은 담청색 호주산 솜저고리에다 곤청색 치마를 입고 있었다. 양쪽 머리를 귀밑까지 드리운 것이 갸름한 얼굴에 보기 좋게 어울렸다. 가지런히 자른 앞머리 밑에 가느다란 두 눈썹과 약간 높은 듯한 코가 있고 그 사이에 큰 두 눈이 깊지도 얕지도 않게 자리잡고 있었다. 그 두 눈은 유난히도 빛나고 맑아서 그녀의 웃는 얼굴을 한층 더 환하게 해주었다. 그녀가 들어서자 사무실 안이 밝아지는 것 같았다. 사람들의 시선이 모두 그녀에게 집중되었다. 그녀는 어머니를 따라 웃음을 지으며 사무실 안에 있는 사람들에게 인사를 했다.

쥬에신도 그들 모녀에게 인사를 했고 쥬에민과 지엔윈은 얼른 일어나 그들에게 자리를 권한 후 자기들은 창문 맞은편에 있는 의자에 옮겨앉았다. 쥬에신은 벨을 눌러 차를 끓여오게 했다.

"신발상新發祥(포목점)에 좋은 옷감들이 새로 왔다는 말을 듣고 한

두 가지 살까 해서 나왔는데 어디 적당한 게 있을 것 같은가?" 장씨 부인은 그들과 몇 마디 하다가 쥬에신에게 이렇게 물었다.

"예, 종류가 아주 많고 대개가 모직물 등속이더군요." 쥬에신이 지체없이 대답했다.

"그럼 자네 나하고 같이 가주겠는가?"

"좋습니다. 고모님이 가보시겠다면 제가 모시고 가지요. 지금 곧 가시겠습니까?" 쥬에신은 곧 일어설 자세를 취하고는 유쾌하게 장씨 부인을 바라보면서 그녀의 대답을 기다렸다.

"지금 해야 할 일은 없는가? 그럼 지금 가세." 장씨 부인은 기뻐하며 말했다.

"엄마, 저는 안 가겠어요. 여기서 기다릴게요." 친이 미소를 띠며 일어나 책상 앞으로 걸어갔다.

"그러렴." 장씨 부인은 그녀가 먼저 나가도록 문발을 쳐들고 있는 쥬에신을 보고는 문턱을 넘어갔다. 쥬에신도 뒤따라 밖으로 나갔다.

"쥬에후이는 무슨 책을 그렇게 보고 있어?" 친이 책상 앞에 서서 쥬에후이의 손에 들린 잡지를 바라보며 물었다.

"이번에 새로 나온 〈신청년〉이죠." 쥬에후이가 고개를 들어 그녀를 흘끗 바라보더니 자랑스레 대답했다. 그러고는 마치 친이 빼앗아 가기라도 할 것처럼 잡지를 꽉 움켜쥐었다.

"그렇게 겁내지 마. 내가 빼앗아갈 것도 아닌데." 쥬에후이의 모습을 본 친의 얼굴에 미소가 떠올랐다.

"자 보우, 실컷 보우. 나중에 내가 잡지를 보배처럼 여겼느니 어쩌니 하지 말고." 쥬에후이가 잡지를 친에게 내밀며 말했다.

"먼저 빨리 보기나 해. 오빠들이 다 보고 난 뒤에 난 빌려가지고 집에 가서 천천히 보겠어." 친은 잡지를 받지 않고 쥬에후이 형제에게 말했다.

쥬에후이는 책을 도로 가져다가 비스듬히 누운 채 계속 읽어내려갔다. 그러나 조금 후 그는 문득 웃으며 그녀에게 물었다.

"누나, 오늘 그렇게 기분이 좋은 걸 보니 고모님이 그 일을 승낙하셨나봐요."

"왜 이렇게 기분이 좋은지 나도 모르겠어. 그 일은 엄마가 승낙하고 안 하고 문제가 아니지. 나도 쥬에후이와 마찬가지로 사람이니까. 내 일은 스스로 결정할 거야." 친이 고개를 흔들면서 말했다. 그녀는 쥬에신이 앉았던 자리에 가서 앉으며 손길 닿는 대로 책상 위에 놓여 있는 장부를 들어 책장을 넘겼다.

"옳은 말이야. 정말 신여성답군!" 쥬에민이 옆에서 칭찬했다.

"놀리지 말아요." 웃으며 이렇게 말하던 친이 별안간 엄숙한 표정을 지었다.

"중요한 소식 하나 알려드릴게요. 오빠네 큰이모님이 성 안으로 돌아오셨대."

과연 이것은 심상치 않은 소식이었다.

"그럼 메이梅누나는?" 쥬에후이가 일어나 앉으며 대단히 흥미 있는 어조로 물었다.

"언니도 돌아왔어! 출가한 지 일년도 못 되어 남편이 세상을 떠났나봐. 게다가 시가에서 학대해서 친정으로 돌아와 있다가 이번에 큰 이모님이 이리로 오시게 되니 따라온 모양이야."

"어떻게 그렇게 자세히 알고 있어? 그 소식을 어디서 들었지?" 쥬에민이 놀라며 물었다. 금테 안경 밑의 둥그래진 두 눈이 친을 바라보고 있었다.

"언니가 어제 우리 집에 왔었어요." 친이 나직이 대답했다.

"메이 누나가 집에 갔었다구? 언제? 전과 마찬가지겠지?" 쥬에민이 관심 어린 어조로 물었다.

"좀 초췌해졌어요. 예전보다 몹시 축나지는 않았지만…. 그리고 더 예뻐졌어요. 그렇긴 해도 젖은 듯한 그 두 눈에는 무언가가 담겨 있는 것 같았어요. 그런데 그 언니가 지난 일들을 떠올리게 될까봐 많이 물어보진 못했지요. 언니하고 한 이야기란 언니가 가 있던 현縣의 인심과 풍토 이야기, 그리고 언니의 최근 처지에 대한 것뿐이었지요. 언니는 쥬에신 오빠에 대한 말조차 꺼내지 않았어요." 친의 음성이 우울해졌다. 그녀는 쥬에민에게 물었다.

"쥬에신 오빠는 지금 그 언니를 어떻게 생각하고 계세요?"

"형은 벌써 그 누님을 잊어버린 것 같더군. 난 여태껏 형이 그 누이의 말을 입 밖에 내는 걸 들어본 적이 없고 또 형수님한테 아주 만족해하고 있으니까." 쥬에민이 솔직히 대답했다.

친은 고개를 가볍게 흔들며 약간 감성적인 어조로 말했다.

"그렇지만 언니는 큰오빠를 잊어버린 것 같지 않았어요. 나는 그 두 눈만 보아도 언니가 아직도 큰오빠 생각을 하고 있다는 걸 알 수 있었어요…. 엄마가 이 소식을 큰오빠에겐 전하지 말라고 하셨는데."

"말해도 괜찮을 것 같은데. 메이 누나나 큰이모님이 우리 집에 오시지도 않을 게고, 그들 두 분이 서로 만날 기회도 없을 테니까. 큰형은 이미 그때 일을 말끔히 잊어버렸고, 무슨 일이든지 몇 해만 지나면 달라지는 법이니까요. 게다가 큰형과 형수님은 사이가 아주 좋은데 두려울 게 뭐가 있어요?" 슈에후이가 끼어들었다.

"내 생각엔 그래도 말하지 않는 게 좋을 것 같아. 기왕 잊어버렸다면 다시 상기시키지 말아야지. 그리고 또 형이 누나를 잊어버렸다고 누가 단언할 수 있겠니?" 쥬에민이 신중하게 의사를 표시했다.

"그래요 역시 말하지 않는 게 좋아요." 친이 고개를 끄덕였다.

한쪽 구석의 의자에 앉아 있는 지엔윈은 안색이 별로 좋지 않았다. 그는 무슨 말인가 하고 싶은 듯한 눈치인데 입술만 몇 번 달싹거렸을 뿐 아무 말도 하지 않았다. 그는 가끔 친의 얼굴을 바라보며 그녀의 말을 주의 깊게 듣고 있었으나 그녀는 지엔윈의 존재를 의식조차 못 하는 것 같았다. 그는 부러운 듯한 시선으로 쥬에민과 쥬에후이를 바라보았다. 그러다가 지엔윈은 친의 말에 감동해서(동시에 또 다른 데에도 원인이 있었지만) 참다 못해 감탄하는 어조로 입을 열었다.

"만일 큰형님이 메이 누님과 결혼했더라면 그야말로 아주 이상적인 한 쌍이었을 텐데."

친은 부드러운 시선으로 그를 한 번 바라보고는 눈을 얼른 다른 데로 돌렸다. 지엔윈은 마치 축복이나 받은 것 같은 얼굴이었다. "누군들 그렇게 생각하지 않았겠어요?"라는 친의 대답을 그는 천천히 음미했다.

"그때 누가 훼방을 놓아 어머니와 그 이모를 충돌시키고 큰형과 메이 누나의 행복을 깨뜨려버렸는지 모르겠어." 쥬에후이가 화난 목소리로 말했다.

"쥬에후이는 모르겠지만 난 어머니한테서 들어서 잘 알고 있어. 이건 큰오빠도 잘 모르실 거야." 친이 여전히 침울한 어조로 말을 이었다.

"처음엔 외삼촌께서 중매인을 내세워 청혼을 했고 오빠네 이모님도 생각이 있었대요. 그런데 그후 이모님이 어디 가서 큰오빠와 언니의 궁합을 보니까 두 사람은 상극이라고 했대. 결혼하면 여자 쪽이 일찍 죽는다나? 그래서 이모님이 혼사를 거절해버렸대. 그런데 실은 또 다른 원인이 있었어. 어느날 이모님과 외숙모님이 마작을 하다가 좀 분란이 있었대. 외숙모님은 자신이 당연히 받아야 할 대우를 받지 못한 것이 억울해서 혼사를 거절하는 것으로 보복했대. 외숙모님도 본래부터 메이 언니를 마음에 들어했고 또 쥬에후이네 집에서도 언니를 싫어하는 사람이야 없었지. 그래서 외숙모님은 혼사를 거절당한 데 대해서 아주 불만이셨대. 그후 큰오빠가 리씨네 집 아가씨와 약혼했다는 소문이 들리자 이모님도 몹시 화가 나서 두 분이 대판 싸우고는 서로 발길까지 끊어버리게 되었대."

"그런 일이 있었군. 우린 여태까지 모르고 있었어." 쥬에민이 말했다.

"우리는 형과 메이 누나의 혼삿말이 있었다는 걸 몰랐기 때문에 아버지와 지금 계시는 어머니가 형의 속도 모르고 형의 행복에 대해 관심을 두지 않았다고 오해하고 있었지. 공연히 아버지와 어머니만 탓했군."

"그래요, 그때는 큰형과 누나가 결혼하기를 누군들 바라지 않았 겠어요? 큰형이 약혼했다는 말을 처음 들었을 때 우리도 어쩐지 마음이 안 좋았지. 그래서 그 누나를 대신해 불만을 품고, 또 거기에 반대하지도 않고 멍하니 시키는 대로 따른다고 큰형을 비난하기도 했지. 그후 메이 누나는 우리 집에 오지 않게 되고 얼마 안 가 이곳을 떠나버렸지. 큰형이 후에 형수님을 맞아들이게 되자 우리는 모두 메이 누나를 동정하고 은근히 큰형을 원망했지. 우스운 말 같지만 우리는 큰형 자신보다 더 열심이었지요…. 그때 우리는 큰형과 메이 누나가 결혼하는 것이 아주 정당한 일이라고 생각하고 있었으니까." 쥬에후이는 흥분해서 말했으나 마지막에 가서는 자기도 모르게 그만 웃어버렸다.

"그때 그것은 사랑이 아니었는지도 모르지. 두 사람의 나이가 걸맞고 마음이 서로 맞은 정도에 불과한 것 아니었을까? 그러니 헤어진 후에도 형이 그다지 괴로워하지 않았던 거겠지." 쥬에민이 이렇게 해석했다.

"형도 참… 그래 그 당시에 나이가 걸맞고 마음이 맞았으면 됐지. 또 뭐가 부족하단 말예요?" 쥬에후이가 반문했다.

한쪽 구석에서 연달아 한숨 소리가 들렸다. 지엔윈이 혼자 구석에서 한숨을 짓고 있었다.

"지엔윈, 자네 무슨 일 있나? 왜 혼자서 한숨만 쉬고 있는가?" 쥬에민이 의아해하며 물었다. 그러나 지엔윈은 못 들었는지 아무 대답도 하지 않았다.

"지엔윈은 언제나 저러더군." 쥬에후이가 웃으면서 말했다.

세 사람의 시선이 모두 지엔윈에게로 쏠렸다. 지엔윈은 그제야 알아차리고 고개를 푹 숙였다. 그러나 그는 다시 머리를 들고 우울한 눈으로 겁먹은 듯 친을 바라보았다. 친이 조금도 피하지 않자 오히려 그의 눈길이 곧 떨구어졌다. 그는 다만 고개를 내저으며 말했다.

"자네들은 큰형님을 모르네. 자네들은 몰라. 큰형님은 절대로 메이 누님을 잊어버리지 않았을 걸세. 나는 벌써부터 알고 있었네마는 큰형님은 지금도 늘 그 누님을 생각하고 있을 걸세."

"그렇다면 우리는 어째서 그런 눈치를 조금도 못 챘지? 평소에 메이 누나의 이름을 입에 올리는 일도 아주 드물었는데, 자네 말대로라면 마음속으로 사랑하면 할수록 겉으로는 더욱 냉담해진다는 것 아닌가?" 스스로 아주 적절한 질문이라고 여기면서 쥬에민이 말했다.

"그건 그래야 한다거나 그래서는 안 된다거나 하는 문제가 아니라 엄연한 사실이라고 생각하네. 때로는 자기 자신으로서도 어쩔 수 없는 경우가 있는 거니까!" 지엔윈이 이렇게 해석했다.

"나는 그렇게 생각하지 않아요." 쥬에후이가 그 말을 부정했다.

"나도 그럴 수 없다고 생각해요." 친이 진지하게 말했다.

"나는 그런 일은 있을 수 없다고 생각해요. 사랑이란 공명정대한 것인데 숨길 필요가 어디 있겠어요? 마음속으로 열렬하게 사랑하면서 겉으로 어떻게 냉담해질 수가 있겠어요?"

그러자 지엔윈은 무슨 큰 충격이나 받은 것처럼 갑자기 안색이 창백해졌다. 그는 입술을 약간 떨며 눈을 떨구고 고개를 푹 숙인 채 한마디도 하지 않았다.

"천 선생님, 왜 그러세요?" 친이 그의 표정을 보고 놀라서 일어나며 물었다.

지엔윈이 머리를 들어 친을 바라보았다. 그의 얼굴에는 의혹의 빛이 떠올랐다. 그리고 빙그레 웃었다. 그의 눈은 잠시 빛났으나 여전히 우울한 눈빛이었다. 웃음은 곧 사라지고 그는 다시 침울한 표정으로 돌아갔다.

쥬에민네 형제의 시선도 친을 따라 지엔윈에게 옮겨갔다. 그들 세 사람은 그의 표정 변화를 주의 깊게 살펴보았지만 변화의 원인은 알 길이 없었다.

"천 선생님, 안색이 영 좋지 못한데 어디 편찮으세요?" 친이 동정하는 어조로 물었다. "무슨 언짢은 일이 있으세요?"

지엔윈의 얼굴에 또 난처한 기색이 떠올랐다. 그는 친의 밝은 얼굴을 바라볼 뿐 적당한 대답을 찾지 못했다. 그는 혀가 뻣뻣하게 굳어서 간신히 이렇게 말했다.

"아무렇지도 않습니다. 아무렇지도 않아요." 그는 고통스러운 듯이 고개를 흔들며 말했다.

"저는 머리가 너무 나빠서 제 의사조차 잘 표현하지 못합니다."
그가 서글프게 미소지었다.

"천 선생님, 선생님은 어쩌면 그렇게 겸손하기만 하세요? 낯선 처지도 아니고 우린 늘 만나는 사이 아니에요?" 친이 부드럽게 말했다.

"겸손해서 하는 말이 아닙니다. 사실 저는 당신들에게 비할 수도 없다는 것을 느끼게 됩니다. 저 같은 건 당신들 사이에 낄 자격도 없습니다."

부끄러움 때문이 아니라 정말 흥분되어 말하고 있었기 때문에 지엔윈의 얼굴이 새빨개졌다. 그는 다른 사람들이 자기 말을 곧이듣지 않을까봐 특히 힘을 주어 말했던 것이다.

"그런 말씀은 그만두세요. 우리는 안 듣겠어요. 다른 이야기나 합시다." 친은 갑자기 지엔윈에게 명령이라도 하는 듯한, 그러면서도 동정하는 어조로 말했다.

쥬에민은 옆에서 아무 말 없이 때로는 친에게로 때로는 지엔윈에게로 시선을 옮기면서 그들의 대화에 귀를 기울였다. 그러면서 이따금 흡족한 웃음을 지었다. 쥬에후이는 그들의 대화에는 아랑곳없이 〈신청년〉을 읽고 있었다.

지엔윈의 얼굴 표정은 수시로 변하여 그가 도대체 무슨 생각을 하고 있는지 짐작하기 어려웠다. 친이 '우리'라고 말한 것이 그를 듣기 거북하게 한 모양이었다.

"친 아가씨, 그럼 후일에 다시 뵙기로 하고 저는 다른 일이 있어서 이만 실례하겠습니다." 지엔윈은 이렇게 말하며 갑자기 일어나 밖으로 나가려 했다.

친은 놀란 눈초리로 그를 바라볼 뿐 아무런 말도 하지 않았다.

"좀더 앉아 있다가 가는 게 어떤가? 여럿이 함께 이야기라도 나누는 게 좋지. 형도 곧 돌아올 텐데." 쥬에민이 말했다.

"고맙네, 하지만 난 가봐야겠네." 그는 좀 머뭇거리다가 이렇게 한마디 하고는 머리를 숙여 인사한 후 나가버렸다.

"저 분에게 무슨 고민이 있나?" 친이 쥬에민에게 물었다. 그녀는 영문을 모르겠다는 표정이었다.

"저 사람의 일을 누가 알아?" 쥬에민이 짤막하게 대답했다.

"틀림없이 무슨 고민이 있을 거예요. 그렇지 않으면 왜 저러겠어요? 이전에는 그래도 괜찮았는데."

"확실히 요즈음 들어 더 이상해진 것 같아. 아마 환경이 좋지 못하기 때문에 자극을 받아서 사람이 이상해지는 모양이야." 쥬에민이 말했다.

"나는 될 수 있는 한 그에게 좀 잘 대해주고 싶어요. 그래서 만날 때마다 말이라도 몇 마디 더 나누려는데 그는 마음을 닫아버린단 말이에요." 친은 누구에게 변명이라도 하듯 말했다. 그는 쥬에민 형제가 아무런 말도 하지 않는 것을 보고 말을 계속했다.

"그는 자신의 비밀이 탄로날까봐 다른 사람에게 속마음을 드러내지 않지만 그래 가지고야 누가 접근할 수 있겠어요? 이따금 나와 만나지만 일단 내가 진지하게 말하려고만 하면 뭐가 무서운지 극구 피하려고 해요."

"아마 그게 상심한 사람에게는 별다른 의미가 있는 거겠지. 애석하게도 때를 잘못 타고 났군." 쥬에민이 조소하듯 말했다.

"그렇지만 그도 때로는 새로운 서적을 들여다보거든." 그는 다시 한 마디 보태었다.

"그런 사람을 가지고 이러니 저러니 할 게 뭐예요?" 쥬에후이가 갑자기 보던 책을 덮어놓고 제 무릎을 치며 말했.

"지금 어느 곳에서나 그런 사람들 천지인데 그걸 어떻게 일일이 다 간섭할 수 있겠어요?"

세 사람은 한동안 말이 없었다. 이때 낯모를 사람이 문발 안으로 머리를 들이밀고 사방을 휘둘러보더니, "가오씨는 어디로 나가셨군." 하고 중얼거리며 가버렸다.

"그리고 그때 그 일은 이미 결정됐어요. 이제 시험 준비만 열심히 하면 돼요. 그래서 오빠에게 영어를 배울까 하는데, 어때요? 가르쳐 주시겠어요?" 문득 친이 정색을 하며 쥬에민에게 말했다.

"그거야 어렵지 않지. 거절할 까닭이 있나?" 쥬에민은 그녀의 제안을 무척 반겼다.

"그런데 시간은…."

"그건 오빠 좋을 대로 하세요. 물론 저녁 시간이라야지요. 낮에는 둘 다 학교에 가야 하니까. 내 생각 같아서는 내년 개학할 때까지 기다릴 것 없이 될 수 있으면 곧 시작하는 게 좋겠어요."

"그래, 내가 좀 있다 찾아갈 테니 그때 자세히 이야기하기로 하지… 고모님이 이제 돌아오시는군." 쥬에민은 밖에서 쥬에신과 장씨 부인이 이야기하는 소리를 듣고 한 마디를 보태었다.

  과연 쥬에신이 밖에서 문발을 쳐들어 장씨 부인을 먼저 들어오게 하고 자기도 그 뒤를 따라 들어왔다. 장성은 물건 보따리를 들고 나중에 들어왔다.

  "친아, 이제 돌아가자, 시간이 늦었구나."

  장씨 부인은 차를 한 모금 마시고는 친을 돌아보며 말했다. 그녀는 상성이 아직 방 안에 있는 것을 보고 분부를 내렸다.

  "자넨 먼저 보따릴 내가게."

  장성이 대답하고 곧 나갔다. 얼마 후 친과 그녀의 모친도 나갔다. 쥬에신은 그들 모녀를 사무실 문 어귀까지 전송했고 쥬에민과 쥬에후이는 아케이드 뒷문까지 나가서 그들 모녀가 가마에 앉는 것까지 보고서야 사무실로 돌아왔다.

학생운동의 서곡

아케이드를 나온 쥬에민은 친의 집으로 가고 쥬에후이는 친구를 만나러 다른 길로 들어섰다.

혼자 여러 골목을 지나 네거리 입구에 이르렀을 때 쥬에후이는 동창생인 장후이루와 마주쳤다. 그는 고개를 수그리고 헐떡이며 달리느라 쥬에후이를 보지 못했지만 쥬에후이가 그를 알아보고 덥석 붙잡았다.

"후이루, 무슨 일이 있나? 왜 이렇게 급히 달려가나?" 쥬에후이가 궁금한 듯 물었다.

이마가 넓고 얼굴형이 세모꼴인 그 청년은 고개를 들어 쥬에후이를 바라보았다. 이마에는 땀방울이 돋고 숨이 차서 얼른 말을 하지 못하다가 한참 후에야 겨우 입을 열었다.

"큰일났네, 일이 터졌어."

"빨리 말해봐! 무슨 일이지?" 쥬에후이가 놀라며 물었다.

장후이루는 숨은 좀 가라앉았으나 여전히 격한 어조로 말했다. 그 목소리는 분노와 초조함으로 떨리고 있었다.

"우리가 그것들한테 얻어맞았네! 바로 만춘극장에서."

"뭐라고? 빨리 좀 말해보게." 쥬에후이는 떨리는 눈으로 장후이루의 왼쪽 어깨를 붙잡고 흔들었다.

"뭐라고? 병사가 학생을 때렸다고? 어서 상황을 자세히 말해보게."

"나는 지금 학생들한테 알리려고 학교로 가는 길인데 자네도 같이 가세. 가면서 천천히 이야기하지."

장후이루의 눈에서 강렬한 증오의 불꽃이 타오르고 있었다.

쥬에후이는 자기도 모르게 돌아서서 장후이루를 따라 걸었다. 그는 온몸이 달아올랐으나 입술을 깨물며 장후이루가 말하기를 기다렸다.

"들어보게, 내 말할 테니." 장후이루가 걸으면서 격앙된 어조로 이야기했다.

"오늘 만춘극장에서 연극이 있었는데, 나는 연기자도 아니었고 무슨 임무도 맡지 않았네. 다만 관객이었지. 사건은 이렇게 벌어진 모양이네. 처음 공연을 시작할 때 병사 두세 명이 입장권도 사지 않고 기어이 들어가 공짜구경을 하려고 하자 표를 받는 사람이 이 공연은 보통 극장에서 하는 연극과 달라서 입장권을 사지 않으면 들어갈 수 없다고 했다네. 그래도 그들은 들은 척도 하지 않고 기어이 거저 들어가겠다고 하다가 우리 학생들에게 쫓겨나고 말았지. 그런데 얼마 후 그들이 또 10여 명의 동료를 이끌고 와서 기어코 들어가겠다고 야단법석을 떨기에 우리 학생들은 그들이 말썽을 일으킬까 두려워 내버려두었다네. 그랬더니 그들은 장내에 들어가 앉자마자 보통 극장에서보다 더 제멋대로 시끄럽게 떠들고 야유를 하며 행패를 부리지 않았겠나. 우리 학생들은 정말 참다못해 다른 사람들 연극 보는 데 방해가 되니 제발 좀 조용히 해달라고 사정했다네. 그래도 그들이 여전히 소동을 피우자 우리는 질서를 유지하기 위해 간섭하지 않을 수 없게 되었지. 그러자 그들은 시비를 걸고 달려들어 주먹질을 하기 시작했고 어떤 놈은 무대 위에까지 뛰어 올라가서 난장판을 만들었네. 소동이 커지자 후에 성방城防(수도경비사령부) 사령부에서 1개 중대를 파견해 겨우 진압은 되었지만 극장 안은 이미 꼴이 말이 아니고 부상당한 학생이 몇이나 생겼다네. 그런데 일을 저지른 놈들은 모두 도망쳐버리고 한 놈도 붙잡지 못했단 말일세. 글쎄 1개 중대의 병력이 맨주먹만 가진 병사 몇을 하나도 붙잡지 못했다니, 어느 멍청이가 곧이듣겠나? 이건 틀림없이 미리 꾸며놓은 수작일 거야."

"맞아, 틀림없어."

분노의 불길이 치밀어 쥬에후이의 가슴이 터질 듯했다.

"그렇지 않아도 며칠 전부터 항간에는 당국에서 학생들의 거동을 제지할 거라는 소문이 떠돌고 있었다네. 최근 2년 동안에 학생들이 걸핏하면 외국 상품 검사를 하느니 시위행진을 하느니 하며 지나치게 대단한 기세로 일을 저지르니 엄격히 단속하지 않으면 안 되겠다고 나발을 불고 있었다네. 그래서 학생들에 대해 악감을 품도록 병사들을 극력 선동하여 그네들로 하여금 학생들을 진압토록 하려는 거였지. 그러나 이건 그 첫걸음일 뿐이고, 두고 보게. 앞으론 더욱 심해질 테니!"

"현장에 있던 우리 학생들은 임시로 샤오청少城 공원에 모여 긴급회의를 열고 즉시 각 학교 학생을 소집해서 독군서督軍署(성의 군사행정기관)에 청원하러 가기로 결정했네. 제기할 조건도 이미 결정되었네. 자네도 가겠지?" 장후이루는 이렇게 말하며 걸음을 더욱 재촉했다.

"물론이지." 쥬에후이가 대답했다. 그들은 어느새 학교에 다다랐다. 그들은 격앙된 채 학교로 성큼성큼 들어갔다. 운동장에는 기숙사에 사는 학생들이 여기저기 떼지어 모여 무슨 이야기인가를 하고 있었다. 왁자지껄한 그들의 말 소리로 온 학교가 들썩이는 것 같았다. 장후이루는 소식이 자기보다 먼저 도착했다는 걸 직감했다. 과연 그보다 한 학년 선배인 황춘렌이란 학생이 벌써 와서 무언지 이야기하고 있었다. 그는 〈종신대사〉라는 연극에서 아버지 역할을 했지만 소동이 일어났을 때는 그 극이 이미 끝난 뒤였다.

소식이 이미 알려졌기 때문에 장후이루는 새삼스레 보고할 필요가 없었다. 그래서 쥬에후이와 함께 무리에 가담해서 그들이 무슨 이야기를 하고 있는지를 들었다. 그도 자기가 알고 있는 건 죄다 말했다. 그들의 토론은 전체가 출발할 때까지 열렬히 계속되었다.

샤오청공원은 학생들의 임시 집합 장소가 되어 있었다. 그들의 대오가 거기 도착했을 때는 벌써 몇몇 학교의 학생들이 와 있었다. 일요일이었기 때문에 학생들을 소집하기가 쉽지 않았고 게다가 일부 학교에서는 이미 겨울방학을 한 상황이었다. 때문에 소집된 것은 실제 재학생 수보다 훨씬 적은 데다 몇몇 중요한 학교들뿐이어서 외국 상품 검사나 시위진행에 참가했던 숫자에 비하면 보잘것없었다. 그래도 족히 200여 명은 되었다.

하늘은 이미 잿빛으로 변했고 부근의 등불이 켜지기 시작했다. 학생들의 대오는 독군서를 향해 출발했다.

쥬에후이는 긴장한 마음으로 사방을 휘둘러보았다. 길가에는 적지 않은 구경꾼들이 서 있었는데 그 중에는 호기심 어린 표정으로 쳐다보는 사람도, 나직이 말을 주고받는 사람들도 있었으며 무서워서 피하는 사람도 있었다.

"또 빌어먹을 놈의 외국 상품 검사를 할 모양이군. 이번엔 어느 집이 재수 없게 걸려들지 모르지."

이렇게 중얼거리는 타지방 사투리가 들려왔다. 쥬에후이가 머리를 돌려 주의깊게 쳐다보니 좁은 상판대기에다 작고 교활해 보이는 눈을 가진 녀석이 서 있었다. 곧 그의 눈썹이 치켜올라갔으나 끝마디를 잘못 듣지나 않았는지 확실치 않았기 때문에 그냥 대오를 따라 전진했다.

학생들의 대오가 독군서에 이르렀을 때 날은 벌써 어두워졌다. 어둠이 내려앉자 그들 사이에는 팽팽한 긴장이 감돌았다. 지금 밤이 되어 어두울 뿐 아니라 사회가 어둡고 정치가 어둡다는 기괴한 느낌이 그들에게 들었던 것이다. 아무런 관심도 없는 듯한 시민들 가운데서 그들은 젊은이의 심장으로 이 모든 것과 싸우고자 했다.

대오는 독군서의 문앞 광장에 도착했다. 1개 소대의 병사가 총을 받쳐든 채 그들을 기다리고 있었다. 예리한 총검이 바로 그들의 가슴을 겨누었다. 병사들은 엄숙한 표정으로 말없이 학생들 무리를 쏘아보고 있었다. 흥분한 학생들이 고함을 지르며 안으로 들어가려 했으나 병사들은 총을 내리려 하지 않았다. 이렇게 쌍방은 한참 동안 서로 대치하고 있었다. 그후 학생들은 토의를 거쳐 8명의 대표를 선발해서 독군을 만나기로 했다. 그러나 이 8명의 대표도 병사들의 저지 때문에 독군서로 들어갈 수 없었다. 얼마 후 하급군관 한 명이 나와서 오만한 말투로 말했다.

"독군님은 귀가하셨네. 자네들도 돌아가게."

대표들은 정중하게 독군이 없으면 비서장이 대신 나와서 만나도 좋다고 전했다. 그러나 하급군관은 냉담한 어조로 고개를 흔들며 안 된다고 했다. 뿐만 아니라 모든 권리가 자기 손에 쥐어졌으며 이 많은 학생들을 자기 혼자서 당해낼 수 있다는 듯이 우쭐거렸다.

대표들은 교섭 결과를 학생들에게 보고했다. 그러자 온 광장이 즉시 술렁거리기 시장했다.

"안 돼. 독군을 만나지 않으면 안 돼!"
"꼭 들어가야 한다. 기어코 들어가야 해!"
"독군이 없으면 비서장더러 나오라고 해라!"
"밀고 들어가자. 일단 밀고 들어가놓고 보자!"

학생들의 아우성이 공기를 뒤흔들었다. 어떤 학생들은 정말 앞으로 밀고 들어가려다 다른 학생에게 제지당했다.

"여러분, 조용히 합시다. 질서를 지킵시다. 우리는 질서를 지켜야 합니다." 대표 한 사람이 큰 소리로 외쳤다.

"질서를 지킵시다!" "질서를 지킵시다!" 일부 학생이 거기에 호응했다.

"질서가 다 뭐냐! 우선 들어가놓고 보자!" 한 학생이 이렇게 부르짖었다.

"안 돼, 저들은 총을 가지고 있단 말이야!" 이렇게 대답하는 학생도 있었다.

"질서를 지킵시다! 질서를! 대표의 말을 들읍시다!" 대부분의 학생들은 이렇게 외쳤다.

소란스럽던 분위기는 차차 진정되고 질서가 회복되었다. 어두운 밤하늘에서 작은 빗방울이 떨어지기 시작했다.

"여러분, 부대는 우리가 들어가는 것을 가로막고 독군서에서는 얼굴도 비치지 않고 있습니다. 이제 어떻게 할까요? 들어갈까요, 아니면 여기서 기다릴까요?" 온 광장 사람들에게 다 들리게 하기 위하여 대표는 목이 쉬도록 있는 힘을 다 짜내 외쳤다.

"우리는 안 돌아간다." 이것이 전체 학생의 일치된 대답이었다.

"기필코 저 안에 있는 사람을 만나봐야 돼. 이번 청원은 꼭 성과가 있어야 돼. 또 속아 넘어가서는 안 된다." 많은 학생들이 이렇게 큰 소리로 외쳤다.

이때 그 하급군관이 대표들의 앞으로 걸어와서 말했다.

"학생 여러분, 비가 오는데 이제 돌아가는 게 어떻소? 내가 책임지고 여러분의 의사를 독군님께 전달하겠소. 여러분이 여기서 밤새껏 기다려봤자 아무 소용없는 헛일이요." 그의 태도가 아까보다 좀 부드러워졌다. 대표 한 사람이 그의 말을 큰 소리로 전체 학생들에게 전달했다.

"안 된다. 안 돼!"

또 한바탕 고함 소리가 온 광장을 진동시켰다가 차차 수그러들었다.

"자, 그러면 여러분은 가지 말고 여기서 기다려주십시오. 우리가 다시 들어가 사리를 따져 기어코 목적을 달성하고야 말 테니까!" 대표 한 사람이 두 손을 마이크 삼아 입에 둥글게 대고 큰 소리로 외쳤다.

몇몇 사람이 박수를 치기 시작하자 이어서 모두가 박수를 쳤다. 박수 소리 속에서 대표들이 다시 출발했다. 뜻밖에도 이번에는 8명의 대표가 모두 독군서로 들어갈 수 있었다.

쥬에후이도 사람들 속에서 있는 힘을 다해 박수를 쳤다. 빗방울이 모자를 쓰지 않은 그의 머리에 쉴새없이 떨어져 머리를 흠뻑 적셨다. 그는 때때로 손으로 눈을 가리기도 하고 팔꿈치로 이마를 막기도 했으나 여전히 옆에 있는 학우들의 얼굴 표정조차 또렷이 보이지 않았다. 그러나 그의 눈에는 병사들의 총검과 독군서 문 앞에 달려 있는 두 개의 큰 등롱이 보였다. 광장에서 움직이는 많은 사람들의 머리가 보였다. 그는 자신의 분노를 억누를 수가 없었다. 숨이 막히는 것 같아서 한바탕 고함을 지르고 싶었다. 병사들이 학생을 구타한 사건은 그야말로 돌발적인 것이었다. 비록 이전부터 당국에서 학생들을 제지하리란 풍설이 돌긴 했지만 아무도 이런 방식으로 나올 줄은 생각지 못했던 것이다. 그것은 너무나 비겁했다. '어째서 이런 방식으로 우리를 대해야 하는가? 과연 나라를 사랑하는 것이 죄란 말인가? 순수하고 진지한 청년들이 정말 국가의 화근이란 말인가?' 그는 도저히 이해할 수 없었다.

멀리서 바라 소리가 들리더니 점점 더 가까워졌다. 밤 10시를 알리는 소리였다. 어째서 아직 소식이 없을까? 대표들은 왜 아직 돌아오지 않을까? 초조해진 학생들이 고함을 질러댔다. 빗방울은 점점 더 굵어지기 시작했고 사람들 사이에 또 한바탕 소동이 일었다. 쥬에후이는 한기가 옷을 뚫고 온몸에 스며드는 걸 느꼈다. 몸서리가 쳐졌다. 그러나 곧 '내가 이만한 고통도 못 견딘단 말이냐?' 하는 생각에 주먹을 쥐고 가슴을 폈다. 쥬에후이는 어깨를 잔뜩 웅크리고 서 있는 학우들을 바라보았다. 그들의 머리칼은 비에 젖어 착 가라앉아 있었다. 그러나 그들에게서 위축된 기색이라고는 조금도 찾아볼 수 없었다. 한 학생이 자기 벗에게 이런 말을 하고 있었다.

"결말을 짓기 전에는 절대 돌아가지 말자. 우리도 베이징 학생들처럼 용감해야 한다. 베이징 학생들은 강연이나 선전을 하러 나갈 때도 감옥에 갇힐 각오를 하고 이불을 지고 다닌다더라. 우리가 청원하기 위해 여기서 하룻밤 새우는 것쯤이야 아무것도 아니지!"

그의 한 마디 한 마디가 쥬에후이의 귀에 또렷하게 파고들었다. 그는 감동해서 하마터면 눈물을 흘릴 뻔했다. 그래서 그 학생을 자세히 보려 했으나 빗물이 눈앞을 가려 잘 보이지 않았다. 그 학생의 말은 비록 평범한 것이었지만 그때 쥬에후이는 자기가 알았던 다른 모든 것을 잊을 만큼 감화되어 있었다. 단란한 가정도 포근한 이부자리도 다 잊어버렸고 그 학생이 시키는 일이라면 불길 속에라도 뛰어 늘어갈 수 있을 것같은 심정이었다.

밤 12시가 되어도 대표들은 돌아오지 않았고 아무런 소식도 없었다. 날씨가 더욱 추워졌다. 모두들 춥고 배고팠지만 그보다 이럴 수도 저럴 수도 없는 그 상태를 견디는 것이 훨씬 힘들었다.

"도대체 언제까지 기다려야 하는 거야?" 누군가 이렇게 중얼거렸다.

앞에는 수많은 병사들의 총검이 학생들을 위협이라도 하듯 번쩍이고 있었다.

"돌아갔다가 내일 다른 방법을 상의해보는 것이 어떨까? 공연히 여기서 날이 샐 때까지 기다려봤자 소용없을 것 같은데!" 나약한 학생 몇몇이 이렇게 중얼거렸으나 아무도 그 말을 귀담아 듣지 않았다. 모두가 날이 샐 때까지 기다릴 모양이었다.

지루하고 견디기 어려운 시간이 자꾸자꾸 흘러갔다.

"대표들이 돌아온다!" 쥬에후이는 앞에서 누군가 외치는 소리를 들었다. 그러자 온 광장이 갑자기 조용해졌다.

"여러분, 이제 자오 과장의 말씀이 있겠습니다."

대표의 목소리였다.

"학생 여러분, 독군님은 벌써 댁으로 돌아가셨기 때문에 제가 대신 나왔습니다. 여러분, 오래 기다리게 해서 대단히 미안합니다."

처음 듣는 목소리가 분명하게 울려퍼졌다.

"방금 여러분의 대표와 이야기한 바와 같이 학생 여러분이 제기한 조건은 제가 대신 접수해서 내일 꼭 독군님께 전해드리겠습니다. 독군님께서 어떻게든 여러분이 만족할 만한 해결책을 내놓으실 것입니다. 학생 여러분, 안심하십시오. 내일 독군서에서 부상당한 학생들을 위문할 사람을 파견하겠습니다. 이제는 밤도 많이 깊었으니 건강을 해치지 않도록 돌아가주십시오. 독군님께서 언제나 학생 여러분들을 생각하고 계신다는 것을 알아주십시오. 여러분, 속히 돌아가주십시오. 여기 오래 서 있다가 또 무슨 일이 생길지 알 수 없으니까…."

여기까지 말하고는 말 소리가 그만 멎어버렸다. 학생들은 또 웅성거리기 시작했다.

"저 사람이 뭐라고 했지, 응? 그게 무슨 뜻이야?" 누군가 쥬에후이에게 물었다.

"독군이 어떻게든 해결할 것이니까 우리더러 돌아가라고 권하는 거네. 무책임한 말이지. 정말 교활한 놈이야." 쥬에후이는 분노가 치밀어올라 욕설을 퍼부었다.

"돌아가는 게 어떤가? 여기 서 있어봤자 아무런 소용도 없을 테니까 역시 돌아가서 대책을 강구하는게 낫지. 아까 그 사람이 한 마지막 말은 의미가 있는 것 같아."

이때 한 대표가 앞에 나서서 말했다. "여러분, 여러분은 방금 자오 과장의 말씀을 들었습니다. 그는 우리가 제출한 조건을 접수했고 독군이 우리가 만족할 수 있을 만큼 해결책을 강구할 것이라고 말했습니다. 이제는 조금이라도 성과를 거둔 셈이니까 내 생각엔 돌아가는 것도 좋을 것 같습니다."

"성과를 거두었다고? 성과가 어디 있어?" 몇몇 학생이 어둠 속에서 분개하여 고함을 쳤다. 그러나 대부분의 학생들은 일단 돌아가자는 대표의 말에 찬성했다. 이것은 결코 그 과장의 말을 신임하기 때문이 아니었다. 여기서 밤이 새도록 서 있어보았자 아무런 소득도 없으리라는 것을 모두가 잘 알기 때문이었다. 더구나 기온이 많이 떨어져 추운 데다가 비까지 내려서 아무도 여기에 서서 기다리며 공연히 힘을 소모하려 하지 않았다. '돌아가서 내일 다시 대책을 강구해보자'고 생각하는 사람들이 많았다.

"좋소, 돌아갑시다. 그리고 내일 다시 봅시다." 많은 사람들이 이렇게 호응했다.

그래서 200여 명의 학생들은 광장을 떠나기 시작했다.

그들에게 영원히 잊을 수 없는 인상을 남겨주려는 듯 굵은 빗줄기가 학생들의 머리와 온몸을 사정없이 내리치고 있었다.

동맹휴학

청원은 아무런 성과도 없었고 '부상당한 학생을 위문하겠다' 던 자오 과장의 약속조차 이행되지 않았다. 그래서 각 학교 학생들은 이틀 후 동맹휴학을 단행하기로 했다. 각 학교들이라 해도 일부분의 학교일 따름이고 대부분의 학교들은 사실상 이미 방학을 한 상태였다.

동맹휴학을 단행한 이튿날 '외국어전문학교'와 '고등사범학교' 이 두 학교가 주체인 학생연합회에서 정식으로 〈동맹휴학선언서〉를 발표하며 독군에게도 심하게 항의를 했다. 이어서 며칠 간 공포의 나날이 계속되었다. 거의 매일 병사와 학생 간에 사소한 충돌이 일어나 시가의 온 주민들에게 전화戰禍가 곧 일어날 것 같은 불안감을 주었다. 학생들은 혼자서는 거리에 나다닐 수 없었다. 거리에 나갈 때는 적어도 5~6명씩 무리를 지어 다녀야 했으며, 그렇지 않으면 봉변을 당하기 십상이었다. 어느날 저녁 '고등사범학교'의 한 학생이 남문 거리에서 서너 명의 병사에게 포위당하여 지독히 매를 맞고 있었는데 독군은 그 옆에서 바라보기만 할 뿐 말 한 마디 하지 않았다는 것이었다.

전 시가가 무질서한 혼란상태에 빠져들었으나 당국에서는 이를 못 본 체하고 아무런 대책도 취하지 않았다. 청원하러 갔던 학생들에게 독군이 어떻게든 해결해 줄 것이라고 한 자오 과장의 말은 처음부터 빈말에 지나지 않았다. 이 며칠 동안 독군은 자기 어머니 생일잔치 준비로 분주하여 그런 사소한 일 같은 것은 아예 염두에도 두지 않았을 터였다. 그리하여 병사들의 기세는 오를 대로 올라갔고 더욱이 부상병들의 위풍은 대단하여 길 바닥에서 제멋대로 행패를 부려도 아무도 간섭하는 사람이 없었다.

그러나 학생들도 그리 쉽사리 굴복하지는 않았다. 그들은 용감하게 '학생의 존엄을 유지하기 위한 자위운동'을 전개했다. 그들은 동맹휴학을 단행한 후 유인물 살포, 강연 등으로 수업을 대신했다. 특히 학생연합회의 활약은 대단했다. 그들은 전국 각계에 전문을 발송해 공정한 여론의 지지를 요청하는 한편 각 현縣에 대표를 파견하여 선전하게 했다. 그 중에서도 가장 중요한 것은 각 현의 학생들과 연락을 취하여 호응하게 함으로써 학생운동을 될 수 있는 대로 확대시키는 것이었다. 과연 그들의 자위운동은 나날이 확산되어갔다. 그러나 독군은 여전히 해결책을 강구하지 않았다.

쥬에후이는 이 운동에 쥬에민보다 훨씬 열성적이었다. 쥬에민은 친에게 영어를 가르쳐주느라 여념이 없어서 다른 어떤 일에도 그다지 관심이 없는 듯했다.

어느날 오후, 쥬에후이가 학생연합회에서 회의를 마치고 돌아오자 대청에서 마주친 첩 천씨의 하녀 첸씨 어멈이 말했다.

"셋째 도련님, 할아버님께서 부르십니다. 얼른 가보세요." 그는 첸씨 어멈을 따라갔다.

예순이 훨씬 넘은 할아버지는 침대 앞에 놓인 등의자에 누워 있었는데 키가 무척 커 보이고 긴 얼굴은 거무죽죽한 빛을 띠고 있었다. 코 밑에는 희끗한 수염이 八자로 갈라져 있고 벗겨진 머리에는 이미 백발이 된 머리카락이 드문드문 있을 뿐이었다. 두 눈을 감고 있는 할아버지의 콧구멍에서는 가느다란 숨소리가 새어나왔다.

쥬에후이는 설핏 잠들어 있는 그 노인을 물끄러미 바라보았다. 그는 감히 깨우지도 돌아가지도 못하고 조심스럽게 할아버지 앞에 서 있었다. 마치 온 방 안의 공기가 모두 그를 압박하는 듯하여 매우 불안했다. 그는 자기가 빨리 나갈 수 있도록 할아버지가 얼른 눈을 떠주기를 바라면서 조용히 그 자리에 서 있을 수밖에 없었다. 시간이 지남에 따라 조심스런 마음이 수그러진 그는 할아버지의 거무죽죽한 얼굴과 벗겨진 정수리를 찬찬히 관찰하기 시작했다.

철이 들면서부터 그의 머릿속에는 할아버지의 엄숙한 모습이 새겨져 있었다. 할아버지는 온 집안 사람들이 숭배하고 존경하는 대상이었으며 언제나 위엄 있는 태도를 보였다. 그는 할아버지와 다섯 마디 이상 말해본 적이 거의 없었다. 매일 아침 저녁으로 할아버지의 방에 들어가 문안을 드렸지만 그 외에는 어디서든 할아버지의 그림자만 보아도 몸을 피할 정도로 그와 마주치길 꺼렸다. 친절이라고는 전혀 찾아볼 수 없는 할아버지 앞에 있으면 어쩐지 구속을 받는 것처럼 거북했기 때문이었다.

  지금 그의 눈에는 맥없이 거기에 누워 있는 할아버지가 퍽 쇠약해 보였다. 약간 벌어져 있는 입에서는 이따금 침이 흘러내려 턱 밑의 옷을 적셨다. '할아버지도 본래부터 딱딱하고 인정이 없는 사람은 아닌가보다.' 그는 속으로 그렇게 생각했다. 그러자 그의 머리에 옛 시 한 수가 떠올랐다.

    너의 그 지나친 단장보다
    소박한 그대로가 더욱 마음에 들어,
    타고난 네 아리따운 자태
    꽃다운 뭇 여인을 압도하느니.
    내 오히려 너에게
    첫눈에 반했거늘.
    내 지아비 미쳐 날뜀을
    어이 이상하다 할 것인가?

  그는 조모가 돌아가시기 전에 조모의 시집에서 읽어주었던 시 한 구절을 생각하며, 젊은 시절 할아버지의 모습을 떠올리다 빙긋이 웃었다. "할아버지도 젊어서는 방탕한 사람이었는데 나이가 좀 드니까 근엄한 척 한단다." 하신 생전의 조모 말씀도 떠올랐다. 할아버지의 시집에 기생들에게 보낸 많은 시들이 적혀 있었던 것을 보면 그 시를 받은 기생이 결코 한 사람만은 아니었을 것이라는 생각이 들었다. 그에게는 또 이런 생각이 들었다. '그건 서른 이전의 일일 것이고 그후로는 인의 도덕을 운운하는 완고한 인간으로 변하신 모양'이라고…. 하긴, 최근에도 할아버지는 여배우와 교제한 일이 있었다. 한번은 할아버지와 셋째 숙부가 유명한 여배우를 집에 데려다가 분장을 시켜 사진을 찍었는데 그 여배우가 대청에서 머리를 빗고 화장하는 것을 쥬에후이는 직접 본 기억이 있다. 이런 일이 이 도시에서는 그다지 이상스러울 것도 없었다. 얼마 전에만 해도 공교회孔敎會(우리나라의 향교와 비슷함)를 맡아 '여생을 도덕 수호에 바치겠다'고 자진하여 중책을 지고 나선 몇몇 청나라 유신들이 신문에다 연극배우 방명록을 왁자하게 발표하는가 하면 모 여배우에게 장원급제를 준 일이 있었다. 이것이 바로 점잖다는 사람들의 풍류놀이다.

할아버지는 본래 이름 있는 선비로서 《둔재시집遯齋詩集》이라는 책 두 권을 찍어 친구에게 준 일도 있거니와 서화 수집도 좋아하셨다. 이 점에서 본다면 그는 한량이라고 할 수 있다. '그러나 이런 풍류놀이가 어떻게 도덕을 내세우는 완고한 정신과 공존할 수 있을까?' 그것이 어린 쥬에후이로서는 이해할 수 없는 점이었다.

게다가 할아버지에게는 첩이 한 명 있었다. 그 여인은 늘 진한 화장을 하여 온몸에서 향기가 풍겼지만 애교라고는 눈꼽만치도 없었으며 입을 열었다 하면 언제나 시끄러운 소리로 비아냥대기만 했다. 그녀는 조모가 돌아가신 후 이 집에 팔려와 할아버지의 시중을 들고 있다. 할아버지는 그 여자가 마음에 드는지 근 10년 동안이나 함께 살아왔다. 그녀는 다섯째 삼촌을 낳았으나 다섯 살 때 병이 들어 죽어버렸다. 할아버지가 서화를 감상하는 취미를 가지고 있다는 것과 이런 여인과 함께 살고 있다는 사실에 생각이 미치자 쥬에후이는 어이가 없어서 자기도 모르게 피식 웃음이 나왔다.

'사람이란 이처럼 모순된 존재인가?' 이런 생각을 하자 그는 할아버지를 더오디 이해할 수 없었다. 생각하면 할수록 더욱 이해가 되지 않아 할아버지는 그에게 있어서 하나의 수수께끼, 그야말로 풀 수 없는 수수께끼 같은 존재로 보였다.

이때 할아버지가 갑자기 눈을 뜨더니 그를 한 번 바라보고는 놀란 기색으로 손을 내저으며 나가라는 몸짓을 했다. 무엇 때문에 할아버지는 자기를 불러다가 이처럼 오래 기나리세 하고 이제 와서는 말 한 마디 없이 도로 나가라고 하는 것일까? 그는 까닭을 알 수 없었다. 이유를 물어보려다가 그는 문득 할아버지의 얼굴에 못마땅해하는 기색이 떠오르는 것을 보고, 여러 소리 하다가는 도리어 꾸지람만 들을 것 같아 조심스레 방을 나오려 했다.

그가 막 문지방을 넘어서려는데 할아버지가 부르는 소리가 들렸다.

"쥬에후이야, 이리 오너라. 내 물어볼 말이 있다."

"예." 그는 대답하고 뒤돌아서 할아버지 앞으로 갔다.

"어디 갔었지? 아까부터 너를 불러도 없더구나." 일어나 앉은 할아버지의 목소리에는 엄숙한 위엄이 배어 있었다.

이 질문에 그는 당황했다. 학생연합회에 갔다왔다는 사실을 할아버지에게 말해서는 안 된다는 것을 알고 있었다. 그러나 다른 말을 꾸며댈 수도 없었다. 할아버지의 날카로운 눈초리가 그의 얼굴을 쏘아보았다. 쥬에후이는 얼굴을 붉히며 한참 동안 머뭇거리다가 겨우 한 마디 했다.

"친구를 만나보러 갔다 왔습니다."

할아버지는 냉소를 지으며 위압적인 시선으로 쥬에후이를 한참 바라보더니 입을 열었다.

"거짓말은 그만둬라. 난 다 알고 있다. 요새 학생과 병사들 사이에 충돌이 있다는 것과 너도 그 속에서 한몫 거든다는 말을 들었다. 학교에서는 수업도 하지 않는다는데 넌 집에 붙어 있지 않고 날마다 무슨 놈의 학생연합회인지 하는 데 가서 회의를 한다지. 방금 네 작은 할미에게 듣자니까 네가 거리에서 삐라를 뿌리고 있는 걸 누가 보았다더구나. 요새 학생 놈들은 주제넘게 덤벼들어서 큰일이다. 걸핏하면 일본상품 검사를 한다고 설치질 않나 상인을 붙들어다 길바닥으로 끌고다니질 않나. 그야말로 무법천지란 말이야. 너는 왜 그런 것들과 휩쓸려다니며 소란을 피우는 것이냐? 지금 항간에서는 당국에서 학생들을 가만두지 않으리라는 소문이 파다하게 돌고 있다. 너같이 쓸데없이 밖으로 나돌다가는 이제 두고 봐라! 제명대로 못 살 게다."

할아버지는 성난 어조로 몇 마디 야단을 치고는 말을 멈추고 기침을 했다. 쥬에후이는 변명을 하려 했으나 입을 열기도 전에 할아버지가 말을 가로챘고, 말이 끝나기 무섭게 심한 기침을 했다. 이때 옆방에 있던 할아버지의 첩 천씨가 분 냄새를 풍기며 황망한 걸음걸이로 달려나와 할아버지 옆에서 등을 두드려주었다.
　할아버지의 기침 소리가 차차 멎었다. 그는 쥬에후이가 아직 자기 앞에 서 있는 것을 보자 성난 어조로 말을 이었다.
　"너희 학생 놈들은 온종일 글은 읽지 않고 일만 저지른다지? 요즘 학교라는 건 아무짝에도 쓸모가 없어. 기껏해야 불한당 같은 놈들이나 만들어낼 뿐이지. 그래서 나는 본래 네 놈들이 학교에 들어가는 걸 말렸던 거디. 요즘 젊은 것들은 학교에만 들어가면 버리고 만단 말이야. 너도 보다시피 네 넷째 숙부는 학교라고는 문전에도 가보지 않았지만 글공부 잘하고 글씨도 너희들보다 잘 쓰지 않니? 종일토록 집에서 글 읽고 시나 짓지, 언제 네 놈처럼 온종일 밖에 나가 소란을 피우더냐! 너 이대로 나가다간 제명에 못 죽을 게다!"
　"우리라고 소란 피우는 것을 좋아하는 건 결코 아니에요. 우리는 학교에서 열심히 공부만 하고 있었지요. 이번 운동도 자위적인 운동이었을 따름이에요. 아무 까닭도 없이 얻어맞았으니 우린들 가만히 있겠어요." 쥬에후이는 치미는 화를 내리누르며 차분히 설명했다.
　"그래도 말대꾸를 할 작정이냐? 네 이놈! 그만큼 타일러도 아직 알아듣지 못한다 말이냐? 오늘부터 아예 다시는 그런 놈들과 어울려 다니지 못할 줄 알아라! 이 사람아, 자네 나가서 애 큰형을 좀 불러오게." 할아버지는 분을 참지 못해 부들부들 떨면서 말하다가 또 기침이 터져 나와 숨을 헐떡이며 가래침을 뱉어내야만 했다.
　"셋째 도련님, 할아버지를 어쩌면 이렇게 노엽게 하나? 말대답 좀 작작하지. 좀 편안히 쉬시게." 천씨가 분칠한 얼굴을 찌푸리며 쥬에후이에게 말했다. 쥬에후이는 그녀의 말 속에 가시가 들어 있다는 것을 잘 알았지만 할아버지 앞에서 화를 내기도 뭣해서 말 한 마디 없이 고개를 돌리고 입술만 깨물었다.
"이 사람아, 가서 애 큰형을 불러오라니까. 커밍도 함께 불러오게." 할아버지의 기침은 이미 멎어 있었다.
천씨는 대답과 함께 나가버렸고 쥬에후이만 남아서 멀뚱히 할아버지 앞에 서 있었다.
할아버지는 화가 좀 가라앉았는지 더이상 아무 말도 하지 않았다. 그는 연로하여 희미해진 눈으로 사방을 둘러보다가 나중에는 그만 눈을 감아버렸다.
쥬에후이는 할아버지의 홀쭉하게 여윈 긴 체구를 여러 번 눈여겨 바라보았다. 그러자 별안간 이상스런 생각이 머리에 떠올랐다. 자기 앞에 누워 있는 것은 할아버지가 아니라 다만 한 세대世代의 대표자에 불과하다는 생각이 들었다. 그는 할아버지와 자신, 이 두 세대의 간극은 영원히 메워질 수 없다는 것을 알고 있었다. 그러나 길고도 야윈 그 체구에 도대체 무엇이 숨어 있길래 한 자리에 앉아 이야기를 하여도 도무지 할아버지와 손자지간 같지 않고 원수 같기만 한지 이상스러웠다. 쥬에후이의 마음은 견딜 수 없이 착잡했다. 어떤 무거운 것이 젊은 자기의 어깨를 내리누르는 것만 같았다. 그는 몸서리를 쳤다. 자기 앞에 놓인 모든 것에 반항하고 싶었다.
이때 첩 천씨가 들어왔다. 높은 광대뼈에 붉은 입술, 새까맣게 칠한 눈썹에 분을 잔뜩 바른 얼굴. 코를 찌르는 분 냄새 뒤로 큰형이 들어섰다. 그들 형제는 서로를 불쾌한 눈초리로 흘끔 쳐다보았다. 쥬에신은 쥬에후이가 어떤 처지에 있는지를 즉시 알아차리고 천천히 할아버지 앞으로 다가갔다.

할아버지는 발자국 소리를 듣고 눈을 떴다. 그는 쥬에신 혼자 자기 앞에 서 있는 것을 보고 천씨에게 물었다.

"셋째는?"

"셋째 서방님은 변호사 사무소에 가셨답니다."

"그놈은 밤낮 남의 송사만 해주고 집안일은 돌보지 않을 모양이구나." 천씨의 말에 할아버지는 욕을 내뱉었다. 그리고서 쥬에신에게 명령을 내렸다.

"쥬에후이란 놈을 너에게 맡길 테니 밖으로 나가지 못하도록 잘 단속해라. 저놈이 밖으로 나가기만 하면 그것은 네 책임이니 그런 줄 알아라." 할아버지의 음성은 완고했으나 아까보다는 훨씬 부드러웠다.

"예, 예." 쥬에신은 아주 공손하게 대답하며 쥬에후이에게 더이상 말대답을 하지 말라고 눈짓을 했다. 쥬에후이는 가만히 서 있었다.

"그뿐이다. 저놈을 데리고 나가거라. 진저리가 난다." 할아버지는 몹시 지친 모양인지 한참 후에 이렇게 힘없이 한마디 하고는 다시 눈을 감아버렸다.

각신은 여전히 공손하게 대답하며 쥬에후이에게 나가자고 손짓을 했다. 그들 형제는 조심스러운 걸음으로 방을 나왔다. 그들은 대청마루를 지나 마당으로 내려섰다.

"이제야 내가 나 자신의 주인이라는 것을 깨달았어요." 쥬에후이는 깊이 한숨을 내쉬며 말했다. 쥬에신은 동생을 흘끔 바라보았다.

"큰형 대체 어떻게 하죠?" 쥬에후이가 정색을 하고 쥬에신에게 물었다.

"난들 무슨 좋은 수가 있겠니? 할아버지 말씀대로 며칠 동안 외출하지 않으면 되지 않니?" 쥬에신이 딱하다는 듯 말했다.

"어떻게 그럴 수가 있겠어요? 지금 밖에선 운동이 한참 격렬하게 진행되고 있는데 나 혼자 가만히 집에 틀어박혀 있을 수 있겠어요?" 그는 절망적으로 말했다. 그는 사태가 간단치 않음을 깨닫기 시작했다.

"달리 무슨 방법이 있겠니? 할아버지께서 그렇게 명하신 이상." 쥬에신이 조용히 말했다. 요즈음 들어서 그는 크고 작은 모든 일에 온건한 태도를 취해온 터였다.

"좋아요. 형 또 그런 식이군요. 형은 차라리 얌전하게 기독교 신자가 되는게 좋겠어요. '왼쪽 뺨을 치거든 오른쪽 뺨을 들이대'는 식으로…" 쥬에후이는 마치 할아버지에게서 받은 화풀이를 쥬에신에게 하려는 듯했다.

"넌 참 성질도 급하구나." 쥬에신은 성을 내지 않고 도리어 빙긋이 웃으며 말했다.

"어째서 나한테 화를 내지? 내게 화를 내봐야 아무 소용 없는데."

"난 나가고 말 거야! 당장 나갈 테야! 어디 날 어떻게 하나 보자!" 쥬에후이는 격분해서 발을 구르며 중얼거렸다.

"결과는 나에게 꾸지람이 몇 번 더 돌아올 뿐이지." 이렇게 대답하는 쥬에신의 목소리가 걱정스러운 듯 가라앉기 시작했다.
 쥬에후이는 머리를 들어 형을 바라보고는 아무 말도 하지 않았다.
 "내 너에게 진심으로 말하겠다." 쥬에신이 부드럽고도 다정스러운 어조로 쥬에후이를 타일렀다. "할아버지의 화를 다시 돋우지 않도록 우선 며칠 동안만 나가지 말고 집에 가만히 있는 게 좋겠다. 너는 나이도 아직 어린데 성질이 너무 급해. 할아버지가 너에게 무슨 말씀을 하시든 당신이 하고 싶은 말을 다하시도록 너는 가만히 듣고 있도록 해. 할아버지 말씀이 다 끝나고 노여움이 좀 가라앉고난 후에 '예, 예.' 하고 물러 나와서 아무 말도 못 들은 것처럼, 한 귀로 듣고 한 귀로 흘려버리면 그만 아니냐? 그럼 얼마나 간단하니? 할아버지와 맞서봤자 아무 이득도 없다."
 쥬에후이는 말없이 머리를 들어 잿빛 하늘만 바라보았다. 형의 말에 동의하지는 않았지만 더이상 형과 시비를 따지고 싶지도 않았다. 형의 말에도 일리는 있었다. 아무 이득도 없는 일에 쓸데없이 정력을 소모할 필요는 없는 것이다. 그러나 젊은 혈기에 언제까지나 이해타산만 하고 있을 수는 없지 않은가? 이 점에 있어서 형은 자기를 이해하지 못하는 듯했다.
 하늘에 떠가는 몇 조각 먹구름을 바라보는 쥬에후이의 머릿속에는 여러 가지 생각들이 엇갈리고 있었다. 그러나 그는 마침내 결정을 내리고 쥬에신에게 조용히 말했다.
 "그럼 며칠 동안은 외출하지 않겠어요. 그렇지만 이건 할아버지의 말씀에 복종해서가 아니라 형에게 더이상 걱정거리를 만들어드리지 않기 위해서예요."

"고맙다. 실상 네가 나가려고 한다면 나도 말릴 방법이 없다. 난 매일 회사에 나가야 하니까. 오늘은 좀 볼 일이 있어서 일찍 돌아왔다가 공교롭게도 이 일에 부딪혔지만. 사실 솔직히 말하자면 할아버지께서 너를 나가지 못하게 하시는 것도 역시 너를 위한 거야." 쥬에신의 얼굴에 안도의 빛이 떠올랐다. 그는 만족한 듯 미소를 지으며 말했다.

"나도 알아요." 쥬에후이는 아무 생각도 없이 대답했으나 사실은 자기가 무슨 말을 하고 있는지 그 자신도 몰랐다. 그는 마당에 멍하니 서서 걸어가는 쥬에신의 뒷모습을 바라보았다. 그러고는 혼자서 힘없이 화분 곁으로 걸어갔다. 붉은 매화가 한창 피어 맑은 향기를 한껏 풍기고 있었다. 그는 손을 내밀어 짤막한 가지 하나를 꺾어가지고 그것을 다시 힘껏 여러 토막으로 분질렀다. 그러고는 그 가지에 달렸던 꽃송이를 떼어 손바닥에 놓고 물이 나올 때까지 힘껏 비벼서 동그랗게 뭉쳤다. 그는 자기가 지금 무슨 짓을 하고 있는지 의식하지 못했다. 그러나 무언가를 짓부수고 있노라니 만족감이 느껴졌다. 그는 어느날엔가 자기의 두 손이 크게 자라나 낡은 제도를 이렇게 부숴버리게 된다면 얼마나 통쾌할 것인가 하고 생각했다.

그러나 조금 후 다시 우울해졌다. 자기가 지금 거리에 나가 학생운동에 참가할 수 없게 되었다는 것을 의식했기 때문이다.

'모순이다, 모순….' 그는 입 속으로 끊임없이 이렇게 되뇌었다. 그는 할아버지와 큰형이 모순에 빠져 있을 뿐만 아니라 지금은 자신도 모순에 빠져 있다는 것을 깨달았다.

매화꽃 향기 속에

 인간의 육체는 가두어놓을 수 있어도 정신은 가두어놓을 수 없는 법이다. 쥬에후이는 이 며칠 동안 거리에 나가지 않았지만 그의 마음은 여전히 학우들과 함께 행동하고 있었다. 이것은 그의 할아버지조차도 생각하지 못한 일이었다.

 그는 학생운동이 어떻게 진행되고 있을까를 상상하면서 학생운동에 관한 신문기사를 열심히 탐독했다. 그러나 유감스럽게도 그런 기사는 그다지 많이 게재되지 않았다. 그는 학생연합회에서 편집하는 〈학생운동〉 한 부를 받고 있었는데 매주 한 번씩 발간되는 이 신문에는 사람을 감동시키는 논문 몇 편과 새로운 소식들이 적지 않게 실려 있었다. 시위는 점차 누그러들었고 독군의 태도도 한결 부드러워졌다. 독군은 마침내 자오 과장을 파견해 부상당한 학생들을 위문했다. 뿐만 아니라 학생들을 회유시키기 위한 포고문을 두 장이나 공고하고 비서장을 시켜 자기 대신 학생연합회에 편지를 보내 사과의 뜻을 표시하는 한편, 학생들의 금후의 안전을 보장했다. 이어서 신문지상에 병사가 학생을 구타하는 일을 엄금한다는 시市방위사령부의 포고문이 게재되었다. 들리는 바에 의하면 그들은 전날 병사 두 명을 체포했는데 그들이 학생들을 구타한 사실을 자백했다는 것과 이미 엄격하게 처벌했다는 내용이었다. 쥬에민은 그 포고문의 내용을 거리에서 본 적이 있었다.

날마다 더욱 좋은 소식들이 전해지고 있었지만, '집'이라는 우리 속에 갇혀 있는 쥬에후이는 날로 더 초조하기만 했다. 그는 혼자 집에서 발을 구르며 안타까워했고 때로는 책조차 머릿속에 들어오지 않아 침대에 쓰러져 천장만 멍하니 쳐다보고 있었다.

"집, 이곳이 소위 포근한 집이란 것인가?" 쥬에후이는 때때로 화가 나서 고함을 치곤했다. 이따금 옆에서 쥬에민은 빙그레 웃기만 할 뿐 아무 대꾸도 하지 않았다.

"뭐가 그렇게 우스워요? 형은 날마다 나다니니까 무척 좋겠지! 두고 보우, 형도 이제 나처럼 될 날이 있을 테니까!" 형이 웃는 것을 본 쥬에후이는 더욱 화가 났다.

"나야 웃건 말건 무슨 상관이냐? 내가 웃는 것까지 말릴 작정이냐?" 쥬에민이 웃으며 대꾸했다.

"그래요, 웃지 말란 말예요." 쥬에후이는 발을 구르며 고함을 질렀다. 그러자 쥬에민은 책을 보고 있다가 쥬에후이와 말다툼을 하고 싶지 않아 보던 책을 덮어놓고 슬그머니 나가버렸다.

'집, 집이라는 게 다 뭐야? 숨 막히는 새장에 불과할 뿐이지.' 쥬에후이는 여전히 방 안을 서성거렸다. "나가야지, 기어코 나가고 말 테다. 그네들이 나를 어떻게 하든!" 그는 이렇게 중얼거리며 밖으로 나갔다.

쥬에후이가 방문을 나서 돌층계를 내려서니 첩 천씨와 넷째 숙모 선씨가 할아버지의 방 창문 앞에 앉아 이야기를 나누고 있었다. 그는 걸음을 멈추고 좀 머뭇거리다가 방향을 바꾸어 윗채 쪽으로 걸어갔다. 그러고는 다시 오른쪽으로 돌아섰다. 통로를 다 지나 정원 입구로 해서 쥬에신의 방 창 밑을 빠져나가 곧장 정원으로 들어갔다.

그는 반월문 안으로 들어섰다. 커다란 동산이 앞에 우뚝 솟아 있고 자갈을 깐 길이 좌우 양쪽으로 갈라져 있었다. 그는 왼쪽 길로 걸어갔다. 이 오르막길은 그리 넓지는 않으나 꼬불꼬불하고 막다른 곳에는 동굴이 있었다. 동굴을 나서자 내리막길이 보이며 맑은 향기가 코를 찔렀다. 한참 가다 보니 앞에 길이 없는 듯했으나 그는 천천히 걸어나갔다. 왼쪽에 조그만 오솔길이 있어서 모퉁이를 막 돌자 앞이 환하게 트이며 온통 분홍색 꽃밭이었다. 붉고 흰 매화가 만발한 매화 숲이었다. 그는 매화 숲속으로 들어가 땅에 떨어진 꽃잎들을 밟으면서 축축 늘어진 매화나무 가지들을 손으로 헤치며 매화 숲속을 한가로이 거닐었다.

무심히 고개를 들자 멀리 앞에서 남색의 무언가가 어른거리는 것이 보였다. 그는 늘어진 가지들을 헤치며 그쪽으로 걸어갔다. 얼마 안 가서 그는 그것이 사람임을 알았다. 그 사람은 반달형으로 생긴 돌다리를 지나 이쪽으로 걸어오고 있었다. 그는 걸어오는 사람의 모습을, 뒤로 땋아내린 머리채까지 볼 수 있었다. 걸어오는 사람은 분명 밍펑이었다.

그녀를 부르려고 했으나 채 입을 떼기도 전에 그녀는 호수 가운데 있는 정자 안으로 들어가버렸다. 그는 그녀를 기다렸다.

한참 기다렸으나 밍펑은 나오지 않았다. 대관절 거기서 무엇을 하고 있기에 이렇게 오래도록 나오지 않는 것일까 의아했다. 시간이 한참 지난 뒤에야 그녀가 모습을 보였는데, 혼자가 아니라 자주색 저고리를 입은 다른 소녀와 함께였다. 뒷머리밖에는 보이지 않았기 때문에 그는 그 키 큰 소녀가 누구인지 알 수 없었다. 그녀는 얼굴을 저쪽으로 돌린 채 밍펑과 이야기를 하고 있었다. 마침내 그들이 호숫가까지 나와, 다리를 따라 몇 구비 돌 무렵 쥬에후이는 그녀가 넷째 숙모의 하녀 첸얼倩兒임을 알 수 있었다.

그들이 가까이 오는 것을 보고 쥬에후이는 얼른 빽빽이 들어선 매화나무 숲으로 숨었다.

"먼저 들어가! 나는 마님께 매화꽃 몇 가지를 꺾어가지고 갈 테니까!" 밍펑의 맑은 목소리가 들렸다.

"응, 그럼 나 먼저 갈게! 넷째 마님은 어찌나 말이 많은지 내가 잠시만 보이지 않아도 잔소리를 하시거든." 첸얼의 대답이었다.

첸얼은 천천히 매화 숲을 지나 쥬에후이가 오던 길을 되돌아갔다. 쥬에후이는 첸얼의 뒷모습이 매화 숲 저쪽으로 사라지는 것을 보고 성큼성큼 밍펑에게로 다가갔다. 밍펑은 아래로 드리워진 매화 가지를 꺾고 있었다.

"밍펑아, 여기서 뭘 하고 있니?" 쥬에후이가 미소를 지으며 물었다.

가지에 달린 매화꽃에 정신이 쏠려 그가 가까이 오는 것을 보지 못했던 밍펑은 사람의 말 소리를 듣고 깜짝 놀라 나뭇가지를 놓쳐버렸다. 그녀는 다가오는 사람이 쥬에후이인 것을 보고 마음이 놓인다는 듯 방긋 웃으며 말했다.

"전 또 누구시라구요? 셋째 도련님이신 걸 가지구!" 그녀는 이렇게 말하며 다시 손을 내밀어 나뭇가지를 꺾어들었다.

"누가 꺾어오라고 시킨 거니? 왜 아침 일찍 꺾지 않고 이제야 왔어."

"고모님이 원하신다고 마님께서 꺾어오라셨어요. 있다가 둘째 도련님이 가지고 가신대요." 밍펑은 이렇게 말하면서 나무 왼쪽의 꽃이 많이 달린 가지에 손을 뻗었으나 키가 작아 닿지 않았다. 발돋움을 하고 다시 꺾으려 했으나 역시 그 가지를 잡을 수 없었다.

"내가 꺾어주지. 넌 아직 키가 작아서 1~2년은 더 커야 되겠다." 쥬에후이는 옆에서 바라보다가 자기도 모르게 미소를 지었다.

"그럼, 꺾어주세요. 그렇지만 마님께 말씀드려선 안 돼요." 밍펑은 한쪽으로 비켜섰다.

"넌 왜 그렇게 마님을 무서워하니? 실상은 마님도 그리 무서운 사람이 아닌데. 요즘도 마님이 늘 꾸짖으시니?" 쥬에후이는 이렇게 말하며 나무에 다가가 깨금발을 하고 그 꽃가지를 꺾어서 밍펑에게 건네주었다.

123

"요즘은 그렇게 꾸짖으시지는 않지만 그래도 조심스러워요. 일을 저지르게 될까봐 늘 마음을 놓지 못하지요." 그녀는 이렇게 나직이 대답하면서 손을 내밀어 꽃가지를 받았다.

"그게 바로 한 번 노예가 된 사람은 영원히 풀려날 방법이 없다는 거다…." 쥬에후이는 무심결에 웃었으나 밍펑을 조소해서 웃는 것은 아니었다.

그 말을 들은 그녀는 아무 말 없이 고개를 숙인 채 손에 든 꽃가지에 얼굴을 묻었다.

"봐, 저기 아주 좋은 가지가 있어!" 쥬에후이가 유쾌한 어조로 말했다.

"어디에요?" 밍펑이 고개를 쳐들고 웃으며 물었다.

"저기 있잖아!" 그는 손을 들어 옆 나무 꼭대기를 가리켰다. 그녀는 그의 손가락이 가리키는 곳을 바라보았다. 과연 거기에는 아주 탐스러운 꽃가지가 있었다. 그 가지는 무척 높이 달려 있었지만 꽃이 많고 대부분 아직 피지 않은 꽃봉오리였다. 게다가 가지가 휘어진 모양이 아주 멋져서 사람의 눈길을 끌었다.

"너무 높은 곳에 있기는 하지만 아주 예쁘군요…." 밍펑은 그 매화 가지를 보며 혼잣말로 중얼거렸다.

"걱정 마, 쉽게 꺾을 수 있어." 쥬에후이가 그 나뭇가지를 아래 위로 훑어보며 말했다.

"내가 올라가서 꺾어줄 테니 기다려." 쥬에후이는 곧 솜두루마기의 단추를 끌렀다.

"안 돼요, 안 돼요. 떨어지면 큰 일이에요." 밍펑이 말렸다.

"괜찮아." 쥬에후이는 웃으며 솜두루마기를 벗어 옆에 있는 나뭇가지에다 걸어놓고 푸른색 적삼바람으로 나섰다.

"너는 밑에서 나무를 붙들고 있어." 나무 위로 올라가면서 그가 말했다.

쥬에후이는 몇 발자국 위로 기어올라가서 한 쪽 발로 갈라져나간 가지를 딛고 다른 쪽 발로는 굵은 가지를 디뎠다. 그리고 가운데의 굵은 나뭇가지를 양다리 사이에 끼우고는 손을 내밀었다. 그러나 손이 그 꽃가지에 닿지 않자, 하는 수없이 손을 더 내렸다. 그러자 나뭇가지가 몹시 흔들리며 꽃송이들이 우수수 땅에 떨어졌다.

"도련님, 조심하세요, 조심하세요!" 밍펑이 밑에서 외치는 소리가 들렸다.

"무서워할 것 없다." 이렇게 말하면서 그는 다리를 벌리고 오른손으로 원줄기를 꼭 틀어잡았다. 그리고 왼발로 다른 나뭇가지가 그의 체중을 견딜 만한지 두어 번 힘껏 밟아보고 난 뒤 오른쪽 발마저 그 가지에 옮겨 디뎠다. 그러고서 엎드려 그 가지를 잡았는데 세 번 만에야 겨우 그 가지를 꺾어쥘 수 있었다. 그가 오른쪽 발로 먼저 디뎠던 나뭇가지를 밟고 고개를 숙여 아래를 바라보자 위를 올려다보고 있는 밍펑의 얼굴이 보였다.

"밍펑아, 받아라! 꽃가지를 떨어뜨릴게!" 그는 꽃가지를 가볍게 밑으로 던지고는 꽃가지가 내려가다가 걸리지 않도록 옆가지들을 벌려주었다. 그는 꽃가지가 밍펑의 손에 닿은 것을 보고서야 천천히 내려왔다.

"됐어요, 이것이면 충분해요." 밍펑이 기뻐하며 말했다.

"그래, 너무 많으면 형이 가지고 가기에도 불편할 테니까." 그는 옷을 몸에 걸치면서 물었다.

"너 방금 오면서 둘째 형님 못 봤니?"

"낚시터에서 글을 읽고 계셨어요." 이렇게 대답하며 손에 쥔 꽃가지를 다듬던 그녀는 쥬에후이가 옷을 입지 않고 그냥 어깨에 걸친 것을 보고는 걱정스러운 듯이 말했다.

"어서 옷을 입으세요. 그러다 감기 걸리겠어요."

그가 옷을 다 입자 밍펑은 얼른 몸을 돌려 아까 쥬에후이가 오던 길로 걸어가기 시작했다. 그러자 쥬에후이가 그녀를 불렀다.

"밍펑아."

"왜 그러세요?" 밍펑이 발길을 멈추고 뒤를 돌아보며 대답했다. 그가 말도 없이 웃는 얼굴로 자기를 바라보기만 하자 그녀는 다시 돌아서서 걷기 시작했다.

쥬에후이는 급히 몇 발자국 그녀를 따라가다가 다시 그녀의 이름을 불렀다.

"왜 그러세요?" 그녀는 걸음을 멈추고 돌아다보며 태연히 물었다.

"이리 좀 와봐." 그가 간청했다.

그녀가 되돌아왔다.

"너는 요즈음 나를 무서워하는 것 같아. 또 나하고 말도 잘 하지 않으려 하는데 도대체 왜 그러는 거지?" 그는 늘어진 나뭇가지를 휘어잡으며 진담 같기도 하고 농담 같기도 한 어조로 말했다.

"무서워하긴 누가 무서워해요?" 밍펑이 생긋 웃으면서 말했다.

"매일 새벽부터 밤 늦게까지 일하느라 이야기할 틈이 어디 있어야지요!" 그녀는 이렇게 말하고는 다시 가려고 했다.

"난 네가 정말 나를 무서워한다는 걸 알고 있어. 이야기할 새가 없다면서 그럼 아까는 어떻게 첸얼하고 거기에서 놀았니? 나는 네가 호심정湖心亭에 들어가 첸얼하고 이야기하는 것도 다 보았어."

"도련님은 상전이시고 저는 하녀 아니에요? 그런데 제가 어떻게 도련님과 긴 이야기를 할 수 있겠어요?" 밍펑이 냉담한 태도로 말했다.

"그럼 이전에는 어떻게 늘 나하고 놀았니? 그때나 지금이나 마찬가지 아니야?" 쥬에후이는 계속 따져 물었다.

밍펑은 맑은 눈길로 쥬에후이의 얼굴을 바라보더니 마지못해 웃음을 지어보였다. 그러고는 고개를 숙이고 우울한 어조로 말했다.

"이제 달라요. 우리는 다 컸잖아요."

"컸다는 게 무슨 상관이냐? 그래, 우리들의 마음이 변하기라도 했단 말이냐?" 쥬에후이가 의외라는 듯이 물었다.

"그런 게 아니에요. 다 자란 남녀가 함께 있으면 남들이 흉봐요. 이 저택 안에는 실없는 말을 하길 좋아하는 사람이 많아요. 물론 저 같은 건 무슨 소리를 들어도 괜찮지만 도련님을 위해서 그래요. 도련님은 도련님의 신분을 잊지 마시고 늘 조심하셔야 해요." 밍펑이 머리를 숙이고 말했다. 그 말에서 그녀의 괴로운 심정이 느껴졌다.

"밍펑아, 돌아가지 말고 우리 저기 앉아서 천천히 이야기하자. 매화는 내가 들고갈 테니 이리 다오." 대답을 기다리지도 않고 쥬에후이는 그녀의 손에서 매화를 뺏어들고 한참 들여다보다가 작은 가지 두서너 개를 골랐다.

쥬에후이는 매화 숲 밖 호숫가로 난 오솔길을 따라 걸었고 밍펑은 그 뒤를 묵묵히 따랐다. 그는 이따금 뒤를 돌아보며 한두 마디씩 말을 건넸다. 쥬에후이의 말에 밍펑은 아주 짤막하게 대답하거나 그렇지 않으면 미소만 지어 보일 뿐이었다.

매화 숲과 장방형의 화단 하나를 지나면 그 앞에 조그마한 문이 있고 그 문으로 들어가 10여 걸음 더 걸어 한 굽이를 돌면 석굴이 있었다. 굴 안은 아주 캄캄하지만 길은 곧고 그다지 길지 않았다. 거기에서는 샘물 흐르는 소리까지 들렸다. 그들은 그 동굴을 지나 오르막길을 걸었다. 20여 개의 돌층계와 여러 굽이를 돌아 꼭대기까지 걸었다.

그곳은 모래가 깔린 장방형 모양의 그리 넓지 않은 장소로, 가운데에 돌로 만든 조그만 탁자와 역시 돌로 만든 둥근 의자 네 개가 놓여 있었다. 큰 바위 옆에 우뚝 서 있는 커다란 소나무 한 그루가 마치 우산처럼 탁자를 가려주었다.

그곳에서는 졸졸 흐르는 물소리만이 들려왔다. 샘물이 큰 바위의 저쪽 틈에서 흘러나와 조그마한 돌멩이 사이로 흘러내렸기 때문에 물소리만 들릴 뿐 물은 보이지 않았다.

"참 조용한 곳이군." 먼저 올라간 쥬에후이가 자기도 모르게 감탄

했다. 그는 매화를 탁자 위에 놓고 손수건을 꺼내 돌 의자의 먼지를 턴 후 거기에 앉았다. 밍펑도 올라와 그의 맞은편에 앉았다. 탁자 위의 꽃가지가 그들 사이를 가로막고 있었다.

쥬에후이는 웃으면서 꽃가지를 집어 오른쪽에 내려놓고 왼쪽 의자를 가리키며 말했다.

"이리 와 앉아. 넌 왜 내 곁에 가까이 오지 않니?"

밍펑이 말없이 다가와 앉았다.

그들은 마주보며 눈빛으로 이야기를 나누었다. 말로는 표현할 수 없는 것들이었다.

"아무래도 전 가야겠어요. 여기서 이렇게 시간을 보내고 있는 것을 마님께서 아시면 꾸중하실 거예요." 그녀가 꿈에서 깨어난 것처럼 이렇게 말하며 일어섰다.

"괜찮아. 마님은 꾸중하시지 않을 거야. 방금 와서 아직 말도 몇 마디 못했는데 누가 보낼 줄 알고?" 쥬에후이는 밍펑의 왼쪽 팔을 잡아 다시 제자리에 앉혔다.

밍펑은 여전히 말이 없었으나 쥬에후이의 손이 자기 몸에 닿는 것이 두려운지 몸을 움츠렸다. 그러나 반항하는 기색은 보이지 않았다.

"너는 어째서 말을 하지 않니? 여기는 아무도 듣는 사람이 없잖아. 이제 나를 좋아하지 않니?" 그는 일부러 실망한 듯한 표정을 지어 보였다.

밍펑은 그의 말을 못 들은 것처럼 여전히 아무 말도 하지 않았다.

"네 마음이 벌써 우리 집에서 떠나 다른 데 가 있다는 것을 나는 잘 알고 있다. 너도 이제 성인이 됐으니까 일찌감치 시집이나 보내 버리라고 마님께 여쭈어야겠어!" 쥬에후이는 그녀의 운명에 대해 조금도 관심이 없는 것처럼 아주 냉담하게 말했지만 사실은 몰래 그녀의 눈을 훔쳐보고 있었다.

그녀의 얼굴 빛이 금세 변하더니 그 맑던 눈이 어두워지며 한동안 말 한 마디 하지 못했다. 그녀의 입술이 약간 달싹거리긴 했으나 아무런 말도 나오지 않았다. 그리고 수정 같은 눈물이 두 눈에서 빛나기 시작하더니 속눈썹이 파르르 떨렸다.

"정말이에요?" 그녀는 마침내 입을 열었으나 눈물이 볼을 타고 흘러내려 더이상 말을 잇지 못했다.

이렇게 상심하는 그녀를 보며 그는 자기 말이 지나쳤다고 후회했다. 그녀의 마음을 상하게 하려는 생각은 전혀 없었다. 그가 이렇게 말한 것은 그녀의 마음을 떠보는 한편 그녀의 냉담한 태도에 보복하려는 속셈이었을 뿐이다. 그의 말이 그녀를 이렇게 괴롭히리라고는 생각지 못했다. 그래서 마음을 떠본 결과가 만족스럽긴 했으나 다소 후회가 되기도 했다.

"난 다만 농담으로 해본 소린데 넌 정말로 곧이들었구나! 생각해보렴! 내가 어떻게 너를 내쫓겠니?" 그는 감동스럽기도 하고 측은하기도 한 심정으로 그녀를 위로했다.

"진담인지 농담인지 누가 알아요? 당신네 같은 도련님들과 나으리님네 마음이야 어떻게 가늠할 수 있겠어요. 기분이 조금만 나쁘면 못해내는 일이 없잖아요?" 그녀가 울먹이며 말했다.

"시얼 같은 길을 저도 어느 날엔가 걸어야 하는 건 아닌가, 벌써부터 생각하고 있었어요. 그렇지만 그날이 이렇게도 빨리 올 줄이야."

"뭐가 빨리 왔단 말이냐?" 그가 온화하게 물었다. 그는 그녀의 마지막 말이 도저히 이해가 가지 않았다.

"도련님이 하신 말씀…." 그녀는 흐느껴 울었다.

"그건 농담이라고 방금 내가 말했지 않니? 어찌됐건 난 널 내보내지 않을 거고 또 시얼 같은 길을 걷게 하지도 않을 것이다." 그의 태도는 아주 진실했다. 그는 손을 내밀어 그녀의 왼손을 끌어다 자기의 무릎에 올려놓고 어루만졌다.

"만일 마님의 생각이 그러시다면 어떻게 하시겠어요?" 밍펑이 물었다. 그녀는 이미 울음을 그쳤으나 목소리는 아직도 슬픔에 젖은 그대로였고 뺨에도 눈물 자국이 남아 있었다.

쥬에후이는 얼른 대답하지 않고 그녀의 눈만 들여다보았다. 그는 한동안 머뭇거리다가 갑자기 단호한 어조로 말했다.

"내게 방법이 있어. 마님이 내 말대로 하시게 할 거야. 널 아내로 맞겠다고 말할 테다…." 그의 말은 진심에서 우러나온 것이었으나 자신의 처지를 자세히 생각해보고 한 것은 아니었다.

"안 돼요, 안 돼. 그만하세요." 그녀는 깜짝 놀라며 그의 말을 가로챘다. 그리고 쥬에후이에게 잡히지 않은 오른손으로 그의 입을 막아버렸다.

"마님은 승낙하시지 않을 거예요. 그렇게 되면 모든 것이 끝장나요. 그런 말씀은 입 밖에 내지도 마세요. 저는 그런 팔자를 타고나지 못했어요."

"그렇게 겁내지 마." 그가 그녀의 손을 입에서 떼어놓으며 말했다.

"이것 봐, 얼굴이 온통 눈물천지야. 내가 깨끗이 닦아줄게." 그는 손수건을 꺼내어 밍펑의 얼굴을 닦아주었다. 그녀는 거절하지 않았다. 쥬에후이는 그녀의 얼굴을 닦으면서 웃으며 말했다.

"여자들은 항상 이렇게 눈물이 많은 법인가."

"이제부터 다시는 울지 않겠어요. 저는 도련님 댁에서 이미 눈물을 흘릴 만큼 흘렸어요. 이제 도련님이 계시는 이상 다시는 울지 않겠어요." 그녀의 얼굴에 서글픈 웃음이 떠올랐다.

"걱정 마. 우린 아직 나이가 어리니 때가 되면 내 반드시 마님께 말할 테다. 반드시 방법이 있을 거야. 결코 너를 속이는 게 아니야." 그는 여전히 그녀의 손을 꼭 잡고 따뜻하게 위로했다.

"도련님 마음은 저도 알고 있어요." 그녀는 감격한 어조로 말했다. 그러고는 안심하는 표정을 지으며 마치 꿈이라도 꾸는 것처럼 속삭였다.

"저는 요즈음 자주 꿈을 꾸는데 항상 도련님이 나오세요. 한번은 꿈에 제가 깊은 산속에서 승냥이 떼들에게 쫓기다 막 물리려 하는 순간 별안간 산 중턱에서 어떤 사람이 뛰어나와 그 승냥이들을 쫓아주지 않겠어요. 그런데 자세히 보니까 바로 도련님이었어요. 도련님은 제가 언제나 도련님을 구원자로 여기고 있다는 걸 모르실 거예요."

"그런 말을 왜 일찍 해주지 않았니? 나는 네가 날 그렇게까지 믿고 있는 줄은 몰랐다." 심장의 격동으로 인해 그의 목소리가 떨렸다.

"우리 집에서 많은 고통을 받고 있는데 나까지도 널 잘 대해주지 못해서 정말 미안하다. 밍펑아, 날 원망하진 않겠지?"

"제가 어떻게 도련님을 원망하겠어요?" 그녀는 머리를 흔들며 미소를 띠고 말했다. "제 평생에는 단지 세 사람밖에 없어요. 하나는 저의 어머니고, 하나는 큰아가씨였지요. 큰아가씨는 저에게 글도 가르쳐주시고 많은 것들을 가르쳐주시면서 늘 저를 살펴주셨어요. 그런데 이 두 분은 다 세상을 떠나셨지요. 이제는 도련님 한 분밖에 없어요…"

"밍펑아, 난 네 생각을 하면 언제나 부끄러운 생각이 든다. 나는 하루 종일 편안히 지내는데 너는 우리 집에서 고생만 하고 있으니." 쥬에후이가 흥분된 어조로 말했다.

"괜찮아요. 저는 이미 이 집에서 일곱 해나 견뎌왔는 걸요. 지금은 지내기가 많이 나아져서 힘든 줄도 모르겠어요. 저는 도련님 생각을 하거나 모습을 보기만 해도 모든 고통을 견뎌낼 수 있어요. 사람들 앞에서는 감히 부르지 못하지만 저는 언제나 마음속으로 도련님 이름을 부르고 있답니다."

"밍펑아, 그간 고생인들 오죽했겠니. 너 같은 나이엔 마땅히 학교에 다니며 공부를 해야 할 텐데. 넌 이처럼 총명하니 틀림없이 친 누나보다 더 공부를 잘할 텐데…. 네가 돈 있는 집에 태어났거나 친 누나 같은 처지에 있다면 얼마나 좋을까!" 쥬에후이의 목소리엔 유감스러워하는 기색이 역력히 드러나 있었다.

"저는 부잣집 아가씨로 태어났으면 하는 생각은 하지도 않아요. 저에게는 그런 복이 없으니까요. 전 다만 도련님이 절 내보내지 않으시길 바랄 뿐이에요. 저는 한평생 이 댁에서 도련님의 시중을 드는 하녀로 지내는 것이 소원이에요. 도련님을 보기만 해도 제 마음이 얼마나 기쁜지 모르실 거예요. 도련님이 옆에 계시기만 하면 저는 마음이 놓여요. 제가 얼마나 도련님을 존경하는지 도련님은 모르셔요…. 때로는 마치 하늘에 있는 달님 같기도 해서… 저의 손길이 거기까지 닿지 못한다는 것을 저는 잘 알고 있어요."

"그런 말 하지 마. 나도 너처럼 평범한 인간이야. 너와 똑같은 인간일 뿐이라고. 난 반드시 너를 아내로 맞을 거야…." 그의 목소리는 떨렸으며 감동으로 눈물까지 흘렸다.

"도련님, 앞으로 다시 그런 말씀하지 마세요." 밍펑이 얼른 쥬에후이의 말을 막았다.

"왜 저를 아내로 맞는다 어쩐다 그런 말씀을 하세요? 제가 평생 도련님의 하녀로 있으면 더욱 좋지 않아요? 그러면 마님도 화를 내시지 않을 게고, 도련님도 체면이 깎이지 않을 거예요. 전 한평생 도련님 곁에만 있게 된다면 그걸로 만족해요. 전 겁이 나요. 너무 아름다운 꿈을 꾸면 그것이 깨어질까봐 두려워요. 도련님, 너무 많이 생각지 마세요. 그리고 너무 좋게만 생각지 마세요."

"밍펑아, 넌 어떻게 그렇게 생각하니? 내가 널 영영 종으로 부린다면 그건 너에 대한 모욕이야. 난 절대 그렇게 못하겠다! 난 반드시 너에게 면목이 서도록 할 거야!" 쥬에후이는 진심으로 이렇게 말했다.

"가만 계세요." 그녀가 갑자기 그의 왼팔을 잡으며 말했다.

"들어보세요. 저 아래에 사람이 있나봐요."

두 사람은 가만히 귀를 기울였다. 아래서 무슨 소리가 들려오긴 했으나 소리가 아주 낮은 데다 물소리에 뒤섞여 똑똑히 들리지 않았다. 그러나 그들은 쥬에민이 아래서 노래를 부르고 있나보다고 짐작했다.

"작은형이 돌아왔나보지." 쥬에후이는 자리에서 일어나 비탈진 곳까지 걸어가서 아래를 내려다보았다. 분홍빛 매화 숲 가운데 회색 빛이 어른거렸다. 그들은 한참 만에야 그것이 움직이는 사람의 그림자라는 것을 겨우 알아볼 수 있었다.

"정말 형이구나." 그는 혼잣말로 중얼거리고는 뒤돌아서서 밍펑에게 말했다.

"작은형이었어."

"이제 돌아가야겠어요. 여기서 이렇게 오랫동안 지체했으니, 아마 점심때가 다 되었을 거예요." 밍펑이 얼른 일어서며 말했다. 밍펑이 손을 뻗어 매화를 잡으려 하자 쥬에후이가 먼저 집어서 그녀에게 건네주며 당부했다.

"마님이 어째서 이렇게 늦었느냐고 물으시거든… 내가 무슨 일을 시켰다고 하면 돼."

"예, 그럼 저 먼저 내려가겠어요. 다른 사람에게 들키지 않도록." 그에게 웃어 보이고 그녀는 서둘러 내려갔다.

쥬에후이는 그녀를 몇 걸음 따라가다가 멈추었다. 그녀가 돌층계를 내려가는 것까지는 보였으나 모퉁이를 돌아서자 석벽에 가로막혀 더이상 보이지 않았다.

그는 혼자 산꼭대기에서 한참을 거닐었다. 그의 머릿속은 밍펑의 얼굴로 가득 차 있었다. 그는 자기도 모르게 중얼거렸다. "밍펑아, 넌 정말 착하고 순결하다. 오직 너만이…." 그는 방금까지 밍펑이 앉아 있던 그 돌의자에 걸터앉아 두 손으로 턱을 괴고 정신없이 먼 곳을 바라보며 "너는 정말 순결하다. 넌 정말 순결해!" 하고 계속해서 중얼거렸다.

시간이 좀더 흐른 후 그는 꿈에서 깨어난 사람처럼 벌떡 일어나 사방을 두리번거리다가 총총걸음으로 내려갔다.

그날 밤은 달이 유난히 밝았다. 쥬에후이는 잠잘 생각도 없이 삼경이 지날 때까지 정원을 거닐었다.

"쥬에후이야, 왜 여태 자지 않니? 바깥 날씨가 매우 찬데!" 동생이 아직 정원에 있는 것을 보고 밖에 나왔던 쥬에민이 돌층계 위에 서서 물었다.

"달이 저렇게 밝으니 잠들기가 아까워서." 쥬에후이가 무심코 대답했다.

"아이구! 추워라!" 돌층계를 내려온 쥬에민이 몸서리를 치며 중얼거렸다. 그는 고개를 들어 달을 쳐다보았다.

하늘에는 구름 한 점 없었다. 둥근 보름달이 끝없는 푸른 바다 위를 항해하고 있었다. 밝고 외롭고 차갑게, 달은 그 빛을 온 누리에 흩뿌리고 있었다. 거리며 기왓장이며 할 것 없이 온통 은백색으로 물든 그날 밤은 몹시도 고요했다.

"달이 밝기도 하군. 정말 '서릿발 같은 달'이구나." 쥬에민은 감탄하며 쥬에후이와 함께 정원을 거닐었다.

"친은 정말 총명해! 그리고 용감해! 그녀는 아주 훌륭한 여성이야!" 쥬에민은 찬탄을 금치 못하며, 얼굴엔 만족스런 웃음을 떠올렸다.

쥬에후이는 말이 없었다. 그는 그저 형을 따라 거닐고 있을 뿐 그의 온 정신은 다른 소녀에게 쏠려 있었다.

"쥬에후이야, 너도 그녀를 좋아하지? 그녀를 사랑하지 않니?" 쥬에민이 문득 동생의 오른쌀을 붙잡으며 물었다.

"물론이지." 쥬에후이가 불쑥 대답했다. 그러나 그는 즉시 수정했다.

"형, 누구 말이야? 친 누나? 그건 나 자신도 잘 모르겠어. 내가 보기엔 형이 친 누나를 사랑하는 것 같은데…."

"그래." 쥬에민이 동생의 어깨에 손을 얹으며 말했다.

"난 그녀를 사랑한다. 그리고 그녀도 아마 나를 사랑할 거야. 어떻게 해야 될지 난 아직 모르겠다…. 너는? 너도 그녀를 사랑한다고 했지?"

쥬에후이는 형의 얼굴을 바라보지는 않았지만 자기의 어깨에 얹힌 형의 손이 떨리고 있으며, 음성까지 보통 때와 다른 것으로 보아 형이 몹시 흥분해 있다는 것을 눈치챘다. 그래서 그는 왼손으로 형의 손등을 가볍게 두어 번 치고는 빙긋이 웃으면서 말했다.

"형은 좀더 용감해야 돼. 난 형이 성공하길 바라고 있어. 나는 큰누님을 좋아하던 것처럼 친 누나를 좋아해. 친 누나가 내 형수님이 되어주길 원해…."

"넌 정말 좋은 동생이야! 그렇지만 내 이런 모습은 네가 보기에 우습겠지?" 쥬에민은 말없이 고개를 들고 한참 동안 달을 쳐다보다가 쥬에후이 쪽으로 얼굴을 돌리며 말했다.

"아니, 형도 참, 내가 그럴 리가 있어." 쥬에후이가 진지하게 말했다.

"나는 진심으로 형이 잘 되길 바라고 있어." 그리고 갑자기 그의 말투가 바뀌었다.

"형, 들어봐. 무슨 소리지?"

어디서인지는 모르지만 흐느껴 우는 듯한 소리가 들려왔다. 그것은 마치 무엇엔가 억눌린 것처럼 매우 낮았으나, 온 밤하늘을 가득 채우고 심지어 온 달밤에 스며드는 듯했다. 그것은 사람의 목소리도, 구슬픈 벌레 소리도 아니었다. 그런 소리보다 더 맑았다. 가슴에서 우러나와 가냘프게 호소하는 소리처럼 높아졌다가 다시 솔솔 부는 산들바람처럼 거의 들리지 않을 만큼 낮아지곤 했다. 그러나 확실히 무언가 밤하늘의 대기를 진동시키고 있기 때문에 대기 속에도 슬픔이 충만해 있는 듯한 느낌이었다.

"무슨 소리지?" 쥬에후이가 의아해하며 물었다.

"큰형이 부는 퉁소 소리야. 형은 요즘 매일같이 밤이 이렇게 이슥해지면 퉁소를 불곤 하더라. 요새 매일 밤 저 소리가 들렸단다." 쥬에민이 설명했다.

"무슨 일이지? 전에는 그런 일이 없었는데! 저 퉁소 소리는 정말 처량하군!" 쥬에후이는 더욱 의혹에 잠겼다.

"나도 잘 모르겠어. 아마도 메이 누나가 돌아왔다는 걸 알았기 때문이겠지. 아마 그럴 거야! 며칠 밤 계속 저 처량한 곡조를 부니까 말이다. 너도 생각해봐라. '사랑'이라는 것이 없다면 이 세상에 그 무엇이 남겠니? 요즘 매일같이 들려오는 저 퉁소 소리 때문에 나는 며칠째 밤잠을 이루지 못하고 있어. 형의 퉁소 소리가 나에게는 경고로 들리기도 하고 심지어는 두려움까지 가져다준단 말이야. 지금 나와 친의 사이가 예선에 형과 메이 누나의 상황과 비슷하지 않니? 저 퉁소 소리를 들을 때마다 나도 앞으로 형과 같은 길을 걷게 되지나 않을까 하는 생각에 젖게 된다. 생각만 해도 소름이 끼치는 일이지. 그렇게 된다면 나는 아마 살 수 없을 거야. 나는 형처럼 저렇게는 못하니까 말이다!"

쥬에후이는 형의 말을 조용히 듣고 있었다. 그는 문득 평온하던 형의 음성이 차차 떨리더니 슬픔으로 가득 차오르는 것을 느꼈다. 그는 형에게 동정을 보내며 위로했다.

"형, 안심해. 절대로 큰형과 같은 길을 걷게 되지는 않을 거니까. 시대가 달라졌잖아."

쥬에후이는 머리를 들어 하늘을 올려다보았다. 그는 무한한 빛을 뿌리고 있는 밝은 달을 바라봤다. 그는 갑자기 불가항력적인 어떤 힘이 한 소녀의 얼굴을 자기 앞으로 밀어오고 있는 듯한 느낌이 들었다. 그는 혼자서 중얼거렸다.

"너는 정말 순결해. 오직 너만이 저 밝고 맑은 달과 같구나! 저 달처럼 밝고도 맑은 이는 오직 너 하나뿐이야."

금지된 외출

 학생과 병사들의 충돌로 인한 소동은 점점 평정되었다. 다른 지방 학생들은 설을 쇠러 고향으로 돌아가고 시내에 있는 학생들 중 몇몇은 학과 복습과 다음해에 있을 시험 준비로 분주했다. 동맹휴학의 연장은 겨울방학을 한 것과 같기 때문에 학교 당국에서는 이 학기를 종결짓고 다음해를 준비하고 있었다. 표면상으로는 이번 운동의 결과가 학생들이 승리한 것처럼 보였다.
 쥬에민은 여전히 매일 저녁 고모네 집에 가서 친에게 영어를 가르쳐주고, 쥬에후이는 여전히 집에 갇혀서 신문 읽는 일로 소일하고 있었다. 신문에는 그가 알고 싶지도 않은 기사들만 잔뜩 실리고 학생운동에 대한 기사는 점점 줄어들다가 나중에는 전혀 실리지 않게 되었다. 그래서 쥬에후이는 신문조차 보지 않았다.
 '이건 감옥에 갇힌 죄수의 생활과 꼭 같구나!' 쥬에후이는 이따금 자기 생활을 이렇게 저주하곤 했다. 때로는 몹시 불안하고 초조하여 집안 사람들 그 누구와도 상대하고 싶지 않았다. 무엇보다 그를 불안하게 만든 것은 일부러 자기를 피하는 듯한 밍펑의 행동이었다. 그는 그녀와 단 둘이 만나 이야기할 기회를 거의 갖지 못했다.

그는 예전처럼 아침 저녁으로 할아버지의 방에 가서 문안인사를 올렸다. 그래서 피곤에 지친 할아버지의 거무튀튀한 얼굴과 덕지덕지 분을 바른 첩 전씨의 얼굴을 보지 않을 수 없었다. 그리고 웃는 것 같기도 하고 웃지 않는 것 같기도 한 얼굴들과 집 안에서 늘 마주쳤다. 그는 이따금 정말 참을 수 없어 이렇게 뇌까리기도 했다. "두고 보자, 언젠가는 반드시…." 그 다음 말을 그는 계속하지 못했다. 도대체 언제 어떤 일이 일어날 것인지 그 자신도 잘 알 수 없었다. 그러나 그는 장차 언젠가는 모든 것이 뒤집어엎어질 그런 날이 오고야 말 것이며, 그때에는 그가 증오하는 모든 것이 완전히 소멸되리라는 것을 확신하고 있었다. 그는 또 지난 〈신청년〉과 〈신사조〉를 꺼내어 읽었다. '구舊가정에 대한 감상'이라는 글을 읽고 나니 마치 원수라도 갚은 것처럼 마음이 여간 통쾌하지 않았다.

그러나 그런 쾌감도 일시적일 뿐, 책을 집어던지고 방문 밖에 나서기만 하면 그가 보고 싶지 않은 모든 것들이 눈에 띄는 것이었다. 그러면 그는 또 적막감을 느끼며 무료하게 방으로 되돌아오곤 했다. 그의 시간은 이렇게 헛되이 흘러갔다.

쥬에민은 쥬에후이와 한 방에서 생활하고 있지만 요즘 자기 일에 무척 바빴다. 집에 있을 때도 방엔 거의 붙어 있지 않고 온종일 책을 들고 정원에 가서 읽었으며, 친의 글공부에 많은 관심을 쏟았다. 쥬에후이도 형을 방해하지 않았다.

"아! 쓸쓸해!" 쥬에후이는 자기 방에서 이렇게 탄식하곤 했다. 새로 나온 출판물을 읽어도 그에게 적막감을 더해줄 뿐이기 때문에 더 이상 읽고 싶지가 않았다. 그래서 오랫동안 처박아두었던 일기장을 꺼내 펜이 가는 대로 아무렇게나 몇 자 끄적였다. 그의 생활은 바로 그가 일기장에 쓴 그대로였다.

○○일 : 아침에 할아버지께 문안을 드리러 갔다. 할아버지는 서재에서 셋째 숙부와 이야기하고 계셨다. 할아버지는 셋째 숙부에게 친구 펑러산馮樂山의 환갑잔치 때 선물로 가지고 갈 병풍에 글을 쓰라고 하셨다. 초안은 둘째 숙부가 잡은 것인데 할아버지가 이미 본 것이다. 셋째 숙부는 공손히 대답했다. 셋째 숙부가 나간 후 할아버지는 몹시 피로해 보이는 거무충충한 얼굴에 웃음을 지으며 실로 제본한 책 한 권을 나에게 주셨다. "이걸 가지고가서 몇 번이고 잘 읽어봐라" 내가 "예." 하고 막 나오려는데 넷째 숙부가 들어왔다. 그러자 할아버지가 다시 나를 부르셨다. 넷째 숙부는 최근에 자기가 지은 시를 할아버지 앞에 내놓으며 고쳐달라는 것이었다. 할아버지는 실로 꿰맨 책을 받아 몇 장 넘겨보더니, 몇 마디 칭찬을 하고 나에게 "너도 넷째 숙부를 본받아야 하느니라. 집에서 공부하며 시도 짓고 글 짓는 것도 배우도록 해라."라고 하셨다. 할아버지의 말이 길어질까봐 나는 얼른 "예." 하고 대답하고는 방을 빠져나왔다. 그 옆방 문 앞을 지날 때 첩 천씨가 머리를 빗고 있는 것이 보여서 나는

얼른 고개를 돌리고 지나왔다. 내 방으로 돌아오자 나는 다시 기분이 좋아졌다. 어쩐 일인지 할아버지의 방이 나에게는 꼭 관아 같았다. 할아버지는 넷째 숙부를 본받으라고 하셨지만 나는 절대로 그러지 않을 것이다. 넷째 숙부는 할아버지를 늘상 속이는 거짓 군자에 불과하니까 말이다.

할아버지가 나에게 주신, 흰 종이 위에 《효행을 가르치고 음행을 경계하는 유지당 선생의 훈계》라고 써붙인 그 책의 표지만 보아도 머리가 아플 지경이다. 나는 그것을 들여다보기는커녕 그냥 책상 위에 집어던지고 혼자서 화원으로 산책하러 나갔다.

매화 숲에서는 형수님이 만 네 살도 안 된 조카를 데리고 꽃을 꺾고 있었다. 친절하며 복스럽게 생긴 형수님의 얼굴과 생기 있고 선의가 가득 찬 두 눈을 보자 나는 자연히 호감이 생겨 먼저 말을 건넸다. "형수님, 어쩌면 이렇게 일찍 나오셨어요? 꽃이 필요하시면 밍펑에게 꺾어오라고 하시지 일부러 꺾으러 나오실 것까지야 있습니까?" 형수님은 꽃가지를 꺾어들고 나를 바라보며 웃으시고는 말했다. "맏형님이 매화를 좋아하셔요. 그이의 침실에 있는 매화꽃 화병들을 못 보셨어요? 나는 늘 그이를 위해서 이렇게 매화를 꺾곤 해요. 밍펑을 시키면 마음에 드는 걸 꺾어오지 않을까봐 언제나 내가 꺾지요." 형수는 조카한테 문안인사를 드리라고 했다. 조카는 아주 영리하며 어른들의 말을 잘 듣기 때문에 온 집안의 귀염둥이였다. 그러나 나는 이때 다른 생각을 하고 있었다. "큰형님은 본래 매화를 좋아하셨지요." 형수는 내가 한 말에 별로 주의를 기울이지 않고 딴소리를 했다. "며칠 전에 나는 또 커튼 장막의 처마에다 매화를 그

143

렸는데 아마 그이가 보셨겠지요?" 형수의 얼굴이 발갛게 물들었다. 그녀가 부드러운 미소를 짓자, 두 볼에 얕은 보조개가 패였다. 형수의 말 가운데 나오는 '그이'라는 말에는 무한한 정이 담겨 있었다. 나는 형수가 형을 대단히 사랑하고 있음을 알 수 있었다. 그러나 나의 마음은 우울해지기 시작했다. 형이 어째서 특히 매화꽃을 좋아하며 형의 마음속에서 매화꽃이 무엇을 의미하는 것인지 그걸 형수가 알게 된다면 형수는 얼마나 슬퍼할 것인가?

"작은도련님 아주 우울해 보이세요! 요 며칠 간 무척 괴로웠지요? 젊은 양반이 집 안에만 갇혀 있으려니 왜 안 그렇겠어요. 그렇지만 할아버님의 노여움도 이젠 사라지셨을 테니까 2~3일만 더 지나면 나다닐 수 있을 거예요. 늘 수심에만 잠겨 있으면 병이 나기 쉬우니까 마음을 너그럽게 가지셔야 해요." 형수는 친절히 나를 위로했다. 나는 속으로 이런 생각을 하고 있었다. '내가 우울한 건 형수님 때문이랍니다. 형수님이 사랑하는 큰형님은 다른 여인을 사랑하고 있다는 것을 형수님은 알고나 계십니까.' 그러나 아무것도 모르는 듯 나를 동정하는 형수의 얼굴을 보고 나는 감히 이런 말을 입 밖에 낼 수 없었다.

"전 먼저 돌아가겠어요, 형님께 달걀을 삶아드려야 하기 때문에…." 형수는 매화꽃을 들고 또 한 손으로 조카의 손을 잡고 나를 돌아보며 웃는 얼굴로 말했다. "좀 있다가 우리 방에 와서 장기라도 두시지 않겠어요? 온종일 집에만 계시니 얼마나 답답하시겠어요." 나는 그러겠다고 대답하고는 형수의 뒷모습을 멍하니 바라보았다. 나는 내가 형수를 좋아하고 있음을 느꼈다. 이것은 큰형에 대해 조금도 누를 끼치는 일이 아니었다. 왜냐하면 내가 형수를 좋아하는 것은 이전에 내가 큰누님을 좋아하던 것과 마찬가지이기 때문이다. 그러나 나는 이 사실을 아무한테도 말하지 않았다. 심지어 내가 이전에 그렇게 신뢰하던 작은형에게도 말하기가 쑥스러웠다.

작은형은 요즘 온 정신이 친 누나에게 쏠려 있고 또 그 사실을 자신도 인정하고 있었다. 그러나 아직 친 누나에게 사랑을 고백한 것 같지는 않았다. 작은형은 섬점 변해갔다. 그의 마음은 이미 집을 떠나 있었고 날만 새면 고모네 집에 가서 저녁식사 때에도 돌아오지 않았다. 나는 슬그머니 걱정이 되었다. 그러한 행동은 쓸데없는 말을 만들기 좋아하는 사람들의 입에 오르게 될 것이기 때문이다. 그렇게 되면 아마도….

요즈음 작은형은 나와 대화할 때마다 언제나 친 누나의 이야기를 늘어놓았다. 그는 친 누나가 마치 자기 개인의 소유물이라는 투로 말했다. 그건 그렇다손 치더라도 그는 이번 학생운동에 대해서조차 무관심했다. 그의 머릿속에는 오로지 친 누나만 존재하는 듯했다. 지나치게 열중하다가 장래에 상처를 받지나 않을까? 그러나 내가 작은형의 실연을 바라는 것은 결코 아니다.

매화 숲속에서 한참 동안 거닐고 있을 때 작은형이 와서 얼마 간 이야기를 나누다가 갔다. 나는 밍펑이 밥 먹으라고 부르러 올 때까지 그냥 거기에 있었다.

밍펑은 요 며칠 일부러 나를 피하는 것 같다. 어째서 그러는지는 나도 모른다. 오늘도 멀리서 나를 보고 깜짝 놀라서 그대로 돌아가버리는 것이었다. 그래서 내가 달려가 "너는 왜 자꾸 나를 피하려고만 하지?" 하고 물었을 때에야 그녀는 걸음을 멈추었다. 그녀의 시선은 매우 부드러웠지만 나를 쳐다보는 두 눈에 두려움이 담겨 있었다. 그녀는 고개를 떨군 채 "저는 무서워요. 마님네들이 알까봐 무서워요." 하고 나직이 말했다. 나는 몹시 감동하여 그녀의 얼굴을 두 손으로 받쳐들고 웃으면서 머리를 저었다. "무서워할 것 없어. 이건 부끄러워할 일이 아니야. 우리의 사랑은 순결해." 나는 이렇게 말하고 그녀를 놓아주었다. 나는 이제야 그녀가 나를 피하는 이유를 알게 되었다.

점심을 먹은 후 방에 돌아와 작은형이 사온 《부활》 영문판을 들고 몇 페이지 읽었다. 나는 갑자기 두려워져서 더이상 읽어내려 갈 수가 없었다. 나 자신과 소설의 주인공인 네흘류도프 공작은 비록 환경이 전혀 다르지만, 이 책이 장래 나의 모습으로 변하지나 않을까 겁이 났던 것이다. 요즘 나는 종종 깊은 생각에 빠지곤 한다. 우리 집은 대체 어떻게 될 것인지?

아! 쓸쓸하다. 우리 집은 마치 사막 같기도 하고 '좁은 새장' 같기도 하다. 나에게 필요한 것은 활동과 생명이다. 우리 집에는 이야기 상대가 될 만한 사람조차 없다. 자리에 앉으니 할아버지가 내게 준 《효행을 가르치며 음행을 경계하는 유지당 선생의 훈계》라는 책이 책상 위에 있었다. 그것을 펼쳐들고 몇 장 뒤적거렸으나 거기에는 노예의 품행은 어떠해야 한다는 내용밖에 없었다. 처음부터 끝까지 '임금이 신하에게 죽음을 명하는데 죽지 않으면 충신이 아니요, 아비가 자식에게 죽으라고 하는데 죽지 않으면 효자가 아니라!' 그리고 '음탕은 만악의 으뜸이요, 효도는 백선의 시작이라!' 따위의 진부한 어귀들이었다. 나는 읽을수록 더욱 화가 치밀어올라 그만 실로 꿰맨 그 얇은 책을 찢어버렸다. 그 책 한 권을 찢어버리는 것만으로도 몇 사람을 그런 책의 해독으로부터 구할 수 있을 것 같았다.

그러나 뜻대로 되지 않는 갖가지 일들이 마음속에 떠올라 내 가슴은 터질 듯이 답답했다. 집 안은 항상 이렇게 단조롭고 창 밖도 언제나 저렇게 음울하다. 날개가 돋아 훨훨 날아가지 못하는 것도 안타까운데 이 음침한 집구석이 나를 가두어놓고 있었다. 나는 침대에 쓰러져 끙끙 앓기 시작했다.

"작은도련님! 와서 장기나 두지 않겠어요?" 건넌방에서 형수가 부르는 소리가 들렸다. "예! 곧 가지요." 나는 이렇게 대답은 했지만 실상은 가고 싶은 생각이 없었다. 그러나 나를 위로하려는 형수의 마음을 알고 있었기 때문에 호의를 저버리는 것도 뭣하고 해서 잠시 망설이다가 마침내 그 방으로 갔다. 장기를 둘 때 나는 거기에 열중하여 거의 모든 것을 잊어버렸다. 형수의 장기는 큰형보다는 낫지만 내게는 어림도 없었다. 그래서 나는 세 번을 연거푸 이겼다. 그러나 형수는 여전히 상냥하게 웃을 뿐 불쾌한 기색은 조금도 보이지 않았다.

그때 유모 허씨가 조카를 데리고 들어왔다. 형수는 조카를 데리고 놀면서 나와 이런저런 이야기들을 했다. 나는 방 안을 거닐면서 매화를 그린 휘장에 주의를 돌렸다.

"형수님, 이 휘장의 그림은 아주 훌륭한데요." 나는 이렇게 칭찬했다. 그림에 대해서는 아는 것이 없었지만 그 그림은 내 마음에 들었다. 형수가 그린 그림들 중에서 그것이 제일 잘된 것 같았다.

"그다지 잘 그린 그림은 아니지만, 그래도 정성껏 그렸어요. 형님이 내게 몇 번이나 부탁했었거든요." 형수는 만족스러운 웃음을 띠면서 한 마디 더 보태었다. "저도 본래부터 매화를 좋아해요."

"큰형님이 매화를 좋아하기 때문인가요?" 나는 웃으면서 농담조로 이렇게 물었다.

형수는 얼굴에 홍조를 띠고 웃으면서 말했다. "지금은 말하지 않겠어요. 이 다음에 자연히 알게 될 테니까요."

"제가 알게 될 거라구요? 뭘 알게 된단 말입니까?" 나는 일부러 시치미를 뚝 떼고 물었다.

"지금 그렇게 자꾸 파고 물을 것이 아니라 이 다음에 장가를 가서 색시한테 물어보면 알게 될 거예요."

나는 형수의 말에 대답하지 않고 다른 데를 바라보았다. 네모난 테이블 위에 놓인 자기로 만든 큰 화병과 책상 위에 놓인 작은 화병에는 모두 매화가 꽂혀 있었다. 분홍색 꽃송이들이 나의 눈을 찌르는 듯했다. 나의 머리에는 슬픈 표정의 아름다운 얼굴이 떠올랐다. '조심하십시오. 이 매화가 큰형님과의 사랑을 갈라놓을 겁니다.' 나는 이렇게 말하고 싶었으나 도저히 그러한 말을 할 용기가 나지 않았다.

"요 2~3년 동안은 애를 기르느라고 아무것도 그리지 않았더니 전에 배웠던 것을 모두 잊어버리고 말았어요. 그리고 사람도 퍽 속되게 변한 것 같아요." 형수가 말머리를 찾아냈다. 그녀의 눈이 반짝이며 지난날의 생활에 대한 추억에 잠기는 듯했다.

나는 형수가 무지개같이 아름답던 자기의 처녀시절을 회상하고 있는 것이리라 생각했다. 내 눈에는 형수가 우리 집에 처음 왔을 때나 지금이나 별로 달라진 데가 없는 것같았다. 단지 지금은 많이 대범해지고 이전처럼 부끄러워하는 태도가 없어졌을 뿐이다.

"그림을 그리는 것도 기분에 따라 다르겠지요. 기분이 좋을 때 그린 그림은 여느 때 그린 것보다 낫지요. 더구나 이건 형님이 그려달라고 해서 그린 것이기 때문에 더욱 잘 그려진 것이 아니겠어요?" 나는 이렇게 밀하면서 화제를 다른 데로 돌렸다. "형수님, 형수님은 시집오기 전 시절을 회상하고 계시지요?"

형수는 고개를 끄덕이며 말했다. "그래요, 그때 생각을 하니 꿈만 같아요. 집에서 처녀로 있었을 때는 지금과 전혀 달랐어요. 오빠 한 분 외에 세 살 위인 언니가 있었는데 나는 언니와 함께 매일 그림과 시 짓는 공부를 했어요. 우리 아버지는 광원현 현지사를 지내셨기 때문에 우리는 현청 안에서 살았지요. 우리 자매는 2층 한 칸을 차지하고 살았는데 창문을 열면 그 밑에 큰 평지가 있고 거기에 뽕나무들이 자라고 있었어요. 날이 새면 까치들이 뽕나무에 와서 울기 때문에 잠을 일찍 깨게 되고, 밤이 되면 열어놓은 창문으로 달빛이 환하게 들이비치지요. 밤이 되면 몹시 조용했어요. 어머니는 일찍 주무시지만 우리 자매는 달을 좋아하기 때문에 늘 늦게야 자곤 했어요. 우리는 늘 창문을 열어놓고 달구경을 하면서 이야기도 하고 어떤 때는 시를 짓기도 했지요. 때로는 밤이 이슥해서 갑자기 멀리서 날카로운 호각 소리가 나곤 했는데 그건 급한 공문을 나르는 사람이 자기가 왔다는 신호로 부는 것이었어요. 그때는 급한 공문은 모두 직접 사람이 나르고 있었다는 걸 도련님도 알지요? 다음 역참에 도착하면 거기 있는 역마를 갈아타야 하니 준비를 해두라는 것이었어요. 그래서 그렇게 멀리서 호각을 불어 미리 준비를 시켜두려는 것이었죠. 그 소리를 깊은 밤에 듣게 되면 너무도 처량해서 우리는 잠에서 깨곤 했어요. 그런 밤이면 다시 잠을 이루지 못했지요.

그후 어머니는 누에를 치셨는데 우리도 그걸 도왔어요. 밤이 이슥해지면 초롱불을 켜들고 아랫층 양잠실에 내려가 뽕잎이 아직 있는지 없는지 살펴보곤 했어요. 그때 나는 어렸지만 어른들처럼 무슨 일이나 할 수 있었지요. 그때는 하루하루가 얼마나 재미있었는지.

그런데 머지않아 신해혁명이 일어나자 아버지는 벼슬을 그만두고 성내로 돌아오시게 되었어요. 우리가 점점 자라나자 아버지는 우리 자매가 그린 그림을 보시고 그만하면 됐다고 하시면서 부채 만드는 집에 가서 부채들을 가져와 우리더러 그림을 그려넣으라고 했어요. 우리는 그런 그림을 많이 그렸고 거기서 얻은 보수로 시집이나 물감 등을 샀지요. 그후 언니가 출가하게 되었는데 얼마나 헤어지기 싫던지 언니가 출가하기 전날 밤 언니와 둘이서 밤새도록 울었어요. 언니는 출가한 지 일년도 못 돼 아이를 낳다가 돌아가셨어요. 그동안에 언니는 시어머니로부터 심한 학대를 받았어요. 언니는 본래 고집이 세었는데, 집에 있을 때 어머니는 언니가 하자는 대로 내버려두었고 너무 귀엽게 길렀기 때문에 그것이 버릇이 돼서 남의 집에 가서도 자기 마음에 맞지 않으면 참을 수 없었던 거지요. 이런 일을 지금 생각해보면 정말 꿈같기만 해요." 여기까지 말한 형수는 가슴이 메는지 눈시울이 붉어졌고 한동안 입을 다물고 있었다.

나는 형수가 눈물을 흘릴까봐 걱정스러웠으나, 도대체 무슨 말로 위로해야 할지 몰라 겨우 한마디 물었을 뿐이었다.

"형수님, 친정어머님과 오빠한테서 요즘에도 편지가 옵니까? 모두 무고하시겠지요?"

"덕분에요. 얼마 전 오빠가 편지를 보내왔는데 모두들 무고하시대요."

나는 한참 더 이야기하다가 학과 복습을 하기 위해 형수의 방에서 나왔다. 나의 머릿속에는 여전히 형수의 신세타령이 맴돌고 있었으나 마침내 마음을 가라앉히고 《보물섬》 20여 장을 읽었다. 나는 쓸쓸하고 초조하여 책을 덮고 집 안을 거닐었다. 외부의 사태들을 생각하니 이러한 생활을 더이상 지속할 수가 없었다. 나는 나를 억압하는 이 집의 모든 것에 대해 끝까지 반항하리라고 생각했다.

저녁식사 때 계모는 큰형에게 셋째 숙모와 넷째 숙모 그리고 첩 천씨에 대한 문제를 이야기하고 있었는데 그들이 너무 심각했기 때문에 그만 실소를 금할 수 없었다. 저녁을 먹은 후 아직 날이 어두워지지 않아서 큰형의 방에 가서 효도에 대해 이야기를 나눴다. 형은 너무나 우유부단했고 생각하는 것이 너무 많았다. 나는 그게 불만이었다. 그의 사상은 날마다 낡은 쪽으로 퇴보하고 있었다. 우리가 한창 열을 올려 이야기하고 있을 때 둘째 숙모의 하녀 완얼婉兒이 와서 큰형더러 둘째 숙모의 친정어머니인 장씨 부인이 왔으니 마작을 하러 오라는 전갈을 했다. 두말없이 승낙하는 큰형의 태도에 나는 좀 언짢아져 물었다.

"형, 형은 또 마작하러 가려고요?"

"장씨 사돈마님이 오셨다는데 어떻게 안 갈 수 있겠니?" 형은 완얼을 따라 나가버렸다.

나에게는 두 형이 있다. 큰형은 남의 환심을 사기 위해서 매일 마작이나 하고 있었고 작은형은 요즘 매일 고모네 집에 가서 친 누나에게 영어를 가르쳐주느라고 밤에는 집에 붙어 있지 않았다. 나는 형들과는 다른 사람이 되리라고 생각했다.

아아! 이것이 삶인가? 이것이 나의 하루인가? 이렇게 살아가다가는 그야말로 나의 청춘을 허비하고 말 것이다.

나는 이렇게 굴복하고 있을 수가 없다. 할아버지의 명령을 거스르게 될지라도 기어코 나가야만 한다.

쥬에후이의 일기장에는 이날 단 하루의 일기밖에 씌어 있지 않았다. 이튿날 그는 과연 집을 나가버렸다.

행복에 대한 열망

음력 설이 다가오고 있었다. 이것은 일년 중 가장 큰 명절이므로 빚을 짊어지고 있는 사람들조차 모두 이 즐거운 명절을 기쁘게 기다렸다. 그러나 이날은 갑자기 다가오는 것이 아니라 하루하루 천천히, 새로운 모습들을 갖다주며 다가오고 있었다. 성 안은 활기를 띠게 되고 거리를 오가는 행인들도 보통 때보다 많아졌다. 거리에는 많은 등불과 장난감, 폭죽 등이 쏟아져나왔고 어디서나 나팔 소리가 울려퍼졌다.

가오씨네 저택은 아주 조용한 거리에 자리잡고 있어 평소에는 아주 적막했지만 설을 맞아 활기를 띠기 시작했다. 어른들은 여러 가지 차례 음식과 명절에 필요한 물품 준비에 바빴고 하인들은 자연히 상전들을 따라 바삐 움직이며 설날의 하례금과 오락을 기다리고 있었다. 저녁이면 요리사들은 부엌에서 과자와 떡을 만들기에 분주했고 낮이면 온 집안 여주인들이 늙은이 젊은이 할 것 없이 할아버지의 방이나 오른쪽 안채의 창문 아래 모여서 조상의 제사에 쓸 금, 은색의 종이를 접거나 창문 혹은 기름등잔에 붙일 붉고·푸른 종이를 오리느라 여념이 없었다. 할아버지는 평소와 마찬가지로 연극 구경을 하러 극장에 가거나 친구 집에 찾아가서 마작을 하면서 소일했다. 또 몇몇 오랜 친구들과 함께 2~3년 전부터 구로회九老會라는 것을 조직하여 서로 번갈아가며 술자리를 갖거나 각자 간직하고 있는 장서, 서화와 골동품 등을 서로 감상하곤 했다.

쥬에신과 그의 둘째 숙부 커밍은 집에서 하인들을 지휘하며 설을 맞이할 준비를 하느라고 바빴다.

섣달 그믐의 전날은 가오씨네 집에서 설음식을 먹기로 정해진 날이다. 한 가족이 모여 설음식을 먹는 것을 '단년團年'이라고 불렀다.

이날 오후 쥬에후이는 쥬에민과 함께 쥬에신의 사무실에 갔다. 그들은 화양華洋서점에서 새 잡지 몇 권과 상무인서관에서 출판한 투르게네프의 《전야前夜》를 샀다.

쥬에신의 사무실 입구에 이르자 안에서 주판알 튕기는 소리가 들려왔다. 그들은 문에 드리워진 발을 걷고 들어갔다.

"너 밖에 나와도 되는 거야?" 쥬에신은 쥬에후이가 들어오는 것을 흘끗 보고는 놀라서 물었다.

"요즘 며칠째 매일 밖에 나와 돌아다녔는데 형은 몰랐어요?" 쥬에후이가 웃으면서 대답했다.

"그러다가 할아버지한테 들키면 어떻게 하려고?" 쥬에신은 난처

한 표정을 지으며 머리를 숙인 채 주판을 놓고 있었다.

"이런저런 것을 어떻게 다 생각하겠어요. 할아버지한테 들킨다 해도 무섭지 않아요." 쥬에후이가 냉담한 어조로 말했다.

쥬에신은 다시 머리를 들어 쥬에후이를 흘끗 바라보았으나 더이상 아무 말도 하지 않았다. 그는 다만 이맛살을 한 번 찌푸리고는 계속 주판알을 튕겼다.

"괜찮아. 할아비지가 모든 일을 어떻게 일일이 다 기억하시겠니? 내 생각엔 그 일을 벌써 잊어버리셨을 것 같은데." 쥬에민은 이렇게 말하며 창문 앞에 놓인 등의자에 기대어 앉았다.

쥬에후이도《전야》를 들고 벽 쪽에 있는 의자에 앉아서 되는 대로 책장을 넘기다가 소리를 내어 읽었다.

사랑이란 위대한 것이며 위대한 감각이다. 그러나 당신이 말하는 사랑이란 어떠한 사랑인가?

어떠한 사랑이냐고? 어떠한 사랑이든 좋습니다. 내 말씀을 들어주십시오. 내 생각엔 사랑에 어떠한 구별이 있는 것 같지는 않습니다. 만일 당신이 사랑을 하고 있다면 말입니다….

한 마음으로 사랑하십시오.

쥬에신과 쥬에민은 머리를 들고 놀란 눈길로 그를 여러 번 쳐다보았으나 쥬에후이는 눈치채지 못하고 여전히 같은 음성으로 읽어내려갔다.

사랑에 대한 열망, 행복에 대한 열망, 이밖에는 아무것도 없는 것입니다.
우리는 청년이지 불구도 바보도 아닙니다. 자기의 행복은 자신의 힘으로 개척해야 합니다.

뜨거운 그 무엇이 목에서 북받쳐올랐다. 흥분이 되어 그는 손까지 떨려와 더이상 읽어내려갈 수가 없었다. 그는 책을 덮고 찻잔을 들어 물을 벌컥벌컥 마셨다.
이때 천지엔윈이 밖에서 들어왔다.
"쥬에후이, 자네 방금 뭐라고 그렇게 큰 소리로 떠들었는가?" 지엔윈은 들어서자마자 메마른 소리로 물었다.
"나는 소설을 읽고 있네." 쥬에후이가 대답했다. 그는 책을 펼쳐들고 아까 읽던 그 페이지를 다시 읽었다.

우주는 우리에게 사랑의 필요성을 환기시켜준다. 그러나 사랑을 만족시켜주지는 않는다.

방 안은 잠시 조용해졌고, 주판알 튕기는 소리조차 멎었다.

우주에는 삶도 있거니와 죽음도 있다. 이와 마찬가지로 사랑에도 죽음이 있으며 삶이 있다.

"그건 무슨 뜻인가?" 지엔윈이 나직이 물었으나 대답하는 사람은 아무도 없었다.

영문 모를 긴장이 조그마한 방 안을 떠돌다가 차차 가라앉았다. 하나의 공통된 감정이 각기 다른 생활환경에 처해 있는 이 네 사람을 고뇌하게 만들었다.

"이런 사회에나 이 모양의 인생이 있는 거야." 쥬에후이가 답답함을 견디다 못해 불병이 가능한 어조로 말했다.

"이런 삶은 그야말로 청춘을 허비하고 인생을 소모하는 것에 불과해!"

이러한 생각이 요즈음 들어 끊임없이 그를 괴롭혔다. 그는 어릴 때부터 기성세대들과는 전혀 다른 사람이 되고 싶다는 갈망을 지니고 있었다. 현지사였던 부친을 따라 많은 지방을 돌아다녔기 때문에 기이한 사물과 사실을 적잖이 볼 수 있었다. 그는 늘 홀로 어느 낯선 곳에 가서 비범한 일을 해보았으면 하는 몽상을 하곤 했다. 부친의 관아가 있던 지방에서 그의 생활은 모종의 환상적 색채를 띠고 있었으나 성 소재지인 이 도시에 오면서 생활은 평범한 현실에 근접하게 되었다. 그때부터 그는 세계에 대해서 새로운 인식을 갖게 되었다. 이 거대한 양반 가정에는 심부름꾼이니 가마꾼 따위의 하인만 해도 수십 명이다. 그들은 여기저기서 구해온 사람들이었으나 동일한 운명에 의하여 한데 결합되어 있었다. 서로 알지도 못하는 이 사람들은 얼마 되지 않는 보수를 위해 그들과 같은 사람에 지나지 않는 상전들을 받들며 마치 대가족처럼 평화롭게 심지어는 친밀하게 살고 있었다. 그들은 모두 같은 처지로 너나할것 없이 일단 상전의 노여움을 사기만 하면 이튿날부터 어떻게 살아나갈지 앞길이 막막해지기 때문이다. 그들의 운명에 쥬에후이는 동정심이 일었다. 이러한 환경 속에서 어린 시절을 보내며 그는 하인들의 존경을 받게 되었다. 그는 종종 마굿간에 있는, 가마꾼이 거처하는 마루방에 가서 뒹굴며 놀았고 여위고 쇠약한 가마꾼이 아편을 피우며 늘어놓는 젊은 시절의 이야기를 듣기도 했다. 그는 종종 마굿간에서 하인들과 함께 화롯가에 둘러앉아 검객이나 협객들의 무용담에 귀를 기울이기도 했다. 당시 그는 늘 이 다음에 어른이 되면 부자놈들의 돈을 빼앗아 가난한 사람들을 구제해주는, 집도 없이 칼 한 자루만 차고 정처 없이 떠돌아다니는 협객이 되어야겠다는 몽상을 했다. 중학교에 들어가면서 그의 주위환경은 달라졌다. 책과 선생들의 강의에서 그는 점점 애국주의적 열정과 근대주의적 사상을 배양하게 되었다. 그는 량치차오梁啓超의 선동적인 문장의 애독자가 되었다. 이때 그가 애독한 책은 《중국혼》과 《음빙실총서飮氷室叢書》였고 심지어 량치차오가 《국민천훈國民淺訓》에서 주장한 징병제에 찬성하여 학업을 버리고 군인이 되려는 생각까지 했다.

그러나 5·4운동은 갑자기 그에게 하나의 새로운 세계를 열어주었다. 량치차오의 주장이 철저하게 분쇄된 후에도 그는 대단한 열성으로 새로운, 더운 진보적인 학설을 받아들였다. 그래서 그는 큰형이 그를 조소하며 부르는 칭호이기도 한 '인도주의자'가 되었다. 큰형이 그를 이렇게 부르는 첫 번째 이유는 그가 가마를 타려하지 않앉기 때문이었다. 당시 그는 〈인생의 진의〉와 〈인생문제의 발단〉 등의 문장을 읽고 처음으로 인생의 의미에 대해서 생각하게 되었다. 처음에 그것은 막연한 개념들에 불과했다. 그러나 생활의 경험, 특히 최근 며칠 동안의 감금 생활에서 그리고 내적 투쟁과 서적의 탐독을 통해 그의 시야는 차츰 넓어졌다. 그는 인생이란 무엇이며 인간으로서 어떻게 살아야 할 것인가를 조금씩 알게 되었다. 그는 젊음을 허비하며 삶을 낭비하는 이러한 생활을 증오했다. 그러나 그가 이런 생활을 증오하면 할수록 주위에 더욱더 많은 무형의 장벽들이 자신을 둘러싸고 있다는 것과 이러한 생활에서 완전히 벗어날 수는 없다는 사실을 깨달을 뿐이었다.

'이런 삶이야말로 저주받아 마땅한 것이다.' 쥬에후이는 여기까지 생각하자 더욱 초조해졌다. 그는 무의식중에 쥬에신의 멍한 눈길과 마주치게 되자 얼른 고개를 다른 데로 돌렸으나 이번에는 우울하고도 순종적인 지엔윈의 표정을 보게 되었다. 다시 쥬에민을 돌아보니 쥬에민은 고개를 숙인 채 책을 읽고 있었다. 방 안은 온통 쥐죽은 듯 고요했다. 그는 무언가 자신의 가슴을 물어뜯는 것 같아서 참다못해 소리쳤다.

"어째서 형들은 말을 하지 않는 거예요? 형, 형들도 저주받아야 할 사람들이야."

세 사람은 그가 무엇 때문에 고함을 치는지 몰라 눈이 휘둥그래진 채 그를 바라보았다.

"우리가 어째서 저주를 받아야 한단 말이냐?" 쥬에민이 책을 덮으며 부드러운 어조로 물었다.

"우리도 너와 마찬가지로 모두 이 대가정 속에서 살고 있는 사람들이 아니냐?"

"바로 그 때문이지요." 쥬에후이는 여전이 분개한 어조로 말했다.

"형들은 언제나 순종하기만 하고 조금도 변하려 하지 않는단 말이에요! 대관절 언제까지 그렇게 참을 작정이세요? 형들은 입으로는 낡은 봉건가족을 반대한다 하지만 실상은 봉건가족을 옹호하는 사람들이란 말이야. 형들의 사상은 새로운 것이지만 형들의 행위는 낡은 것이에요. 형들은 용기가 없어요! 자기모순이지요. 형들은 모두 자기모순에 빠져 있어!"

이때 그는 자신 역시 모순에 빠져 있다는 것을 망각하고 있었다.

"좀 진정해라. 너처럼 그렇게 떠들어댄들 무슨 소용이 있니? 무슨 일이든 서서히 해야 되는 거다." 쥬에민이 여전히 부드럽게 말했다.

"너 혼자 힘으로 무슨 일을 해낼 수 있겠니? 낡은 가족제도가 존재하는 것은 그 자체의 경제적 토대와 사회적 배경을 가지고 있기 때문이라는 것을 알아야 된다."

그 말은 방금 잡지에서 본 것이어서 그는 아주 자연스럽게 말할 수 있었다.

"우리의 고통도 너 못지않을 게다." 그가 한 마디 덧붙였다.

쥬에후이는 무심결에 머리를 돌리다가 또 쥬에신의 시선과 마주쳤다. 그는 나무라는 듯한 우울한 시선으로 그를 바라보고 있었다. 쥬에후이는 고개를 숙이고 책장만 넘겼다. 잠시 후 그는 소리 내어 책을 읽기 시작했다.

그냥 내버려두자! 아버지가 나에게 공연한 말을 한 것은 아니었다. 우리는 사치스런 사람도 귀족도 아니며 운명과 자연의 총애를 받는 행운아도 아니고 열사도 아니다. 우리는 다만 노동자일 뿐이다. 우리는 우리 손으로 지은 가죽으로 만든 앞치마를 두르고 침침한 공장에서 자신의 할 일만 하고 있으면 그만이다. 햇빛이야 다른 사람을 비추건 말건 아랑곳 할 것도 없다. 우리의 이 암담한 생활 가운데도 긍지가 있으면 행복을 찾을 수 있는 것이다….

'그 말은 그야말로 나를 두고 한 말 같다. 그러나 나 자신의 긍지는 어디에 있는가? 나 자신의 행복은 또 어디에 있는가?' 지엔윈은 속으로 이렇게 생각하고 있었다.
"행복? 행복이라는 게 도대체 어디에 있어? 인간에게 과연 행복이라는 것이 있기는 할까?" 쥬에신은 이렇게 탄식했다.
쥬에후이는 쥬에신을 흘끗 바라보고는 다시 고개를 숙이고 책장을 뒤적이다가 접어두었던 흔적이 있는 페이지를 펴고 쥬에신에게 들으라는 듯이 큰 소리로 읽었다.

우리는 청년이지 불구도 아니고 바보도 아니다. 자신의 행복은 자신의 힘으로 개척해야 한다.

"제발 그만두어다오." 쥬에신이 고통스럽게 간청하듯 말했다.

"왜요?" 쥬에후이가 추궁하듯 물었다.

"너는 안타까운 내 심정을 모를 것이다. 나는 청년도 아니고 나에게는 청춘이라는 것도 없다. 나에게는 행복이라는 것도 없었고 또 영원히 없을 거야." 이런 말이 다른 사람의 입에서 나왔다면 그것은 격분에 차 있었을지 모르나 쥬에신의 입에서 나온 그 말은 비참하게만 들렸다.

"형에게 행복이 없다고 해서 행복을 개척해야 한다는 다른 사람의 말도 들을 수 없단 말인가요?" 쥬에후이는 큰형에게 이렇게 사정없이 쏘아주었다. 나날이 타협적으로 되어가는 큰형의 생활방식에 대해서 그는 강한 불만을 품고 있었다.

"네 처지는 나와 달라서 넌 나를 이해하지 못해!" 쥬에신이 주판을 밀어버리고 한숨을 쉬며 말을 이었다.

"네 말이 옳아. 나는 확실히 다른 사람이 행복이라는 말을 꺼내는 걸 듣기 싫다. 그건 나에게 행복을 얻겠다는 희망이 없어졌기 때문이야. 내 인생은 이 모양으로 끝나겠지. 내가 반항을 하지 않는 것은 반항하기 싫어서가 아니라 자진해서 희생자가 되고 싶기 때문이다. 나도 한때는 너희들처럼 아름다운 꿈을 꾼 적이 있었지만 그것은 다른 사람에 의해 산산이 부서졌고, 내 희망은 하나도 실현되지 못했다. 나의 행복은 진작 다른 사람에게 빼앗겼다. 그러나 누구를 탓하지는 않는다. 나 스스로 아버지가 짊어졌던 짐을 받아들인 거지. 내 괴로움을 너희들은 이해하지 못할 것이다. 아버지가 병상에서 하신 말씀을 나는 아직도 기억하고 있다. 아버지가 임종하시기 전날 작은 여동생이 죽었다. 계모는 그애의 시체를 염하러 가셨지. 그애는 겨우 여섯 살밖에 안 되었지만 그애의 죽음은 병석에 누워계시는 아버지를 몹시 슬프게 했다. 아버지는 눈물을 흘리시면서 내 손을 잡고 말씀하셨다. '쥬에신아, 네 어미가 임종할 때 너희들 6남매를 나에게 맡겼는데 내가 그만 하나를 잃어버렸구나! 무슨 면목으로 네 어미를 대힐 수 있겠니?' 아버지는 울면서 또 말씀하셨다. '내 병은 나을 것 같지 않다. 너의 계모와 동생들을 너에게 맡길 테니 네가 내 대신 잘 돌봐주어라. 네 성품은 내가 잘 알고 있다. 너는 결코 나를 실망시키지 않을 것이다.' 이 말을 듣고 나는 참다못해 그만 대성통곡했다. 이때 창 밑을 지나시던 할아버지는 아버지가 돌아가신 줄 알고 숨을 가쁘게 몰아쉬며 들어오셨다. 이런 상황을 보신 할아버지는 아버지의 마음을 괴롭혀서는 못쓴다고 꾸짖으시며 아버지에게 몇 마디 위로의 말을 하시더구나. 그후 할아버지께서 나를 방에 불러다 어떻게 된 일이냐고 자세히 물으시기에 사실대로 말씀드렸더니 할아버지도 눈물을 보이셨다. 할아버지는 나더러 물러가서 아버지를 잘 간호하라고 당부하셨다. 그날 저녁 이슥해서 아버지는 나를 침대 앞에 불러다 앉혀놓고 유언을 받아쓰라고 하셨다. 어머니는 촛불을 들고 서 있고 큰여동생이 먹통을 들고 서서 아버지가 한 마디 부르면 내가 한 마디를 쓰는데 눈물이 줄줄 흘렀다. 이튿날 아버지는 세상을 떠나셨다. 그래서 아버지가 지고 있던 짐이 전부 내 어깨에 옮겨지게 되었던 거다. 이때부터 아버지가 병석에서 하신 말씀을 생각할 때마다 저절로 눈물이 흘렀고 나 자신을 희생시키는 외에는 다른 방도가 없다고 생각했다. 나는 내가 희생되는 데 대해 아무런 이의가 없다. 그러나 그렇다 해도 큰여동생을 잃어버렸으니 아버지께 죄스럽기 그지없구나…."

쥬에신은 말을 하면 할수록 점점 더 슬픔에 잠겼다. 눈물이 쥬에신의 입으로 흘러 들어갔다. 쥬에신의 말은 자꾸 막혔고 결국 그는 책상에 엎드린 채 머리도 들지 못했다.

쥬에후이도 눈물이 흘러나오려는 것을 억지로 참았다. 고개를 돌리니 지엔윈은 손수건으로 눈을 닦고 있었고 쥬에민은 잡지로 얼굴을 가린 채였다.

쥬에신은 책상에서 얼굴을 들고 눈물을 씻으며 말을 이었다.

"너희들이 알지 못하는 일은 아직도 얼마든지 있다. 이제 옛이야기를 할 테니 들어봐라. 아버지가 대족현의 전사典史(청조의 관명. 현 지사의 속관으로 현의 감옥과 치안을 담당함)로 파견되시던 해, 나는 겨우 다섯 살이었고 너희들은 아직 태어나지도 않았다. 아버지와 어머니는 나와 죽은 여동생을 데리고 거기에 갔다. 그때 그 지방 일대는 매우 소란했다. 아버지는 매일 밤 나가서 성을 지키느라고 밤 1~2시가 되어야 돌아오시곤 했다. 우리는 아버지를 기다리다가 돌아오신 후에야 자곤 했는데 그때부터 나는 이미 철이 든 아이라는 소리를 들었다. 나는 매일 밤, 잣이나 수박씨를 까먹으면서 어머니와 이야기를 했다. 어머니는 나더러 이를 악물고 공부를 잘해서 당신의 소원을 풀어달라고 신신당부하셨고 또 눈물을 머금으시면서 당신이 우리 집에 들어와 며느리 노릇하면서 받은 설움을 이야기하시곤 했다. 그때 나는 어머니와 함께 울거나 혹은 어머니를 웃게 하려고 노력했다. 내가 공부를 잘해서 장차 성의 팔부의 순검이 되면 어머니도 소원이 풀릴 것이라고 말했다. 그후부터 나는 공부에 열중했지. 어머니의 수심도 따라서 풀리기 시작했다. 그후 몇 개월이 지나자 성에서 아버지 직무를 대신할 다른 사람을 보냈다. 우리가 그곳을 떠날 내 어머니는 또 눈물을 흘리시며 아버지의 고충을 나에게 낱낱이 이야기해주셨다. 그때 어머니는 쥬에민을 가지신 지 7~8개월이나 되었기 때문에 길을 가는 도중에 고생하지나 않을까 해서 아버지는 여간 걱정하지 않으셨다. 그렇다고 거기서 떠나지 않을 수도 없었다. 성내에 돌아온 지 두 달도 채 못 되어 쥬에민 네가 태어났다. 그 이듬해 아버지는 현지사로 추천받기 위해 천자를 알현하러 베이징으로 가시게 되었다. 어머니는 집에서 온종일 애를 태우면서 기다리셨는데 그 무렵 쥬에후이 네가 태어났다. 이때 베이징에 계셨던 아버지는 추천장이 기각당해서 하는 수 없이 그냥 베이징에 머물러 계셨다. 이 소식이 전해지자 할아버지는 때때로 화를 내시고 집안 사람들은 어머니에게 야유를 퍼붓곤 해서 어머니는 속을 무척 태우셨지. 나와 큰누이만이 옆에서 어머니를 위로해드렸을 뿐이다. 아버지 편지를 받을 때마다 어머니는 며칠을 눈물로 지내시곤 했다. 이렇게 지내다가 '천자님을 배알했으니 추석이 지나면 돌아가겠다'는 아버지의 편지를 받은 후에야 어머니는 긴 한숨을 내쉬고 겨우 안심하시게 되었다. 그러나 속은 이미 시커멓게 탔던 것이다. 하여

튼 어머니는 우리 집에 시집오신 후 세상을 떠나실 때까지 행복을 누려보지 못하셨다. 그처럼 나를 사랑하시고 나에게 기대를 가지셨던 어머니께 나는 도대체 무엇으로 보답해야 한단 말이냐? 어머니를 위해서라면 나는 모든 것을 희생할 것이며 나의 앞날을 다 바쳐도 아깝지 않다. 너희들이 잘 자라서 훌륭한 사람이 되어 아버지, 어머니의 소원을 풀어드린다면 내 평생의 소원도 이루어지는 셈이다…."

쥬에신은 여기까지 말하고 주머니에서 손수건을 꺼내 눈물에 젖은 얼굴을 닦았다.

"형님, 그만 진정하세요. 우리도 잘 알고 있어요."

쥬에민이 잡지로 얼굴을 가린 채 말했다.

쥬에후이도 눈물을 흘렸으나 곧 울음을 그쳤다. 그는 속으로 '과거의 일은 그대로 덮어두고 말지! 그걸 다시 들춰내서 뭘 한담.' 하고 생각했다. 그러나 돌아가신 부모님을 생각하면 슬픔이 북받쳐오르지 않을 수 없었다.

"쥬에후이야, 네가 방금 읽은 구절은 정말 옳은 말이다. 나는 사치스러운 사람도 아니고 운명과 자연의 총아도 아니다. 다만 노동자로서 자기의 앞치마를 두르고 암흑과 같은 공장에서 할 일을 하고 있을 따름이다." 쥬에신은 차츰 평온한 상태로 돌아가 쥬에후이를 바라보고 서글픈 웃음을 지으며 말했다.

"그러나 나는 자신의 행복을 가지지 못한 노동자이다. 나는…."

그가 '나는' 하고 입을 열었을 때 갑자기 창 밖에서 기침 소리가 들렸다. 그는 깜짝 놀라며 쥬에후이에게 속삭였다.

"할아버지가 오셨다. 어떻게 하지?"

쥬에후이는 약간 놀라는 듯했으나 곧 침착해지며 담담하게 말했다.

"별일 있겠어요? 설마 저희를 잡아먹기야 하려고요."

과연 할아버지가 문발을 쳐들고 들어왔다. 하인 쑤푸蘇福가 뒤따라와서 문 밖에 서 있었다. 방 안에 있던 네 사람이 모두 일어나 인사를 했다. 쥬에민이 그에게 등의자를 권했다.

"너희들 다 여기 있었구나!" 할아버지의 거무충충한 얼굴에 웃음이 떠올랐다. 무슨 기분 좋은 일이 있는 모양인지 표정이 퍽 온화했다. 할아버지는 부드러운 어조로 말했다.

"애들아! 이젠 집으로 돌아가거라! 오늘은 설음식을 먹는 날이니 일찌감치 돌아가야지." 그는 창 밑에 있는 등의자에 걸터앉았다. 그러나 곧 일어나 쥬에신에게 말했다.

"쥬에신아, 내가 뭘 좀 살까 하는데 네가 좀 같이 가주겠냐?" 할아버지는 쥬에신이 대답하자 곧 문발을 밀고 겨울 신을 신은 발로 문턱을 디뎠다. 쥬에신과 쑤푸도 그 뒤를 따랐다.

"할아버지는 정말 네 일을 잊으신 모양이다."

"내가 만일 큰형처럼 복종만 한다면 아마 평생 집 안에 갇혀 있게 될 거요." 쥬에후이가 말을 이었다.

"실상은 나도 이미 속아 넘어간 셈이죠. 할아버지가 화를 낸다고 해도 그건 그때뿐이고 조금 지나면 잊어버리시고 마니까. 내가 집에 갇혀서 그런 고통스런 생활을 했다는 걸 할아버지가 어디 알기나 하시겠어요? 이젠 큰형을 기다릴 것 없이 돌아가야지. 큰형은 아마 가마를 타고 돌아갈 테니까. 다시 할아버지와 맞부딪치지 않게 빨리 돌아갑시다."

"그러자." 쥬에민은 대답한 후 고개를 들어 지엔윈에게 물었다.

"자네는 어떻게 할 텐가?"

"나도 돌아가야겠네. 함께 가세."

세 사람은 함께 사무실에서 나왔다.

돌아오는 쥬에후이의 마음은 아주 유쾌해졌다. 그는 과거의 모든 일을 무덤 속에다 깊이 파묻어버렸다. 그는 속으로 생각했다.

'나는 청년이다. 나는 기형아도 아니고 바보도 아니다. 나는 나 자신의 행복을 내 힘으로 찾아야 한다.'

그리고 그는 모든 면에서 큰형과 다른 자신의 앞날을 위해 축복했다.

꽃과 시

날이 어두워졌다. 가오씨네 집 대청에는 새로 끼워넣은 백촉짜리 전등 외에 대들보에 달린, 기름으로 켜는 장명등長明燈과 석유로 켜는 남포등 그리고 표면에 사람을 그려넣은 궁등宮燈 등이 밝혀져 있었다. 이 각양각색의 등불은 벽에 둘러친 병풍의 그림과 신감에 모셔져 있는, 청조의 복장을 입은 가오씨 집안의 역대 조상들의 초상화뿐 아니라 네모난 벽돌과 벽돌 사이의 틈까지도 선명하게 비추었다.

설음식을 먹을 시간이 되었다. 대청 한가운데에는 크고 둥근 테이블 두 개가 놓여졌으며 그 위에는 상아로 만든 젓가락과 은으로 된 술잔, 수저, 접시 등이 가지런하게 놓였다. 각 접시 밑에는 '할아버지' '천씨 할머니' 하는 식으로 각자의 호칭을 써놓은 붉은 종이가 깔려 있었다. 테이블 옆에는 각각 하인이 세 사람씩 서 있었는데 둘은 술을 따르고 한 사람은 음식을 날랐다. 각 방의 어멈들과 하녀들도 옆에서 시중을 들고 있었다. 음식이 만들어지는 대로 부엌에서 왼쪽 안채의, 창 밑에 있는 양각등을 켜놓은 네모난 탁자로 가져오면 지긋하게 나이 든 하녀가 하인 쑤푸와 자오성에게 주고 그들이 음식을 상으로 날랐다.

　냉채 여덟 접시와 수박씨, 살구씨 두 접시가 놓이자 주인들이 어른 아이 할 것 없이 모두 나왔다. 할아버지가 먼저 자리에 앉고 나서 모두 순서대로 제자리를 찾아 앉았다.

　상석에 둘러앉은 사람은 모두 윗세대로서 순서에 따라 할아버지, 첩 천씨, 큰마님 저우씨, 셋째 나리 커밍과 셋째 마님 장씨, 넷째 나리 커안과 넷째 마님 왕씨, 다섯째 나리 커딩과 다섯째 마님 실씨, 이밖에 손님으로 쥬에신네 고모인 장씨 부인까지 도합 열 명이었다. 아랫쪽 테이블에는 쥬에신과 그의 동생들, 쥬에신의 아내 리우이쥬에와 친까지 도합 열두 명이 둘러앉았다. 그 중 남자는 쥬에覺자 항렬로 큰집의 쥬에신, 쥬에민, 쥬에후이, 셋째 집의 쥬에밍, 넷째 집의 쥬에퀀, 쥬에스이고 여자는 수淑자 항렬로서 큰집의 수화, 셋째 집의 수잉, 넷째 집의 수펀, 다섯째 집의 수전인데 나이로는 수잉이 제일 많아 열다섯 살이고 수전이 열두 살, 제일 어린 수펀은 일곱 살이었다. 모두 음력으로 계산한 나이였다. 이밖에 셋째 집의 쥬에렌, 넷째 집의 쥬에셴과 수팡은 너무 어려 좌석에 끼지 못했다. 그러나 할아버지가 설음식을 먹는 날, 4대가 동석하는 것을 원했기 때문에 쥬에신의 아들 하이천은 우이쥬에의 품에 안겨 그가 먹고 싶은 음식을 먹으며 참석하도록 했다.

할아버지는 술잔을 들고 사방을 둘러보았다. 방 안은 사람으로 북적댔으며 모두들 웃음 띤 얼굴이었다. 그는 자기의 자손이 이처럼 많아져 '4대가 한 집안에서 함께 살고자 하던' 꿈이 이미 실현되었음을 확인하고 얼굴에 만족스런 미소를 지으며 술을 한 모금 주욱 들이켰다. 눈을 들어 아랫쪽 테이블을 바라보자 젊은 세대들이 유쾌하게 담소하며 술을 마시는 것이 보였다. "술을 가져오너라." 하는 소리가 나는가 하면 "내게 술을 넌서 부어라." 하고 고함을 지르기도 했다. 생기 넘치는 목소리들이 여기저기서 들려왔다. 위안성과 원더 두 하인은 술 주전자를 들고 이리저리 뛰어다니기에 바빴다.

"너희들 벌써 취한 것 같구나! 술은 조금만 마시고 안주를 많이 먹어라."

할아버지는 웃으면서 이렇게 분부를 내렸다. 그는 아랫쪽 탁자에 앉은 쥬에신의 대답 소리를 듣고는 자기도 모르게 또 술잔을 들고 유쾌한 마음으로 술을 한 모금 들이켰다. 이때 윗쪽 테이블에 둘러앉은 사람들은 모두 술잔을 쳐들었다가 할아버지가 술잔을 놓자 모두 따라서 내려놓았다. 할아버지를 제외하고 상석에 앉은 사람들은 모두 단정한 자세였다. 할아버지가 수저를 들면 모두 따라서 수저를 들고 그가 수저를 놓으면 모두 따라서 놓았다. 어쩌다 한두 사람이 말을 하기도 했으나 짤막한 한두 마디에 그쳤다. 약간 술기운이 돈 할아버지가 이 분위기를 보고 말했다.

"이렇게 구속받을 것 없다. 웃기도 하고 이야기들도 해야지. 저쪽 상은 얼마나 활기에 차 있냐. 이쪽 상은 너무 잠잠하구나. 모두 다 집안 식구들뿐인데 구속받을 것 없지 않니?" 하고 그는 또 잔을 들어 남은 술을 다 마시고 말을 이었다.

"너희들이 보는 바와 같이 나는 오늘 얼마나 기쁜지 모르겠다."

"넌 젊으니까 설에 두어 잔쯤 더 마시는 것도 괜찮다." 그는 여전히 웃음을 머금은 채 커딩에게 말했다.

"고모님과 나리님들과 마님들에게 술 좀 더 많이 따라드려라." 그는 리구이와 가오중에게 분부했다.

할아버지가 이렇게 유달리 기분이 좋았기 때문에 상석에 둘러앉은 사람들도 활기를 띠었다. 그래서 커안과 커딩, 그리고 왕씨와 첩 천씨가 차례로 벌주罰酒 먹이기 내기를 시작하여 술잔도 자주 비웠고, 젓가락도 부지런히 오르내렸다.

할아버지는 취기 오른 얼굴들을 보고 유쾌한 웃음 소리를 듣자, 기분이 더욱 흡족해져서 방금 가득 부어놓은 술잔을 들어 또 한 잔 마셨다. 지난 일들이 그의 머리에 떠오르기 시작했다. 그는 자기가 어렵게 고학을 하여 공명功名을 얻고 수년 간 벼슬을 지냈으며 이만한 가족을 이루고 토지를 사고 집을 짓고 아들딸을 낳아 이렇게 많은 손자, 손녀와 증손자까지 보게 되었구나 하고 생각했다. 자손들에게 글을 읽혀 예의를 알게 했고 무슨 일이나 뜻대로 되었다. 이렇게 흥성, 발전한다면 앞으로 1~2대쯤 더 내려가서 얼마나 번성한 대가족이 될는지 알 수 없었다. 그는 무심결에 흡족한 미소를 지으며 또 한 잔 들이켰다. 그는 술잔을 내려놓으며 말했다.

"나는 그만 마시겠다. 두 잔만 마셔도 취해. 너희들은 개의치 말고 마음껏 마시고 고모님과 나리님, 마님들에게도 술을 많이 따라드리려라."

아랫쪽 젊은이들의 자리는 할아버지가 말한 바와 같이 훨씬 활기가 있었다. 젓가락은 쉴새없이 오르내려 음식이 상에 오르자마자 곧 빈 그릇만 남곤 했다. 나이가 어린 쥬에쥔과 쥬에스는 젓가락으로 음식을 잘 집을 수 없었기 때문에 걸상에 꿇어앉아 숟가락으로 떠 먹었다.

"이렇게 음식을 다투듯 먹어서는 안 되겠어요. 우리는 남자들을 당해낼 수 없으니까요. 저쪽 할아버님 상을 보세요. 얼마나 점잖은지. 이렇게 빨리 먹어서야 어디 설 음식 먹는 것 같아요?" 쥬에신의 아내 리우이쥬에가 웃으면서 말했다. 그녀는 하이천을 유모 리씨에게 맡겨 밖으로 데리고 나가게 했다.

넷째 집 하인 자오성이 생선요리 한 접시를 상에다 올려놓자마자 열세 살된 쥬에밍이 집어 입에 넣으려다가 우이쥬에의 말을 듣고는 얼른 젓가락을 놓고 웃으면서 말했다.

"큰 형수님이 불쌍해서 못 먹겠군! 우리 모두 먹지 말고 형수님께 남겨드리는 게 어때요?" 그러자 모두들 젓가락을 내려놓고 웃었다. 우이쥬에의 맞은편에 앉아 있던 쥬에후이가 일어나 생선접시를 형수의 앞으로 밀어놓고 웃으며 말했다.

"형수님! 이 요리는 형수님 혼자서 잡수세요."

우이쥬에는 식탁에 둘러앉은 모든 사람들의 시선이 자기에게 집중되는 것을 보고 얼굴을 붉히며 접시를 도로 쥬에후이에게 밀어놓앉다.

"호의만 해도 고마워요. 그렇지만 나는 본래 생선을 좋아하지 않으니까 도련님이 대신 드세요."

"그건 안 됩니다. 제가 어떻게 대신 먹겠어요? 안 잡수시면 벌주를 마셔야 합니다." 쥬에후이가 일어서면서 말했다.

"그게 좋소. 형수님! 벌주를 마셔야 합니다." 모두들 쥬에후이의 말에 동의했다.

"제가 왜 벌주를 마셔야 한단 말이에요? 모두들 술을 마시고 싶으면 술을 마실 다른 방법을 찾아내야지요. 역시 주령酒令을 하는 게 어때요?" 우이쥬에는 여러 사람의 목소리가 가라앉자, 천천히 변명하듯 말했다.

"좋지, 나는 찬성이다." 쥬에신이 제일 먼저 동의했다.

"무슨 령을 한다구요?" 우이쥬에의 옆에 앉아 있던 친이 물었다.

"내 방에 죽첨이 있는데 밍펑에게 가져오라고 할까요?" 우이쥬에가 제의했다.

"죽첨을 가져오라기보다 간단한 주령을 하는 게 좋을 것 같군요." 쥬에민이 자기 의견을 말했다.

"그럼 비화령飛花令(화花 자를 넣어 시를 짓는 방법으로 시를 지은이로부터 화花 자의 위치에 앉은 사람이 벌주를 마신다)을 하지요." 친이 말했다.

"나는 못해요." 여덟 살 먹은 쥬에췬이 말했다.

"나도 못해요." 수펀도 어른처럼 정색을 하며 말했다.

"누가 시켜준대요? 그럼 쥬에퀸 도련님과 수펀 아가씨, 쥬에스 도련님은 그만둬요. 우리 아홉 사람만 할 테니" 하고 우이쥬에가 말했다.

이때 쥬에후이가 젓가락 한 짝을 땅에 떨어뜨렸다. 위안성이 얼른 달려와 그것을 주워 깨끗이 닦은 뒤 그에게 돌려주었다. 그는 젓가락을 받아 상에 놓으며 자기 생각을 말하려다가 모두들 친의 의견에 찬성하는 것을 보고 입을 다물었다.

"그럼 내가 먼저 말할게요. 우선 쥬에후이부터 마셔!" 친이 쥬에후이를 보고 웃으며 말했다.

"어째서 내가 먼저 마셔야 하지? 누나는 아직 주령을 내리지도 않고서." 쥬에후이가 손바닥으로 술잔을 덮었다.

"염려 말고 술이나 마시라구. 내가 말하려는 건 '문을 나서니 모두 꽃구경하는 사람이구나出門俱是看花人'인데 어때요? 쥬에후이 차례가 아닌가?"

모두들 앉은 순서대로 세어보니 중간에 수펀, 쥬에스, 쥬에퀸 셋을 제외하고 꽃 화花 자가 쥬에후이에게 맞아 떨어지는 것이었다. 그래서 이구동성으로 쥬에후이더러 술을 마시라고 했다.

"모두들 나를 놀리려 드는군. 난 안 먹겠어!" 쥬에후이가 고개를 저으며 말했다.

"안 돼요! 작은도련님. 안 마시면 안 돼요. 주령은 군의 명령처럼 엄격해서 거역할 수 없는 거예요." 우이쥬에가 재촉했다.

쥬에후이는 하는 수 없이 술을 한 모금 들이켰다. 그의 얼굴에 갑자기 웃음이 떠오르더니 자신있게 친에게 말했다.

175

"이번엔 누나가 마실 차례예요. 봄바람에 복숭아꽃 오얏꽃이 만발했구나春風桃李花開日."

쥬에후이로부터 세니 다섯 번째가 과연 친의 차례였다. 친은 말없이 술잔을 들어 한 모금 마시고는 다음과 같은 구절을 읊조렸다.

"복사꽃이 붉은 비처럼 떨어져 내리는구나桃花亂落如紅雨."

이번에는 친의 옆에 앉은 수잉이 마실 차례였다. 수잉도 한 수 읊었다.

"꽃 지는 시절에 또 임을 만나리洛花時節又逢君."

수잉의 오른쪽에 앉아 있던 수화가 술을 마셔야 했다. 수화는 좀 생각하다가 구절을 외웠다.

"상림에 기다리니 꽃이 마치 비단과 같구나若待上林花似錦."

수편, 쥬에퀀 등 세 사람을 제외하고 세어보니 수전, 쥬에밍, 쥬에후이 다음에 앉은 것은 바로 쥬에민이었다.

"도화담의 물은 깊이가 천척이네桃花潭水深千尺." 쥬에민이 술을 마시고 나서 말했다.

"꽃구경을 하고 돌아가노라니 말발굽이 향기롭네賞花歸去馬蹄香." 쥬에신이 술을 마시고 읊조렸다.

"작년에 꽃 속에서 님과 이별을 했네去年花里逢君別." 이번에는 우이쥬에가 술을 마시고는 덧붙여 읊기 시작했다. 수잉이 한 잔 마시게 되었다.

"오늘 꽃이 피니 또 한 해가 왔구나今日花開又一年." 수잉이 술을 마시고 입을 열었다.

이제 수전 차례가 되었다. 수전은 수줍어하며 술을 약간 마시고는 간신히 한 구절을 외웠다.

"목동이 손을 들어 멀리 살구꽃 동네를 가리켰네牧童遙指遙花村."

순서대로 세니 또 우이쥬에가 마실 차례였다. 우이쥬에는 한참 웃다가 잠시 생각을 했다.

"봄바람이 시들해지니 온갖 꽃들이 지누나東風無力百花殘."라고 읊으니 쥬에밍이 마실 자례가 되었다. 쥬에밍은 술잔을 들어 남은 술을 다 마셔버린 후 입에서 나오는 대로 읊었다.

"시절을 느껴 꽃이 눈물을 흘리네感時花濺淚." 그런데 그만 5언시로 읊어버리고 만 것이었다.

"안 돼요! 안 돼요! 5언시는 안 돼요. 다른 걸로 외우세요."

우이쥬에가 절대 안 된다고 말하자 수화도 옆에서 가세했다. 그러나 쥬에밍은 다시 시를 읊으려 하지 않았다. 그래서 쥬에후이는 참다못해 다른 의견을 제기했다.

"이 놀이는 그만둡시다. 모두들 감상적인 싯구만 고르니 듣는 사람에게 불쾌감만 줍니다. 급구령急口令이 훨씬 재미있을 것 같은데요."

"좋아요, 내가 구문룡사진九紋龍史進이 되겠어요."

쥬에밍은 이것이 곤경에서 벗어날 수 있는 묘안이라 생각하여 손뼉을 치며 말했다.

마침내 급구령을 하기로 했다. 우이쥬에가 발령관으로 추천되었으며 각자 자기가 아무개 역을 맡겠다는 것을 결정한 후 발령관이 말했다.

"누가 술을 마실 줄 아오?"

"표자두豹子頭가 마실 줄 아오." 친이 말을 이었다.

"임충林冲은 술을 마실 줄 모르오." 임충을 맡은 쥬에민이 얼른 받아 넘겼다.

"누가 술을 마실 줄 아오." 친이 이어서 물었다.

"구문룡이 술을 마실 줄 아오." 쥬에민이 얼른 대답했다.

"사진은 술을 마실 줄 모르오." 쥬에밍이 얼른 받아넘겼다.

"누가 술을 마실 줄 아오." 쥬에민이 물었다.

"행자行者가 술을 마실 줄 아오." 쥬에밍이 대답했다.

"무송武松은 마실 줄 모르오." 무송을 맡은 쥬에후이가 대답했다.

"누가 술을 마실 줄 아오." 쥬에밍이 물었다.

"옥기린玉麒麟이 술을 마실 줄 아오." 쥬에후이가 얼른 주워섬겼다.

"노준의盧俊義는 술을 마실 줄 모르오." 친은 차를 마시고 있다가 허겁지겁 차를 땅바닥에 뱉으며 말했다.

"누가 술을 마실 줄 아오?" 쥬에후이가 웃는 얼굴로 친을 바라보며 다잡아 물었다.

"소선풍小旋風이 술을 마실 줄 아오." 친이 우이쥬에를 바라보며 대답했다.

"시진柴進은 술을 마실 줄 모르오." 우이쥬에가 침착하게 받아넘겼다.

"누가 술을 마실 줄 아오?" 친이 웃으면서 물었다.

"모야차母夜叉가 술을 마실 줄 아오." 우이쥬에가 쥬에신을 가리키며 정색을 하고 대답했다.

그러자 온 좌석에서 웃음이 터져나왔다. 모야차 손이랑孫二娘을 맡은 쥬에신은 동생들을 웃기기 위하여 일부러 그 이름을 골랐던 것이지만 아내에게 지명을 받고보니 한층 더 우스꽝스러웠다. 쥬에신은 빙그레 웃으면서 대답했다.

"손이랑은 술을 마실 술 모르오." 그는 아내가 미처 묻기도 전에 얼른 말했다.

"지다성智多星은 술을 마실 줄 아오."

"오용誤用은 술을 마실 줄 모르오." 수잉이 말을 받았다.

"누가 술을 마실 줄 아오?" 쥬에신이 얼른 물었다.

"큰올케가 마실 줄 압니다." 수잉이 미처 생각하지 못하고 그만 이렇게 말해버렸다.

좌중에서 웃음이 터졌다. 그리고 이구동성으로 "벌주다! 벌주!" 하고 떠들어댔다. 수잉은 하는 수 없이 자기의 잘못을 시인하고 하인더러 더운 술을 가져오라고 해서 한 모금 마셨다. 그러고 나서 또 계속했다. 말을 빨리하면 할수록 벌주를 마시게 되는 사람이 점점 더 늘어갔다. 술을 마실 수 있는 사람은 술을 마시고 술을 마시지 못하는 사람은 술 대신 차를 마셨다. 이와 같이 젊은 남녀들은 자리가 파할 때까지 모든 것을 잊어버리고 마음껏 웃고 떠들며 흥겹게 놀았다.

자리가 파한 후, 대부분의 사람들은 약간씩 취해 있었다. 친은 어머니를 따라 집으로 돌아갔다. 원래 쥬에민, 쥬에후이, 수잉, 수화등 몇몇은 각각 자기 어머니를 졸라서 친을 집에 남겨두어 함께 설을 쇠려고 했으나 장씨 부인은 집에 일이 있다고 하면서 기어코 데리고 돌아가버렸다. 우이쥬에는 하이천을 돌보러 자기 방으로 가고 쥬에신, 쥬에민과 수화는 술이 과해서 각자 방에 돌아가 자려고 했다. 그리하여 모두 자기 방으로 흩어져버렸다. 저택은 다시 조용해졌다. 대청에는 몇몇 하인들과 하녀만 남아 뒷정리를 했다.

　쥬에후이도 술에 취했다. 그는 얼굴이 빨갛게 달아오르고 가슴이 갑갑하여 잠이 오지 않았다. 밖에서는 수만 마리 말들이 한꺼번에 질주하는 듯한 폭죽 소리가 그의 귀에 울려왔다. 그는 방에 앉아 있을 수가 없어서 밖으로 나와 발길 닿는 대로 걸었다. 대청 앞에는 빈 가마 몇 채가 쓸쓸히 놓여 있고 가마꾼 서너 명이 현관 문턱에 걸터앉아 나직한 목소리로 한가로이 이야기를 나누고 있었다. 인근 저택에서 터뜨리는 폭죽 소리가 요란했다. 그는 대청에 한참 서 있다가 밖으로 나갔다. 막 문 밖에 나서자 요란하던 소리는 그치고 이따금 여기저기서 한두 개씩 폭죽 터지는 소리가 울릴 뿐이었다. 어디서나 유황 냄새가 풍기고 있었다. 대문에는 여전히 붉은 종이를 붙인 큰 등롱 두 개가 걸려 있고 그 속에는 촛불들이 켜져 있었다. 등롱은 거리에 불그스레하고 희미한 빛을 던졌다.

　거리는 정적에 잠겼다. 터진 폭죽의 잔해들이 온 거리 바닥에 어지러이 나뒹굴며 마지막 남은 빛을 발하고 있었다. 이때 어디선가 가느다란 울음 소리가 들려왔다.

　"누가 울고 있을까? 세상 사람들이 다 즐거워하고 있는 이때 누가 울고 있지?" 쥬에후이는 술기운이 점점 달아나는 것을 느꼈다. 사방을 자세히 살펴보니 오른쪽 큰 돌단지 옆에 어른거리는 그림자가 보였다. 그는 호기심이 나서 그리로 걸어갔다.

한 거지 아이가 너덜너덜하게 해진 더러운 옷을 입고 돌단지에 기대어 나직이 울고 있었다. 거지 아이는 머리를 파묻은 채였는데 더부룩한 머리카락이 물 위로 떨어졌다. 아이는 발자국 소리를 듣고 고개를 들어 쥬에후이를 바라보았다. 그들은 아무 말도 없이 마주서 있었지만 쥬에후이는 아이의 얼굴을 똑똑히 보지 못했다. 쥬에후이는 다만 자신의 가쁜 숨소리와 아이의 나지막한 울음 소리만 듣고 있을 뿐이었다.

쥬에후이는 마치 누군가 자기 얼굴에다 냉수를 한 바가지 끼얹은 듯한 기분이었다. 그는 자기 주머니에서 짤랑거리는 은전 소리를 똑똑히 들었다. 그는 일찍이 맛보지 못한 형언할 수 없는 감정에 지배되어 50전짜리 은전 두 닢을 꺼내 아이의 젖은 손에다 쥐어주며 말했다.

"이걸 가지고 어디 따뜻한 데를 찾아가거라. 여기는 너무 추워… 너무 춥단 말이야. 봐! 넌 이렇게 떨고 있지 않니? 가서 더운 것이라도 좀 사먹어!"

그는 말을 마치고 나서 마치 남에게 알려서는 안 되는 일이나 한 것처럼 아이의 대답도 기다리지 않고 도망치듯 집으로 얼른 들어가 버렸다. 그가 대문 안의 정원을 지날 때 어둠 속에서 문득 큰형의 얼굴이 나타나 '인도주의자'라고 조소하는 듯했다. 그러나 큰형의 얼굴은 곧 사라져버렸다. 중문을 지나 대청으로 걸어가고 있을 때 정적 속에서 누가 자기 귀에다 큰 소리로 이렇게 외치는 것만 같았다.

'그런 행동으로 이 세상을 변화시킬 수 있다고 생각하니? 그런 짓으로 그 아이를 한평생 추위와 굶주림에서 벗어나게 할 수 있으리라 생각하니? 에이, 넌 위선적 인도주의자야!'

"취했군! 취했어!" 그는 공포에 떨며 손으로 귀를 막고는 자기 방으로 들어가 낙심한 듯 침대에 쓰러지면서 중얼거렸다.

옛사랑의 고백

이튿날은 음력 섣달 그믐날로 한 해의 마지막 날이었다. 아침에 쥬에후이는 아주 늦게 일어났다. 눈을 뜨자 햇빛이 벌써 창문으로 들어와 온 방을 환하게 비춰주고 있었다. 쥬에민은 침대 앞에 서서 빙긋이 웃으며 동생을 보고 말했다.

"좀 봐라! 네가 어젯밤에 어떻게 잤는지를!"

쥬에후이는 자기 주위를 둘러보았다. 솜이불 한 채가 덮여 있었다. 이불을 밀어젖힌 그는 그제야 자기가 어제 저녁에 옷도 벗지 않고 침대에 쓰러져 잤다는 것을 알게 되었다. 그는 형을 보고 빙그레 웃으며 일어나 앉았다. 햇빛에 눈이 부셔 손으로 눈을 비비고 있을 때 이들 두 형제의 시중을 드는 늙은 어멈 황씨가 세숫대야를 들고 들어왔다.

"어젯밤엔 술을 그렇게 많이 마시더니 취해서 옷도 벗지 못하고 잠드셨지요. 이렇게 추운 날씨에 그러다간 감기에 걸리기 쉽겠기에 제가 들어와서 이불을 덮어드렸지요. 도련님은 그냥 침대에 쓰러진 채 세상 모르고 주무시더니 이제야 겨우 일어나셨구려!" 황씨 어멈이 투덜대듯 중얼거렸다. 그러나 온통 주름살로 가득 찬 그녀의 얼굴에는 웃음이 떠올라 있었다. 그녀는 어머니가 아들에게 꾸중을 하듯 그들 형제를 종종 나무라곤 했다. 그러나 그들 형제는 황씨 어멈이 진심으로 자기들을 사랑하고 있다는 것을 알았기 때문에 그녀를 좋아했다.

쥬에민이 빙긋이 웃었고 쥬에후이도 참다못해 웃어버렸다.

"어멈, 어멈은 정말 잔소리가 많군요. 설음식을 먹으며 모두가 유쾌하게 놀 때 술 몇 잔쯤 더 마시는 게 무슨 대수란 말예요? 그렇지, 어제 저녁에 어멈이 내 곁에 서서 줄곧 험상궂은 눈초리로 나를 노려보고 있어서 내가 조금도 흥이 나지 않던 일이 생각나는군요."

"설에는 좀 풀어주어야지, 어쩌면 어멈은 어머니보다 더 무섭게 굴지요? 어머니도 우리를 그렇게까지 단속하지는 않는데." 쥬에후이가 일부러 농담 삼아 웃으면서 원망하듯 말했다.

"바로 마님께서 도련님들을 그다지 엄하게 단속하지 않으시기 때문에 이 늙은이가 대신해서 잔소리를 하는 거에요." 이부자리를 거두고 있던 황씨 어멈이 쥬에후이의 말을 듣고 하는 대답이었다.

"내 나이 올해 쉰으로 이 저택에 들어온 지 이미 10여 년이 되었어요. 그동안 두 도련님의 시중을 들면서 두 분이 성장하시는 걸 내 눈으로 보아왔지요. 두 도련님도 이 늙은 걸 잘 대해주셔서 여태껏

욕 한 번 하시지 않으셨구요. 나는 벌써부터 집에 돌아가려고 생각했지만 두 도련님 사는 게 마음이 놓여야지요. 나는 이 댁에서 무슨 일이나 다 보아왔지만 지금은 정말 이전만 못해졌어요. '에라, 일찌감치 돌아가버리자. 맑은 물에서 그만큼 살았으면 됐지, 흐린 물에서 공연히 시간을 보낼 필요가 있나' 하는 생각이 들었지만 내가 어떻게 두 도련님을 두고 떠날 수가 있겠어요. 내가 가버리면 누가 두 분의 시중을 들어느리겠는가 말이에요. 두 분은 돌아가신 마님처럼 정말 훌륭한 도련님들이에요. 마님이 아직 살아계신다면 이렇게 장성한 아드님들을 보고 얼마나 기뻐하실는지… 그리고 아씨 마님도 그렇지 이 댁에서 그 마님 싫다는 사람이 있었나요? 도련님들을 제가 잘 모셔야 해요. 마님께서는 지금 저승에서 도련님들을 보호하고 계실 거요. 이제 앞으로 공부를 잘해서 큰 벼슬을 하시게 되면 그때에는 이 늙은 것도 면목이 서겠지요."

"정말 큰 벼슬을 하게 된다면 아마 어멈 같은 노파는 까맣게 잊어 버리고 말걸. 어떻게 어멈을 기억하겠어요?"

쥬에후이가 웃으면서 말했다.

"도련님들이 그럴 리가 없어요. 또 저도 도련님들이 은혜를 베풀어주시길 바랄 사람도 아니고요. 단지 도련님들이 공부를 잘하셔서 훌륭한 분들이 되셨다는 소식만 들으면 그만이지요."

어멈은 자애로운 눈길로 그들을 다정하게 바라보았다.

"어멈, 우리는 어멈을 잊지 않을 걸세." 쥬에민이 그녀에게 다가가 어깨를 두드리며 말했다. 황씨 어멈은 웃으며 세숫대야를 들고 나갔다. 그녀는 문턱을 넘어서려다 뒤를 돌아보며 한마디 던졌다.
"오늘 저녁엔 술을 잡수시지 마세요."
"조금 마시는 거야 괜찮지 뭐."
쥬에후이가 웃으며 말했으나 그녀는 이미 밖으로 나갔기 때문에 듣지 못했다.
"참 좋은 사람이야. '아랫것'들 가운데서 저렇게 좋은 사람은 정말 보기 드물어."
황씨 어멈이 가버린 후, 쥬에민은 자기도 모르게 감동해서 이렇게 칭찬했다.
"형은 정말 대단한 발견을 했구려. '아랫것'들도 상전이나 다 마찬가지로 감정도 있고 양심도 있다구." 쥬에후이가 비꼬듯 말했다.
쥬에민은 동생이 자기를 비꼬고 있다는 것을 알고는 아무 말도 하지 않고 밖으로 나갔다.
"또 고모네 집에 가려고?" 쥬에후이가 뒤에서 큰 소리로 물었다.
쥬에민은 막 문턱을 넘어서려다가 동생이 묻는 것을 듣고 그를 흘끔 돌아보며 마치 책망하는 듯한, 그러나 여전히 부드러운 어조로 대답했다.
"아니, 화원으로 산책하러 가는 길이야. 너도 갈래?"
쥬에후이는 고개를 끄덕이고 쥬에민을 따라 나섰다. 그들이 쥬에신의 방문 앞을 지날 때 안에서 "서방님." 하고 쥬에신을 부르는 소리가 났다. 그것은 넷째 마님의 하녀 첸얼의 목소리였다. 그들은 그 소리에 신경쓰지 않고 곧장 화원으로 걸어갔다.

"오른쪽으로 가자. 매화 숲에는 할아버지가 계실 테니까."반월문에 들어서자 쥬에민은 오른쪽으로 돌아섰다.

오른쪽은 구불구불한 회랑으로 되어 있는데 안쪽 벽에는 흰 칠을 했고 그 위에는 대리석에 새긴 조각들이 박혀 있었다. 거기서 조금 더 가면 창문들이 달려 있었는데 그것은 객청의 창문이며 밖은 돌난간이었다. 난간 저쪽에는 인조동산과 기다란 정원이 있는데 평소에는 거기에 화초들이 가꾸어져 있있다. 이밖에 또 화단이 있었는데 그곳에는 몇 그루의 마른 모란꽃 가지들이 찬 대기 속에서 꿋꿋하게 버티고 서 있었다. 가지 끝은 전부 솜으로 싸인 채였다.

"사람도 저래야 하는데! 마른 가지이기는 하지만 찬바람 속에서 조금도 추워하지 않는 것 같군! 우리도 저렇게 굳세져야지. 서리가 내리면 그만 시들어 말라버리는 화초가 되지 말고!" 쥬에후이가 화단을 바라보며 이렇게 찬사를 늘어놓았다.

"너 그 사설이 또 시작되었구나!" 쥬에민이 웃으면서 말했다.

"모란꽃은 저렇듯 고생스럽게 겨울을 지내다 봄이 되면 잎이 나오고 꽃이 피고, 하지만 결국에 가서는 역시 할아버지의 가위에 잘리고 말걸."

"그게 무슨 상관이야? 이듬해가 되면 또 여전히 새 꽃송이가 달릴 게 아네요?" 쥬에후이가 힘주어 말했다. 그들은 계속 앞으로 걸어갔다.

그들은 회랑에서 나와 돌층계를 내려가 다른 정원으로 들어갔다. 거기에는 높고 낮은 괴상하게 생긴 돌들이 여기저기 놓여 있었다.

허리가 굽어진 노인처럼 생긴 것, 울부짖는 사자처럼 생긴 것도 있으며 목이 긴 흰 두루미처럼 생긴 것도 있었다. 그들은 이 기암괴석 사이를 빠져나가 돌층계로 올라갔다. 앞에는 대나무로 된 울타리 사이로 조그마한 문이 있었는데 겨우 한 사람이 드나들 수 있을 정도였다. 문앞에서 보면 온통 대나무 숲이고 길이라곤 없을 듯했으나 안에 들어서면 꼬불꼬불한 오솔길이 대나무 숲 사이로 나 있었다. 대숲을 벗어나게 되면 졸졸 흐르는 물소리가 들렸다. 이 실개천은 인조 동산에서 흘러나오는 것으로 물이 맑고 깨끗해서 바닥의 돌멩이며 낙엽들까지도 환히 들여다보였다. 개천에 놓인 나무다리가 맞은편 언덕으로 이어져 있었다. 그들은 다리를 건너 또 하나의 정원으로 들어갔다. 정원 가운데에는 풀로 이엉을 엮은 정자 하나가 서 있고 정자 앞에는 몇 그루의 계수나무와 동백나무가 서 있었다. 이 정자를 지나면 앞에 하얀 칠을 한 담장이 나타나고 그 왼쪽 구석에 조그마한 문이 있었다. 그들이 막 모퉁이를 돌자 갑자기 파도 소리가 들려왔다.

그들은 마치 미로처럼 이어진 꼬불꼬불한 난간으로 들어섰다. 이리저리 꼬부라진 무수한 난간을 돌아서자 그들은 비로소 난간의 끝에 도착했다. 앞에는 커다란 둑에 낙락장송이 빽빽이 서 있었으며 그 소나무숲 속에서 바람 소리만 들려왔다. 숲의 중심으로 걸어가자 소나무가 비교적 성기게 늘어선 오른쪽 저편으로 붉은 칠을 한 정자의 창문이 희미하게 바라다보였다. 소나무숲에서 나오면 맑은 호수로 이어졌다. 초승달처럼 생긴 이 호수는 맞은편 언덕을 둘러싸고 있었다. 여기서는 호심정이라는 정자와 구부러진 다리가 잘 보였다.

두 형제는 한참 동안 호반에 서서 잔잔히 파도가 일고 있는 수면을 바라보았다. 아직 소년다운 티를 벗지 못한 쥬에후이는 돌멩이 몇 개를 주워서 맞은편으로 던졌다. 그는 돌멩이를 호수 저편 언덕까지 던지려고 했으나 돌멩이는 호수 복판쯤 가서 떨어지곤 했다. 쥬에민도 돌멩이 서너 개를 주워서 던져보았으나 역부족이었다. 그들이 있던 곳은 호수의 폭이 비교적 좁은 편이었으나 그래도 맞은편 언덕까지는 상당히 멀어 돌멩이는 좀처럼 닿지 않았다.

"됐다. 돌팔매질은 그만하고 저쪽으로 건너가서 자리를 잡고 앉자."

쥬에민이 쥬에후이에게 말했다. 두 사람은 좁은 다리를 건너 맞은편 언덕으로 건너갔다.

다리를 다 건너자 한 자 남짓한 너비의 꽃밭이 나타나고 돌층계를 올라가면 널따란 정원이었다. 정원에는 몇 그루의 목련 사이로 자갈을 깐 길이 나 있으며 그 양옆에는 푸른 칠을 한 사기의자가 놓여 있었다. 거기서 또 돌층계를 올라가면 새로 단청을 칠한 2층 누각이 나오는데 기와 외에는 전부 붉은 색으로 칠해 바라보기에도 눈이 부셨다. 처마 밑에는 예서체로 크게 '만향루晩香樓'라고 쓴 편액이 붙어 있었다.

쥬에민은 사기의자에 걸터앉아 할아버지의 친필로 씌어진 편액을 올려다보았다.

쥬에후이는 혼자 층계를 거닐고 있었다. 그는 의자에 앉아 있는 형을 바라보다 웃으며 말했다.

"저 뒷산에 올라가보지 않겠어?"

"좀 쉬었다 가자꾸나." 일단 자리를 잡고 앉으면 좀체 일어나지 않는 쥬에민이 이렇게 말했다.

"그러면 난 이 안에나 들어가봐야지." 쥬에후이는 이렇게 말하며 문을 밀고 안으로 들어갔다.

그 내부의 서화와 진열품에 대해 평소부터 그다지 관심이 없던 그는 그것들을 대충 보고나서 2층으로 올라갔다.

2층에는 사람이 있었다. 바로 쥬에신이었다. 눈을 절반쯤 감고 힘없이 마룻바닥에 누워 있는 쥬에신은 몹시 초췌해 보였다.

"웬일이세요? 형, 혼자 이런데 와서 잠을 자다니…."

쥬에후이가 놀라서 물었다.

눈을 뜬 쥬에신은 지친 듯 쥬에후이를 바라보고 억지로 웃으며 말했다

"요 며칠 동안 너무 피곤해서 좀 쉬어볼까 하고 여기로 피해왔다. 방에 있으면 이 일도 봐달라, 저 일도 해달라 하고 자꾸 찾아오는 사람이 많아서 어디 가만히 쉴 수가 있어야지. 오늘 밤에는 또 밤새 뜬 눈으로 밝혀야 할 판이니 일찌감치 쉬어두지 않으면 견뎌낼 수 없을 것 같구나."

"참, 무슨 일인지는 몰라도 좀전에 첸얼이 형을 찾고 있던데요."

"그애에게 내가 여기 있다는 말은 하지 않았겠지?" 쥬에신이 다잡아 물었다.

"예. 나도 그애를 보지는 못했어요. 형의 방에서 첸얼이 형을 부

르는 소리만 들었을 뿐이에요."

"잘 되었다." 쥬에신이 마음을 놓으며 말했다.

"셋째 숙부가 필시 무슨 일을 시키려고 날 불렀을 게야. 숨어 있기를 잘했지."

쥬에후이는 큰형의 전략이 전과는 사뭇 달라졌다고 생각했다. 그러나 큰형이 이런 방법으로 그때그때의 상황에 대처해나가기만 한다면 나중에는 도대체 어떻게 될 것인가 하는 걱정이 들었다.

"형, 형은 어제 저녁에 술을 많이 마셨지요. 그전에는 그렇지 않았는데 왜 요즘에는 술 마시기를 그리 좋아하지요? 건강도 좋은 편이 아닌데 왜 그렇게 술을 자주 마셔요?"

쥬에후이는 어제 일이 머리에 떠오르자 즉시 정색을 하고 형에게 충고했다. 그는 무엇이나 자기가 생각나는 대로 말해버리는 성격이었다.

"너는 늘 나를 비웃지만 그것도 내가 쓰는 전략의 하나야." 쥬에신이 일어나 앉아 쓰디쓴 웃음을 지으면서 말했다.

"현실이 어찌나 나를 내리누르는지 견뎌낼 수가 있어야지. 술에 취하면 세상 살기가 좀 쉬워지는 듯해서 말이야." 그는 말을 잠시 끊었다가 다시 이었다.

"나 자신이 나약한 인간이라는 건 인정한다. 내게는 생활에 맞서 볼 그런 용기도 없어. 나는 다만 자신을 약간 머저리로 만들어서 그럭저럭 한 세상을 살아갈 수 있다면 그만이야."

자기 자신을 하잘것없는 인간으로 자인하는 사람에게 그 무슨 방법이 있겠는가? 쥬에후이는 고통스러웠다. 그는 형에게 연민이 일었고 그것은 이내 동정으로 변했다. 그는 형을 위로할 몇 마디 말을 해주고 싶었으나 도리어 형의 기분을 더욱 상하게 하는 말이 나올까 봐 그만 입을 다물고 아랫층으로 내려가려고 했다.

"쥬에후이야, 잠깐 이리 오너라." 쥬에신이 쥬에후이를 불렀다.

"너에게 물어볼 말이 있다." 쥬에신이 정색하고 말했다.

쥬에후이가 앞으로 다가가자 쥬에신이 입을 열었다.

"너 메이 누이를 보았니?"

"메이 누나? 메이 누나가 돌아왔다는 걸 형이 어떻게 알아요?" 쥬에후이는 놀라며 이렇게 반문했다. 그는 형이 그런 것을 물으리라고는 생각조차 하지 못했던 것이다.

"나는 못 봤지만 친 누나는 본 적 있대요."

쥬에신이 머리를 끄덕이며 말했다.

"나는 그녀를 벌써 보았다. 며칠 전 아케이드 안에 있는 신발상新發祥 상점 문 앞에서 말이야."

여기까지 말한 그는 당시의 정경을 회상하는 듯 잠시 말을 멈추었다. 쥬에후이는 말없이 형의 얼굴만 바라보았다. 쥬에후이는 표정에서 그의 심정과 생각을 읽어보려 했다.

"이모님하고 같이 왔더라. 이모님은 상점 안에서 누군가와 이야기를 하시고 메이는 상점 입구에서 옷감을 보고 있었는데 나는 한눈에 그녀를 알아보았지. 하마터면 소리를 질러 부를 뻔했다. 그녀도 나를 알아보고 인사를 하는 듯 마는 듯 고개를 끄덕이더니 얼굴을 안쪽으로 돌리기에 안을 들여다보니 이모님이 서 계시더구나. 나는 옆으로 다가가지도 못하고 멀리서 바라보기만 했다. 그녀는 그 크고도 시원스러워 보이는 눈으로 나를 한참 동안 바라보았다. 그녀는 입술을 약간 달싹거리며 무슨 말을 할 듯하더니 뜻밖에도 머리를 돌리며 말 한 마디 없이 안으로 들어가버리고는 다시는 나를 돌아보지 않더구나."

이때 갑자기 아이들의 웃음 소리가 들려왔다. 그러나 얼마 안 가서 다시 조용해졌다. 쥬에신은 잠시 말을 멈추었다가 다시 이었다.

"이번 만남으로 지난 일들이 모두 되살아났다. 그동안 나는 그녀를 잊고 있었다. 그것은 네 형수가 나에게 더할 나위 없이 극진히 대해주고 나도 네 형수가 마음에 들었기 때문이었다. 그런데 이번에 그녀가 돌아왔고 그녀는 나로 하여금 과거의 모든 것을 다시 떠올리게 하는구나. 내가 그녀를 어떻게 잊을 수 있겠니? 나는 도저히 그녀를 잊을 수가 없다. 나는 그녀가 지금 무슨 생각을 하고 있는지 알고 싶다. 그녀는 아마 내가 자기를 저버렸다고 원망하고 있을 것이다. 나는 그녀가 시집을 갔다가 과부가 되어 지금은 이모님과 함께 지낸다는 것도 다 알고 있다…"

그는 잠시 입을 다물었다. 그의 얼굴에는 고통과 회한의 표정이 떠올랐다. 그는 가늘게 한숨을 내쉬었다.

"누나는 형을 원망하지 않을 거예요. 세월이 이미 많이 흘렀고 많은 변화를 겪었기 때문에 과거의 일은 다 잊어버렸을 겁니다. 나는 형이 무엇 때문에 과거의 일을 가지고 그렇게 자기 자신을 괴롭히는지 알 수가 없네요. 지난 일들은 깊이깊이 묻어버리고 현재와 장래만을 생각해야 돼요. 게다가 메이 누나도 아마 일찌감치 형을 잊어버렸을 테니까요." 마음속으로는 자신이 지금 거짓말을 늘어놓고 있다고 생각하면서도 쥬에후이는 쥬에신에게 그렇게 말했다.

"너는 모른다." 쥬에신이 머리를 흔들며 말했다.

"그녀가 어떻게 지난 일들을 잊어버릴 수 있겠니? 더구나 여자들이란 자칫하면 과거를 회상하곤 하는 모양이더라. 만일 그녀의 환경이 좋아서 그녀를 극진히 위해주는 남편이라도 있다면 과거의 모든 일을 잊어버릴 수도 있을 것이고 나 역시 마음이 놓일 것이다. 그러나 운명의 장난이라고나 할까. 그녀가 청상과부가 되어 이제 한평생 그 완고한 어머니와 함께 비구니 같은 생활을 해야 하다니…. 너도 생각해봐라! 내가 어떻게 마음을 놓을 수 있으며 어떻게 그녀를 잊어버릴 수 있겠니! 그러나 그녀를 생각하게 되면 또 네 형수에게 미안한 생각이 든다. 네 형수가 그처럼 나를 사랑하는데 내가 다른 여자를 사랑한다는 것이 어디 말이나 되니? 이러다가는 두 여자를 다 그르칠 것만 같다. 그러니 내가 어떻게 나 자신을 용서할 수 있겠니? 현실이 너무 고통스럽다. 그래서 나는 내 머리를 흐리멍텅하게 만들려고 늘 술을 마시는 거다. 너는 내가 술을 마시고 종종 남몰래 운다는 것을 모를 게다. 사람들 앞에서는 울 수도 없으니. 그런데 술이란 건 시간이 지나면 사람의 정신을 마취시키는 효능이 다하고 그 다음엔 뼈저린 후회만이 남는다. 이렇게 무기력한 인간이 되어가는 나 자신이 사실은 증오스럽다."

쥬에후이는 처음에는 '그것은 모두 형 스스로가 저지른 것이지요. 왜 처음부터 반항하지 않고 자기의 주장을 내세우지도 않았습니까? 이제 와서 이 지경이 된 것도 자업자득이지요.' 하고 형을 책망하려고 했다. 하지만 눈물을 흘리는 것보다도 더 비통한 표정으로 괴로워하는 형을 보고는 더이상 그를 책망할 수가 없었다. 그는 연민과 동정이 어린 말로 형을 위로했다.

"그래도 해결책이 없는 선 아니지요. 앞으로 메이 누나가 다른 사람을 사랑하게 되어 다시 시집을 가면 모든 문제가 잘 해결될 거예요."

각신은 고개를 가로저으며 쓰디쓴 웃음을 지었다.

"그건 안 될 말이다. 너는 새 책들 속에 파묻혀 현실의 환경을 보지 못하는구나. 너는 그 집 가문에서 그게 가능하다고 생각하니? 그녀의 어머니는 그만두고라도 그녀 자신도 그럴 생각이 절대 없을 게다."

쥬에후이는 더이상 할 말이 생각나지 않았다. 형과 논쟁하는 것이 무의미하게 느껴졌다. 이제 그와 쥬에신은 사상적으로 거리가 더욱더 멀어져 있었다. 그는 큰형을 이해할 수가 없었다. 정당한 길이 있는데도 어째서 할 수가 없는가? 개혁할 수 있는 현실의 환경을 개혁하지 않고 자기 일생의 행복을 희생시키다니? 이러한 희생은 불필요하다. 아무에게도 이로움이 없는 희생이며 낡은 가정의 수명을 얼마간 더 연장시키는 데 불과한 것이다. 메이 누나가 어째서 재혼을 하면 안 되는가? 큰형이 그 누나를 사랑했다면 왜 지금의 형수에게 장가를 들었는가? 장가를 든 후에도 무엇 때문에 여전히 메이 누나를 생각하는가? 이 모든 것에 대해 그는 알 것 같다가도 전혀 이해할 수 없었다. 이 대가족의 모든 것은 그야말로 복잡한 수수께끼였다. 솔직하고 정열적인 그의 젊은 마음으로서는 도저히 풀 수가 없었다. 큰형 앞에 서서 그의 고통스런 표정을 바라보는 쥬에후이의 머리에는 갑자기 무서운 생각이 떠올랐다. 즉 이런 사람은 조금도 희망이 없고 구제할 도리가 없다는 슬픈 사실이었다. 이러한 사람에게 새로운 사상을 부어줌으로써 세상의 진정한 면모를 보게 한다 하여도 그것은 그들에게 고통을 더해줄 뿐이다. 또 그렇게 하는 것은 마치 죽은 시체를 일어나게 하여 썩고 있는 자기 자신을 보라고 하는 것과 같았다.

고통스런 진실이 그의 마음을 괴롭혔다. 그는 이 모든 것을 명백히 볼 수 있었으며 뿐만 아니라, 예언처럼 더욱 불유쾌한 장래의 결과까지 눈앞에 나타나는 듯했다. 그는 마치 그의 큰형 같은 부류의 사람 앞에 심연이 가로놓여 있으나 그것을 보지 못한 채 조금도 거리낌없이 앞으로 내달리는 것이 눈앞에 분명하게 보이는 듯했다. 자기 앞에 그런 위험이 있다는 사실을 모르는 것도 어쩌면 좋은 일이었다. 그 자신들은 이미 만회할 수 없는 사람들이기 때문이다. 쥬에후이는 그런 사람들이 깊은 심연 속에 뛰어드는 모습을 눈으로 보면서도 건져줄 수가 없는 처지였다. 이 얼마나 괴로운 일인가! 여기까지 생각한 그는 자신이 마치 막다른 골목에서 나갈 길을 찾지 못하는 것처럼 몹시 우울해졌다. 밖에서는 그를 조소하는 듯 웃음 소리가 계속 들려왔다.

'에라! 그만두자! 이 조그만 머릿속에다 그렇게 많은 일들을 어떻게 다 집어넣을 수 있으랴. 나 자신이나 사람다운 사람이 되면 그만이다.'

가장 좋은 해결책을 찾아낸듯 그는 모든 생각을 접고 발길 닿는 대로 창 앞으로 걸어가 머리를 밖으로 내밀었다. 쥬에밍, 쥬에쥔 형제와 수잉, 수화, 수전, 수펀 자매 등 여러 아이들이 섬돌 위에서 제기를 차는 중이었고 쥬에민도 그 속에 끼어 있었다.

"너희들 어떻게 왔니?" 쥬에후이가 웃으면서 큰 소리로 물었다.

"아직 점심때가 안 되었니?"

밑에서는 수화가 입으로 수를 세면서 제기를 차는 중이었다. 쥬에후이의 목소리를 들은 수화는 깜짝 놀라 본능적으로 머리를 들었다. 그녀는 쥬에후이를 흘끗 바라보기만 하고 얼른 제기를 안으로 걷어찼으나 동작이 늦어 제기는 땅에 떨어졌다. 수화의 셈은 145에서 멈추었다.

옆에서 셈하기에 싫증이 나 있던 쥬에민 패들은 제기가 땅에 떨어지는 것을 보고 일제히 환성을 올렸다. 수화는 화가 나서 발을 동동 구르며 쥬에후이더러 기어코 배상해내라고 했다.

"어째서 내가 배상해야 한단 말이냐? 내가 너한테 이야기한 것도 아닌데." 쥬에후이는 웃으면서 이렇게 말하고는 창 앞에서 물러나 아래로 내려가려고 했다.

그가 뒤를 돌아다보니 쥬에신은 벌써 보이지 않았고 층계를 내려가는 소리만 들려왔다. 그도 천천히 층계를 밟으며 내려갔다.

층계를 내려가고 있을 때 밑에서 쥬에신의 말 소리가 들려왔다. 아래로 다 내려오자 쥬에신은 벌써 거기서 제기를 차고 있었다.
 "이제 점심때가 다 되어가는데 여기서 계속 제기를 차고 있다가는 하인들이 또 곳곳으로 찾으러 다니겠지." 하고 쥬에후이가 말했다.
 "아직 멀었어요. 할아버지께서 어제 저녁에 모두들 술을 많이 마셔서 늦게 일어날 테니까 오늘 점심은 좀 늦게 하라고 말씀하셨어요." 수화가 나서서 대답하고는 쥬에신이 제기차는 것을 세었다.
 "형도 차볼래?" 아직 애티가 나는 쥬에밍이 쥬에후이에게 장난스러운 표정을 지어보이며 말했다.
 쥬에후이가 막 대답하려고 하는데 수화가 가로챘다.
 "그 오빠는 찰 줄 몰라! 열 번도 못 찰걸 뭐!" 수화는 좀전에 제기를 떨어뜨린 앙갚음을 하느라고 그러는지 이렇게 쥬에후이를 비웃었다. 동그랗고 흰 그녀의 얼굴에 만족스런 웃음이 떠올랐다.
 그때 쥬에신이 제기를 떨어뜨려서 그 다음 차례인 수잉이 제기를 찼다. 수잉은 제기차기의 명수인 듯 처음부터 사람들의 눈길을 끌었다. 빠르지도 느리지도 않게 제기를 차면서 입으로는 그것을 세고 한 손으로는 뒤에 드리운 머리채를 잡고 몸을 규칙적으로 움직이는 모습이 아주 유연했다. 제기는 사람의 말을 알아듣기나 하는 것처럼 그녀의 발목 위에서 뛰어올랐다가 그녀의 발에 흡인력이 있기라도 한 듯 언제나 정확히 그녀의 발등에 떨어졌다. 그녀는 꽤 오랫동안 제기를 찼으나 아직도 처음 섰던 자리에서 몇 걸음 이동했을 뿐이었다.
 사람들은 그녀가 제기차는 것을 세어주면서 몹시 부러운 듯한 눈길로 처다보았다. 모두들 그녀가 제기를 떨어뜨렸으면 하고 기대했으나 아무리 차도 제기는 그녀의 발에서 떠나려 하지 않았다. 그녀는 언제까지라도 제기를 찰 수 있을 것 같았다. 그래서 사람들은 옆에서 심술을 부리기 시작했고 심지어는 그녀의 주의력을 흩뜨리려고 소리를 지르기까지 했다.

쥬에후이는 정원에 있는 사기의자에 앉아서 아무 말 없이 구경만 했다. 그는 혼자 외로이 거기에 앉아서 그들의 즐거움에 끼어들지 않고 부러운 듯 그들을 바라보고만 있었다. 그는 처음에는 여러 가지를 유감스럽게 생각했다.

그러나 그것도 순간이었다. 외로움은 갑자기 찾아들었다가 또 어느새 사라지고 말았다. 그는 조용히 앉아서 그들의 유희가 어떻게 진행되는가를 흥미롭게 지켜보았다.

수잉의 발등에서 오르내리던 제기는 마침내 떨어져 이번에는 수전이 찰 차례였다. 열두 살 먹은 이 소녀는 있는 힘을 다하여 붉은 비단신을 신은 조그마한 두 발을 움직였다. 몹시 약해 보이는 그녀의 기형적인 두 발은 모든 사람의 이목을 집중시켰다. 쥬에후이도 다른 사람과 마찬가지로 그 조그마한 발에 주목했으나 아무리 보아도 그 발이 귀엽게 느껴지지는 않았다. 그 조그마한 발은 대문 담벽에 있는 총탄의 흔적과 마찬가지로 쓰라린 기억만 불러일으킬 뿐이었다. 전족의 고통으로 애처롭게 울던 수전의 울음 소리가 오랜 시간을 뛰어넘어 다시금 귀에 쟁쟁히 울렸다.

그러나 눈앞에는 분명히 그녀가 서 있었다. 그녀의 발은 아주 자그마했고, 사람들은 그녀가 고통과 피눈물로 얻은 그 작은 발을 귀여워했다. 이미 지난날의 모든 것을 다 잊어버리고 지금 자기의 눈앞에서 즐겁게 웃고 있는 그녀의 얼굴에서도 비애의 흔적을 전혀 찾아볼 수 없었다. 이 천진하고 유쾌해 보이는 소녀의 얼굴에는 슬픔이 조금도 깃들여 있지 않았다.

'아마 저애는 아직 나이가 어려서 자신을 잘 모르고 있기 때문이겠지.' 이렇게 생각하면서 쥬에후이는 무의식중에 쥬에신의 얼굴에서 무엇을 찾으려는 듯이 시선을 그에게로 돌렸다.

쥬에신은 웃으면서 옆에 서 있는 수잉과 이야기를 하고 있었다. 수잉은 성난 모습으로 쥬에신의 팔을 비틀려고 하다가 쥬에신이 층계에서 뛰어내려 도망치니까 그 뒤를 따라 쫓아갔다. 목련화 주위를 두 바퀴나 돌도록 쫓아다녀도 잡지 못하게 된 수잉은 화가 나서 흙덩이를 주워들었다. 수잉이 그것을 던지려 하자 쥬에신은 돌층계에서 뛰어내려 풀밭을 지나 다리를 건너려 했다.

"도망치진 마세요. 이제 쫓아다니지 않을 테니 돌아오세요." 수잉이 목련 아래서 높은 소리로 불렀다.

이때 이미 다리목까지 달려간 쥬에신은 걸음을 멈추고 숨을 돌리며 수잉을 바라보고 웃었다.

"큰오빠, 얼른 오세요. 이번엔 오빠가 찰 차례에요." 수잉이 또 말했다.

쥬에신은 여전히 꼼짝 않고 그 자리에 서 있었다.

"좋아요. 그럼 마음대로 하세요. 오빠 한 사람쯤 없어도 괜찮아요."

수잉이 성난 표정을 지으며 몸을 돌려 돌층계 위로 올라갔다.

그녀가 돌아서자마자 쥬에신도 되돌아왔다. 그는 터져나오려는 웃음을 참으며 발 소리를 죽여 정원을 지나 돌층계 밑까지 갔다. 수잉은 층계 위에 서서 이쪽으로 등을 돌리고 머리채를 드리운 채 서 있었다. 쥬에신은 그녀의 머리채를 잡다가 그만 수펀에게 발각되다. 수펀이 "둘째 언니, 뒤에 누가 왔어." 하고 웃으며 소리치자 수잉은 얼른 머리를 놀렸으나 쥬에신이 벌써 그녀의 머리채에다 나뭇가지를 꽂아놓은 후였다. 수잉이 머리채를 앞으로 가져다 나뭇가지를 빼던지는 것을 보고 모두들 재미있다는 듯 웃어댔다.

옆에서 말없이 이 모든 것을 바라보던 쥬에후이도 참다못해 웃음을 터뜨렸다. 그러나 그는 또 다른 생각을 하지 않을 수 없었다. '사람이란 망각의 동물인 모양이다. 똑같은 사람이건만 그렇게 짧은 시간 내에 저렇게 달라질 수가 있는가?' 그러나 시간이 조금 지나자 그는 '아마 저렇게 잊을 수 있기 때문에 사람들은 고통 속에서도 살아갈 수 있나보다' 하는 생각이 들었다. 이렇게 생각하자 그는 방금 전까지만 해도 과거의 무덤을 파헤치다가 그 모든 것을 즉시 잊어버리고 마는 큰형이 조금이나마 이해가 되었다.

가슴 속에 흐르는 물

 이날은 땅거미가 지자마자 폭죽 소리가 그칠 새 없이 울려퍼졌다. 폭죽은 여러 곳에서 동시에 터져 고요하던 거리가 몹시 소란했다. 사방에서 일시에 울려오는 폭죽 소리는 자갈이 깔린 길까지 진동시켰고 도대체 어느 쪽에서 나는 소린지 분간조차 할 수 없었다. 그 소리는 마치 수만 마리의 말들이 다투어 달리듯 혹은 성난 파도가 밀려오듯 급하고 요란했다.

 가오씨네 집에서는 어른들, 마님, 도련님과 아가씨들이 모두 새 옷으로 갈아입고 대청마루에 모여 있었다. 그리고 마치 제삿날처럼 남자는 왼쪽에 여자는 오른쪽에 줄을 지어 늘어서 있었다. 집 안은 등불과 촛불로 대낮같이 환했고, 가운데 대문은 활짝 열려 있었다. 신위神位 밑에는 장방형의 제삿상을 놓고 그 위에는 진홍색 보를 덮었다. 그 앞에 놓인 화로에서는 높이 쌓인 둥글둥글한 수십 개의 숯

덩어리가 이글거리며 타고 있었다. 누가 측백나무 가지 서너 개를 화로에 집어넣자 소리를 내며 타올랐다. 피어오르는 연기가 사람들의 눈과 코를 자극했다. 마룻바닥에는 커다란 진황색 담요를 깔았고 그 위에는 푸른 측백나무 가지들을 여기저기 늘어놓았다. 화로 바로 앞에는 절을 할 때 쓰는 멍석이 깔렸는데 그 위에는 붉은 양탄자가 덮여 있었다.

제싯싱 위에는 큰 촛대 두 개와 향로 한 개, 그 양쪽에는 많은 술잔이 놓여 있었다. 술잔의 갯수를 아는 사람은 몇 명 되지 않았다. 이 의식은 커밍이 이끌어갔다. 할아버지는 나이가 많아서 이런 일들을 아들에게 시키고 자신은 만반의 준비가 다 갖추어진 후에야 나와서 조상들에게 배례를 드린 뒤 자손들의 세배와 축하를 받았다. 예복을 갖추어입은 커밍과 커안은 각각 술주전자를 들고 술잔에 소흥주紹興酒를 부었다. 술을 다 따르고 향로에 향을 피운 다음, 커밍은 배례를 드리기 위해 할아버지를 모시러 윗채로 들어갔다.

할아버지가 나오자 방 안은 엄숙해졌다. 커밍이 폭죽을 터뜨리라고 하자 셋째 집 하인 원더文德가 얼른 달려나가 활짝 열어놓은 중문 앞에서 목청껏 외쳤다.

"폭죽을 터뜨리랍신다!"

그러자 불빛이 번쩍 하며 갑자기 폭죽 소리가 울리기 시작했다. 여자들은 옆문으로 피해나가고 남자들은 즉시 젯상 앞에 섰다. 할아버지부터 우선 천지신명께 예를 올리고 커밍 3형제가 늘어서서 절을 했다. 쥬에신은 향불을 피워들고 밖에 나가 부뚜막신灶神을 맞아다가 부엌에 모시고 방금 돌아오는 길이었다. 그는 마침 자기들 차례가 된 것을 보고 쥬에민, 쥬에후이, 쥬에밍, 쥬에췬, 쥬에스 다섯 동생과 차례로 늘어서서 절을 했다. 그러고서 모두가 신위를 모신 안쪽으로 돌아서자 밖에 나가서 몰래 엿보고 있던 여자 권속들이 얼른 안으로 들어왔다.

  이번에도 할아버지가 먼저 조상들에게 절을 했다. 할아버지는 절을 하고는 곧 돌아가버리고 이어서 큰마님 저우씨, 그 다음은 커밍, 셋째 마님 장씨, 이렇게 해서 마지막 선씨의 절이 끝난 후에는 첩 천씨가 절을 했는데 모두 마치는 데 반 시간 이상이 걸렸다. 그 다음 쥬에신네 항렬의 차례가 되자 그들 6형제가 절을 했다. 그들이 절을 올린 횟수가 가장 많아 도합 아홉 번이었다. 이런 행사는 일년에 한 번뿐이기 때문에 모두들 익숙지 않아 엎드리고 일어서는 것을 똑같이 못하고 들쭉날쭉했다. 거동이 비교적 느린 쥬에췬과 쥬에스가 막 꿇어앉아 미처 머리를 조아리기도 전에 다른 사람들은 벌써 일어나기 때문에 그들이 다급히 일어서고 보면 다른 사람은 벌써 엎드려 절하는 것이었다. 이런 모습은 옆에 서 있는 사람들의 웃음을 자아냈고, 모친인 넷째 마님 왕씨만이 옆에서 자꾸 그들을 재촉했다. 웃음 소리 속에서 아홉 번의 절은 빨리 끝났다. 그들은 젊기 때문에 어른들과는 달랐다. 이어서 우이쥬에가 수잉, 수화, 수전, 수펀 네 자매를 데리고 붉은 양탄자 위에서 배례했다. 여자들의 거동은 좀 느리긴 했지만 비교적 일치했다. 수펀은 나이가 제일 어렸지만 굉장히 민첩했다. 배례가 끝난 후 우이쥬에는 하이천을 데려와 양탄자 위에서 절을 시켰다.
 하인들이 들어와 멍석을 걷어가고 붉은 담요를 깔았다. 커밍이 다시 들어가 할아버지를 모셔와 앉히자 먼저 커밍의 항렬인 아들과 며느리들이 나란히 엎드려 세배를 드린 다음 손자 손녀들이 세배를 올렸다. 그는 만족스러운 웃음을 띠고 세배를 받은 후 방으로 돌아갔다.
 할아버지가 들어간 후 방 안은 더욱 떠들썩해졌했다. '커'지 항렬들은 저우씨를 선두로 하여 반원형으로 둘러앉아 맞절을 했고 '쥬에'자 항렬과 '수'자 항렬의 젊은이들은 각기 흩어져 자기 부모 혹은 백부, 백모, 숙부, 숙모들에게 세배를 했다. 마지막으로 저우씨의 제의에 따라 한데 둘러앉아 돌아가며 세배를 하고 덕담을 주고받았다. 그러나 서로 점잖게 축복하는 것이 아니라 농담을 주고받는 농담판이었다. 이렇게 세배가 끝난 후, 젊은 사람들은 흩어져 가버리고 쥬에신네 부부만 부득이 남아서 어른들과 함께 앉아 하인들의 세배를 받아야 했다.
 쥬에민과 쥬에후이는 옆문으로 빠져나와 급히 방으로 돌아갔다. 하인과 어멈들에게 붙들려 세배를 받게 되는 일이 난처했던 것이다. 그러나 그들은 계모 저우씨 방 창문 아래서 그만 하인들에게 들키고 말았다. 맨 앞에 선 사람은 황씨 어멈이었는데 공손하게 문안을 드리며 마음속에서 우러나온 축복의 말을 전했다. 그들도 감동되어 답례를 했다. 그 다음에는 허씨 어멈, 장씨 어멈과 다른 몇 명의 하인들이 문안을 드렸는데 모두 큰집에 속해 있는 하녀들이었다. 마지막으로 밍펑이 다가왔다. 그녀는 얼굴에 분을 약간 바르고 머리를 곱게 빗어넘겼으며 솜저고리 위에 단을 댄 새 적삼을 입고 있었다. 밍펑은 먼저 쥬에민에게 문안을 드리고 쥬에후이 앞으로 걸어왔다. 얼굴에는 천진난만한 미소가 떠올랐다. 그녀는 "셋째 도련님." 하고 부르고는 머리를 숙이고 허리를 굽혔다가 일어서서 쥬에후이에게 웃음을 보냈다. 그것은 축복의 웃음이었다. 쥬에후이도 기쁜 마음으로 답례했다. 그때 쥬에후이의 얼굴에는 기분 좋은 웃음이 떠올랐다. 그는 이 순간만은 지나간 모든 것을 잊어버렸고 그야말로 세상 전체가 행복으로 충만하다고 생각되었다. 그가 이렇게 생각하게 된 데에는 충분한 이유가 있었다. 이 커다란 집은 어디서나 기쁨에 넘치는 말 소리와 유쾌한 잡담 소리밖에는 아무것도 들리지 않기 때문이었다. 사람들은 모두 웃으면서 축복의 말들을 주고받았다. 그러나 이 저택의 높은 담 밖은 어떤가? 저 넓은 세상은 어떤가? 젊은 쥬에후이로서는 이때 거기까지 생각이 미치지 못했다. 심지어 어제 저녁에 만났던 그 거지아이조차 까맣게 잊어버렸던 것이다.

"폭죽을 터뜨려라."

윈더가 대청 앞 섬돌에 내려와서 소리 높이 외치자 밖에서 대답이 들리며 중문 밖 정원에서 불빛이 치솟았다. 많은 불꽃들이 공중으로 올라가 금빛 찬란하게 부서졌고 하나가 떨어지면 새것이 높이 치솟아올랐다. 캄캄하던 정원에는 별안간 몇 그루의 불꽃 나무들이 서고 은빛 찬란한 꽃들이 무수히 피어났다. 한 통을 다 터뜨리고 나면 다음 통의 도화선에다 불을 붙이고 이렇게 계속하여 8~9통을 터뜨렸다. 이 폭죽은 쥬에후이의 고모인 장씨 부인이 보낸 선물이었다. 할아버지도 대청 앞에 의자를 놓고 앉아 구경했고, 아들과 며느리들은 옆에 서 있었다. 그는 구경을 하면서 아들과 며느리들에게 이번 폭죽이 좋으니 나쁘니 하고 평을 했다.

대청에서 보면 더 잘 보이기 때문에 쥬에후이네 몇몇 형제들은 올라가서 구경했다. 쥬에밍, 쥬에췬, 쥬에스는 '띠띠진' '두더지' '신서대전神書帶箭'과 같은 불꽃놀이 기구를 사서 터뜨렸다.

폭죽놀이가 끝나자 대청에 모였던 사람들은 각기 흩어지고 가마를 들이라는 소리가 들려왔다. 쥬에신과 그의 숙부 셋은 가마를 타고 정초인사를 다니러 떠났다. 쥬에후이는 그냥 대청마루에 서서 동생들이 터뜨리는 작은 불꽃놀이를 구경했다.

할아버지의 방에서는 마작판이 벌어졌다. 할아버지, 큰마님, 셋째 마님, 넷째 마님 이렇게 네 사람이 앉아 노는데 저우씨는 벌써 그녀의 흰색 예복치마를 갈아입었고 장씨와 왕씨도 붉은색 예복치마를 평상복으로 갈아입었다. 첩 천씨마저 옷을 갈아입고 할아버지 옆에 앉아서 훈수를 하고 다른 마님들 옆에는 차 심부름, 담배 심부름을 할 어멈 혹은 하녀들이 서 있었다. 쥬에신의 방에서도 마작판이 벌어졌는데 그 방에는 우이쥬에, 수잉, 수화, 다섯째 마님 선씨 이렇게 네 사람이 둘러앉았다. 우이쥬에는 쥬에민에게 마작을 권하였으나 그는 볼 일이 있다는 핑계를 대면서 사양했다. 쥬에민은 우이쥬에의 뒤에 서서 그녀가 한 번 이기는 것을 지켜보고는 이내 나가버렸다.

쥬에민은 자기 방으로 돌아가지 않고 대청 밖을 거닐었고, 쥬에후이는 정원에서 동생들의 장난감 폭죽에 불을 붙여주고 있었다. '팡!' 소리와 함께 밝게 빛나는 불꽃이 공중으로 솟구쳐올라 지붕 높이보다 더 올라가서는 그만 하늘 저쪽으로 사라져버렸다.

쥬에쥔과 쥬에스가 쥬에후이를 붙들고 또 불을 붙여달라고 졸랐지만 쥬에민이 나서서 그들을 제지했다. 쥬에민은 쥬에후이 옆에 가서 귓속말로 가만히 속삭였다.

"우리, 고모네 집에 가보자."

쥬에후이는 말없이 고개를 끄덕이고 쥬에민을 따라나섰다. 뒤에서 동생들이 계속 불러댔으나 그들은 들은 척도 하지 않았다.

대문 처마 밑에 달린 등롱은 여전히 희미한 빛을 던지며 차디찬 대기 속에서 떨고 있었다. 대문간에서 문을 지키는 늙은 영감 리씨가 낡은 의자에 앉아 맞은편에 걸터앉은 가마꾼들과 이야기를 하고 있다가, 그들이 나오는 것을 보자 일어나 공손히 인사를 하고 그들이 문턱을 넘어선 후에야 다시 자리에 앉았다.

그들이 문턱을 넘어섰을 때 오른쪽 돌사자 옆에서 새까맣고 야윈 얼굴이 그들을 지켜보고 있었다. 어두운 등불 밑이어서 누구인지 똑똑히 알아볼 수 없었지만, 그는 분명 전에 집에서 부리던 하인 가오성高升이었다. 그들은 가오성에게 별로 주의를 기울일지도 않고 거리로 성큼성큼 걸어나갔다.

가오성은 그들의 집에서 10여 년 간 하인으로 있던 사람이었다. 그는 아편중독에 걸려 할아버지의 서화를 훔쳐 팔다가 발각되어 한동안 관아에 갇혀 있다가 풀려나왔다. 그후부터 그는 여기저기 떠돌아다니며 동냥질을 했는데 해마다 설이 되면 다만 몇 푼이라도 얻어 쓰기 위해 옛 상전의 집을 찾아왔다. 그는 옷이 너무 남루하여 집 안에 들어가지는 못하고 현관 밖에 숨어 있다가 옛날에 같이 일하던 동료 하인이 나오면 그에게 부탁해서 주인에게 자신이 왔음을 전해 달라고 했다. 그의 요구가 그다지 크지 않은 데다 주인들의 기분이 좋을 때였으므로 그는 다만 몇 푼이라도 손에 쥘 수 있었다. 이것은 헤미디 계속되이 이느딧 연례행사가 돼버렸나. 이번에노 이렇게 해서 목적을 달성했으나 자리를 뜨지 않았다. 가오성은 돌사자 옆에 숨어서 얼음처럼 차갑지만 자기의 손을 거부하지 않는 돌사자를 다정하게 쓰다듬으며 저택 안에서 벌어질 정경들을 상상했다. 그때 현관에서 두 명의 검은 그림자가 나타나자 그는 그들이 두 도련님이라는 것을 알아챘다. 특히 그 중 한 사람이 오래 전 자기 침대에 누워서 자기의 이야기를 듣곤 하던 셋째 도련님이라는 것을 알자 친밀감을 느꼈다. 그래서 당장 달려가 그들을 붙잡고 회포를 풀고 싶었으나 초라한 자신의 행색을 내려다보니 그만 심장이 싸늘해졌다. 가오성은 그들에게 발견되지 않도록 더욱 몸을 움츠리고 구석에 몸을 숨겼다가 그들이 멀어진 후에야 비로소 일어나 뒷모습을 바라보았다. 시야가 차차 흐릿해져서 그들의 뒷모습도 더이상 보이지 않게 되자 그는 멍하니 길바닥에서 선 채 다 떨어진 겹저고리로 가린 자신의 야윈 몸을 차디찬 겨울바람에 내맡겼다. 그런 다음 젖어드는 눈시울을 문지르며 돌아섰다. 그는 다시 몸을 돌려 돌사자를 마지막으로 한 번 바라보고 그곳을 떠났다. 그는 한 손으로는 옛 주인에게서 받은 돈을 꼭 움켜쥐고 다른 한 손으로는 가슴을 누른 채 힘없이 발길을 돌렸다.

그때 쥬에민 형제는 거리를 활보하고 있었다. 그들의 마음은 즐거움으로 가득 차 있었다. 그들은 터진 폭죽의 깍지들을 밟으며 고요하지만 번화한 거리를 지나서, 문앞에 엄청나게 큰 한 쌍의 촛불을 켜놓은 잡화점을 지나 마침내 장씨네 집에 도착했다. 그들의 머릿속은 온갖 유쾌한 일로 가득해 가오성에 대한 생각이 자리할 틈은 조금도 없었다.

장씨네 집은 몹시 적적하고 쓸쓸해 보였다. 텅 빈 대청에는 남포등 하나가 켜져 있을 뿐이었다.

그다지 크지 않은 저택에는 성이 각기 다른 세 가구가 살고 있었다. 이 세 가구의 주인들 중 두 사람은 과부였고 나이든 남자라고는 한둘밖에 없었다. 세 집이 한데서 살고 있는데도 활기라고는 조금도 없고 늘 적막했으며 섣달그믐인 이날도 별반 다름이 없었다.

그 중에서도 장씨네 집이 제일 고요했다. 집안 식구라곤 남자 하나 없이 모녀 단 둘뿐이기 때문이었다. 친에게는 할머니가 있었지만 절간에 가서 살며 집에 돌아오지 않았다. 이밖에 남자 하인 하나와 하녀 하나가 있었는데 그들은 이 집에 온 지 10년이 넘은 사람들이었다.

그들 형제가 마당에 들어서자 하인 장성이 나와 인사를 했다. 장씨 부인의 창 앞에서 "고모님." 하고 부르자 안에서 장씨 부인이 대답하는 소리가 났다. 대청으로 들어서자 장씨 부인이 마중을 나왔다.

"묵은 해를 잘 보내십시오." 그들은 장씨 부인 앞에서 세배를 드렸다.

"그만두지, 그만둬!" 장씨 부인이 말렸으나 이미 늦어 하는 수 없이 웃으며 답례를 했다. 두 형제는 이어서 방에서 나오는 친에게 새해 인사를 했다. 장씨 부인은 그들을 자기 방으로 안내했고 리씨 어멈이 차를 가지고 들어왔다.

징씨 부인의 밑에서 그들은 거밍과 쥬에신이 이미 늘렀다가 간 것을 알았다. 장씨 부인은 그들과 많은 이야기를 했다. 그들이 부인에게 친정에서 며칠 머무르다 가시라고 초대하자 장씨 부인은 정초에 가겠다고 약속했다. 내일은 친을 데리고 절간으로 할머니께 세배를 드리러 간다는 것이었다. 자기는 조용한 것을 좋아하니 친정에 간다고 하여도 며칠 동안밖에 묵지 않을 예정이지만 친은 며칠 더 놀다가 와도 좋다고 했다. 이 말을 듣고 그들 형제는 몹시 기뻐했다.

그들은 한동안 앉아서 이야기하다가 친이 자기 방으로 가자고 하여 따라 들어갔다.

뜻밖에도 그녀의 방에는 한 사람이 먼저 와 있었다. 그녀는 호리호리한 몸매의 젊은 여자로 담청색 호주湖州산 비단으로 지은 솜저고리 위에 은색 비단 조끼를 입고 있었다. 그녀는 침대 가에 앉아 남포등 밑에서 고개를 숙인 채 책을 보고 있다가 발자국 소리에 책을 덮고 일어섰다.

쥬에민 형제는 멍하니 그 자리에 서서 여자의 얼굴을 바라보며 한참 동안 아무 말도 하지 못했다.

"이 분을 몰라보겠어요?" 친이 일부러 놀라는 체하며 물었다.

그들이 대답도 하기 전에 여자가 먼저 웃어 보였다. 그러나 그것은 서글프게 억지로 짓는 그런 웃음이었다. 그때 그녀를 한층 아름답고 애처롭게 만드는 이마의 주름살이 웃음으로 하여 더욱 깊어졌다.

"알고 말고요!" 쥬에후이가 웃음을 지으며 대답했다.

"메이 누나!" 쥬에민이 그녀의 이름을 불렀다. 쥬에민의 머릿속에는 아직도 그녀의 인상이 똑똑히 남아 있었다. 지난 일들이 번개같이 그들의 머리를 스쳐지나갔다. 지금 그녀는 그들 앞에 서 있었다. 그 옛날처럼 아름다운 얼굴에는 슬픈 표정이 담겨 있었으며, 이전과 다름없는 숱 많은 검은 머리에 여전히 변함없는 시원스러운 눈이었다. 단지 이마의 주름살이 좀더 깊어졌고, 땋아내렸던 머리채가 쪽진 머리로 바뀌었을 따름이었다. 얼굴에는 얇게 분을 바른 채였다. 그들은 그 자리에서 그녀를 만나리라고는 꿈에도 생각하지 못했다.

"쥬에민이랑 쥬에후이랑… 모두 잘 있었어? 그동안…." 그녀가 말했다. 특별한 말도 아닌 이 말 한마디를 하는 데도 그녀는 무척 힘이 드는 듯했다.

"우리는 잘 지냈어요. 그간 누나는 어떻게 지냈어요?" 쥬에민이 친절하게 물으며 억지로 웃어 보였다.

"나야 늘 이 모양이지 뭘. 그런데 요즘 들어서는 어쩐지 마음이 약해져서 까닭 없이 슬픈 생각이 들곤 해. 나 자신도 어째서 그런지 모르겠어."

말을 할 때 양미간에 주름이 생기던 그녀의 표정은 이전과 다름이 없었으나 지금은 그것이 더 한층 사람의 마음을 흔들어놓았다.

"나는 본래부터 수심이 많고 감상적인 편이어서 할 수 없겠지…." 그녀가 한마디 덧붙였다.

"아마 환경 탓이겠지요! 그렇지만 누나는 조금도 변하지 않았는데요." 쥬에후이가 말했다.

"왜 앉지 않고 모두들 그렇게 서 있는 거예요? 몇 해 동안 못 보았다고 이렇게 어려워하는 거예요?" 친이 옆에서 말했다.

그러자 모두들 자리에 앉았다. 친과 메이는 나란히 침대 가에 앉았다.

"헤어진 후 나도 늘 쥬에민네를 생각하곤 했어…. 이 몇 해가 마치 서글픈 꿈처럼 지나가버렸어. 지금은 그 꿈에서 깨어나긴 했지만 남은 것이라곤 텅 빈 마음뿐이야." 그러나 곧 그녀는 말을 고쳤다.

"사실은 지금도 여전히 꿈속에서 헤매고 있어. 언제가 되어야 꿈에서 깨어날까? 나 같은 건 아무래도 상관없지만 어머님을 괴롭히는 게 걱정이야."

"이모님은 안녕하시지요?" 쥬에민이 인사치레로 물었다.

"응, 어머님은 잘 계셔. 쥬에민 어머님은 잘 지내시나? 뵌 지가 여러 해 되었군." 메이가 웃으며 말했다.

"어머님은 잘 계세요. 늘 누나 이야기를 한답니다."

"작은이모님에겐 정말 고마워. 다시는 뵙지 못하지나 않을지 모르겠어." 메이는 쓸쓸하게 말하면서 고개를 약간 숙였다.

213

"언니, 그렇게 비관해서는 안 돼요. 언니는 아직 젊잖아요. 지금부터라도 행복해질 수 있으니까 걱정하지 마세요. 미래 일을 아무도 알 수 없는 건데 언니는 언제나 낙심하는 말만 한단 말이에요." 친이 메이의 어깨를 어루만지면서 위로했다.

"이제는 시대가 달라졌어요. 행복이 곧 찾아올지도 몰라요." 그녀는 웃으며 메이의 귀에다 입을 대고 소곤거렸다.

그러자 메이의 양미간이 펴지며 한 줄기 밝은 빛이 그녀의 얼굴을 스쳐지나갔다. 그녀는 친을 바라보며 오른쪽에 흩어져내린 귀밑머리를 쓰다듬어 올렸다. 그녀의 얼굴에는 다시 어두운 그늘이 덮였다. 그녀는 친을 보고 서글프게 웃으며 말했다.

"쥬에후이가 아까 환경의 영향을 받게 된다고 말했지만 나도 그렇다고 생각해. 우리는 처지가 서로 달라. 나는 시대의 흐름을 따라갈 수가 없어. 나는 한평생 내 마음대로 하지 못하고 그저 운명에 좌우되는 형편이니 무슨 행복이 있겠어?"

메이는 이렇게 말하며 친의 손을 끌어다 가볍게 쥐고는 머리를 갸우뚱한 채 그녀를 바라보며 말했다.

"친아, 정말 네가 부럽다. 넌 대담하고 능력도 있어. 나와는 다른 것 같아."

친은 진심에서 우러나오는 메이의 찬사를 듣고 기뻐했으나, 그것은 마치 미풍처럼 잠시 불어왔다 지나가버렸다. 남은 것이라고는 쓸쓸한 미소뿐이었다. 이런 처량한 미소는 여자들이 어떤 문제에 대해 해결할 방법이 없을 때 저절로 떠오르는 표정이다. '대담하고 능력 있다'는 찬사를 듣는 친조차도 때로는 그러한 표정을 숨기지 못했다.

"메이 누나, 비록 환경의 영향이 크다 할지라도 환경이라는 것 역시 사람이 만드는 거예요. 그러니까 우리의 힘으로 환경을 고칠 수도 있지 않겠어요? 사람은 어떻든 환경과 싸워야 해요. 그것을 정복하고 나면 행복해질 수 있을 거예요."

쥬에후이가 열릴한 어소로 이렇게 말했다. 그렇지만 그는 하고 싶은 말을 다할 수는 없었다.

메이의 이러한 태도를 보면서 쥬에민은 비애와 만족, 두려움과 연민 등 여러 가지 복잡한 감정에 휩싸였다. 그녀뿐만 아니라 친과 자기 자신이 연관된 감정이었다. 그러나 친의 웃음 띤 얼굴을 본 그는 차차 마음이 평온해져 메이를 위로할 말까지 찾아냈다.

"누나는 이 몇 해 동안 환경이 좋지 못했기 때문에 자칫 감상적으로 흐르는 것이겠지요. 이제 몇 해 더 지나면 환경이 변할 것이고 그렇게 되면 누나의 성격도 지금과는 달라질 거예요. 실상은 친의 환경도 누나보다 별로 낫지 못합니다. 누나는 결혼을 한 번 했던 사람이라는 차이밖에 없는데 그것은 악몽을 한 번 더 꾸었을 뿐이라고 대범하게 생각해야죠. 세상은 본래 하나인데 누나가 비관적으로 보니까 수심과 슬픔이 많게 되고, 친은 낙관적으로 보니까 모든 것이 그런 대로 살 만하다고 생각되는 거지요."

"메이 누나, 시간이 있거든 책이라도 구해서 보도록 하세요. 마침 친 누나에게 볼 만한 책들이 있으니까요."

쥬에후이는 새로운 서적이 이 모든 문제들을 혹시 해결해줄지도 모른다고 생각하면서 이렇게 말했다.

메이는 미소를 지었다. 그녀는 대답없이 다만 서글서글한 눈으로 그들을 바라볼 뿐이었다. 그들은 메이가 무슨 생각을 하는지 알 수 없었다. 그녀는 갑자기 시선을 다른 데로 돌려 등불을 바라보며 가볍게 한숨을 쉬었다. 그녀는 무슨 말을 할 듯 말 듯하다가도 가슴 속에 숨겨져 있는 많은 말들을 다할 방법이 없어서인지 그만 참아버리는 눈치였다. 아랫입술을 잘근잘근 깨물던 그녀가 한참 지난 후 비로소 고개를 끄덕이며 말했다.

"고마워. 고마운 말들이긴 하지만 나에겐 아무 소용이 없어. 나 같은 게 새로운 책을 본다 한들 무슨 소용이 있겠니?" 그녀는 입을 다물고 한참 있다가 다시 말을 이었다.

"모든 것이 이미 만회할 수 없는 지경에 이르렀어. 시대가 아무리 변한다 해도 내 처지는 그냥 이 모양일 거야!"

쥬에민도 더 이상 할 말이 없었다. 그는 메이의 말이 옳다고 생각했다. 메이는 한 번 시집을 갔고 형에게는 이미 형수가 있기 때문에 모든 것이 이미 돌이킬 수 없는 지경이 되어버렸다. 시대가 아무리 달라졌다고 한들 그들 두 사람을 어떻게 다시 결합시킬 수 있을 것인가? 더구나 두 사람의 어머니는 마치 원수지간처럼 등을 돌리고 있지 않은가. 이제는 쥬에후이까지도 모든 문제를 죄다 책으로만 해결할 수는 없다는 것을 조금씩 깨닫는 중이었다.

모두 침묵한 채 각자 속으로 적당한 말을 생각하고 있었다. 결국 메이가 먼저 입을 열었다.

"나도 방금 여기서 〈신청년〉 몇 권을 읽고 있었어." 그녀는 이렇게 말하며 책상 위로 시선을 돌렸다. 누르스름한 표지의 16절 잡지 몇 권이 책상에 놓여 있었다.

"이 가운데는 물론 내가 이해하지 못할 말들도 있지만 알 만한 말들도 있었어. 그리고 간혹 내 마음에 드는 이론도 있는데 그건 내가 직접 피해를 입은 사람이기 때문에 잘 알지. 그렇지만 나는 이런 책을 읽으면 속이 타서 못 견디겠어. 책 속의 이야기는 그야말로 딴 세상 같아. 내가 처해 있는 환경과는 전혀 딴판이야. 나도 이런 세상을 꿈꾸기는 하지만 내가 그런 세상에서 살게 될 것 같지는 않아. 그래서 이런 책을 읽으면 마치 거지가 부잣집 화원 밖에 서서 그 집 안에서 들려오는 웃음 소리를 듣거나, 음식점 앞을 지나면서 구수한 음식 냄새를 맡을 때처럼 견디기 어려워."

그녀 이마의 주름살이 더 한층 깊게 패였다. 그녀는 품에서 네모난 손수건을 꺼내어 입을 막으며 몇 번 기침을 하고는 서글픈 미소를 지으며 말했다.

"요즘은 왜 그런지 자꾸 기침이 나고 밤에는 잠도 안 오니 속이 타 죽겠어."

"언니, 과거의 일들은 모두 깨끗히 잊어버리세요. 공연히 그걸 가지고 속을 태울 거야 없잖아요? 자기 몸을 자기가 잘 돌봐야지 우리도 언니가 그러고 있는 걸 보면 마음이 아파 죽겠어요." 친이 메이에게 몸을 기대고 눈물을 글썽이며 말했다.

메이는 친을 돌아보고 방긋이 웃으며 머리를 끄덕여 고맙다는 표정을 지었다. 그러다가 여전히 서글픈 어조로 말했다.

"친아, 너도 짐작하다시피 지난 일들이 마음속에서 떠나지 않아 도무지 잊을 수가 없단다. 내가 요즘 어떤 나날을 보내고 있는지 잘 모르지? 우리 집도 너희 집처럼 모녀 단 둘에, 동생이 하나 더 있을 뿐이야. 그애는 입시 준비 때문에 밤낮 공부에 몰두해 있고, 어머니는 매일 마작놀이 아니면 나들이를 다니느라 바쁘시니, 나는 혼자서 온종일 시집이나 뒤적이며 지내고 있지. 그러니 말동무도 없고 서러움을 하소연할 데도 없단다. 꽃이 지는 것을 보아도 눈물이 흐르고 달이 이지러지는 것을 보아도 슬퍼지곤 해. 이 모든 것이 과거의 쓰라린 추억들을 상기시켜주니까 말이야. 내가 자오씨 집안에서 뛰쳐나와 어머니와 함께 산 지도 거의 일년이 다 되었어. 그 집 창 앞에 오동나무 한 그루가 서 있었는데, 내가 처음 갔을 때 움이 돋기 시작했단다. 그후 날마다 잎사귀가 퍼지기 시작해서 나중에는 제법 무성하게 그늘을 지어주던 것이, 가을이 되니까 그 잎들이 하나씩 둘씩 노랗게 변해버리고 바람이 불자 그만 떨어진단 말이야. 그러다가 얼마 후 내가 거기서 떠나올 때는 앙상한 가지만 남지 않았겠어? 내 일생도 그 나무처럼 잎이 무성하던 시절은 벌써 지나가고 이제는 낙엽이 지기 시작한 셈이지. 그저께 밤엔 밤새 비가 쏟아졌는데 나는 침대에 누워서 이리저리 뒤척이면서 한잠도 자지 못했어. 빗방울은 창문과 기왓장을 쉴새없이 때리고 등불은 침침한데 이런 시구가 생각나더구나. '지난날의 일들 꿈결과 같이 비바람 몰아치는 속에 내 마음 괴롭히누나' 이런 애처로운 생각만 떠올라. 그런 모습을 생각해봐. 어떻게 속이 상하지 않을 수 있겠어? 너희들에겐 모두 내일이 있지만 나에겐 내일이라는 게 없어. 내겐 오직 어제가 있을 뿐이야. 과거란 물론 사람의 속을 쓰라리게도 하지만 그래도 내겐 그것이 나를 위로해줄 수 있는 유일한 거야."

여기까지 말한 그녀가 갑자기 어조를 바꾸어 쥬에민 형제에게 물었다.

"큰오빠는 여전히 잘 계시겠지?"

쥬에민 형제는 정신없이 그녀의 말을 들으며 감동해 있다가 뜻밖의 질문을 받자 말문이 막혔다. 그러나 입바른 쥬에후이가 곧 짤막하게 대답했다.

"잘 있어요. 그런데 형도 누나를 보았다더군요."

쥬에후이의 이 말을 알아들은 사람은 메이뿐이었다. 친과 쥬에민은 놀라서 그를 바라보고만 있었다.

"그래, 우린 벌써 만났지. 난 대번에 그를 알아볼 수 있었는데 그전보다 나이가 들어 보이더군. 내가 그때 모른 척 피해버려서 그는 아마 나를 원망하고 있을 거야. 그가 무척 보고싶기도 했지만 한편으론 만나는 게 두렵기도 했어. 첫째는 그가 옛일을 회상하게 될까 겁이 났고, 둘째는 나 자신이 속이 상할 것 같아서였고, 셋째는 우리 어머니가 거기 계셨기 때문이었지. 오늘도 그가 여기 왔었지만 나는 잠자코 그의 말 소리만 듣고 있었어. 문틈으로 내다보지도 못하다가 그가 돌아갈 때에야 겨우 뒷모습만 훔쳐보았을 뿐이란다."

이때 쥬에후이는 "그럴 리가 있나요?" 하는 말만 되풀이하고 있었는데 그것은 "그는 아마 나를 원망하고 있을 거야."라는 메이의 말에 대한 대답이었다.

"그런 이야기는 그만둡시다. 나는 언니가 명절이 되어 상심해 있을까봐 마음을 좀 풀어드리려고 우리 집으로 오시라고 했더니 도리어 지난 일들을 더욱 많이 생각나게 했으니 어쩌면 좋아요. 내가 오빠네를 불러들여 언니와 만나게 한 것이 잘못이었나봐요."

그러나 친의 걱정과는 달리 메이의 슬픔은 얼마간 사라진 듯했다. 그녀는 아직도 양미간을 조금 찡그리고 있었으나 얼굴에서는 점차 어두운 표정이 가셨다. 그러다가 나중에는 웃음까지 지으며 말했다.

"괜찮아, 이런 말을 하고 나니까 오히려 속이 후련해졌어. 허구헌 날 집에만 붙박여 있으니 말동무도 없었는데 지난 이야기들을 하고 나니까 오히려 기분이 좋네." 그리고 나서 그녀는 또 다정한 말씨로 쥬에민 형제에게 그들의 형과 형수의 일에 대해서 자세히 물었다.

운명의 그림자

쥬에민과 쥬에후이가 장씨네 집을 나왔을 때는 이미 밤 11시가 넘어 있었으나 거리는 아직도 떠들썩했다. 돌을 깔아놓은 복판 길을 걸으면서 길 양쪽에 등불을 훤히 켜놓은 상점과 술집들을 바라보자 그들은 한결 마음이 가벼워졌다. 조금 전의 일들이 마치 처량한 꿈인 듯 멀어졌다.

별 말도 없이 네거리를 막 지났을 때 그들은 저쪽에서 걸어오는 검은 그림자와 마주쳤다. 그 그림자는 그들에게 시선도 돌리지 않고 머리를 숙인 채 그들의 옆을 천천히 지나가려 했다.

"저 사람 지엔윈 아녜요?" 쥬에후이가 서둘러 그를 불러세웠다.

"자네들이었군?" 걸음을 멈추고 고개를 들어 그들을 바라보던 지엔윈은 자신을 불러세운 사람이 쥬에민 형제임을 확인하자 반가운 어조로 말했다. 그들은 길 한가운데에서 서로 마주보았다.

"어디로 가는 길이지?"

쥬에후이가 묻는 말에 지엔윈은 뭐라고 하면 좋을지 몰라 괜스레 웃음을 지었다. 그러다가 할 수 없다는 듯이 겨우 말을 꺼냈다.

"그저 거리에서 산책하는 참일세. 혼자 집에 있자니 답답해서 나왔네. 자네 집에 가서 어르신들께 세배나 드릴까 생각도 했지만 그러기도 뭣하고 해서…."

그는 말을 끝마치지도 않고 그만 입을 다물어버렸다.

이런 명절날에 그 같은 말을 하는 것은 좀 이상스러운 일이었다. 그러나 쥬에민 형제는 곧 이해할 수 있었다. 그가 묵고 있는 백부의 영락한 가정은 명절이라 해도 여전히 적막할 것이었다.

쥬에후이가 지엔윈의 소매를 잡아끌며 말했다.

"왜 우리 집에 오지 않았지? 우리 집에서 며칠 묵어도 좋으니 같이 가세. 친 누나도 모레쯤 와서 며칠 묵을 테니."

"그럼 그러기로 할까?" 지엔윈은 친이라는 이름을 듣자 그 야위고 긴 얼굴에 웃음을 떠올리며 그들을 따라갔다.

세 젊은이는 조용한 거리로 접어들었다. 그들은 폭죽의 잔해들을 밟으며 문앞에 한 쌍의 돌사자가 앉아 있고 처마 밑에 붉은 등롱이 매달린 저택 안으로 들어갔다.

문간방의 방문은 활짝 열려 있고 어둠침침한 등불 밑에서 하인과 가마꾼들이 책상을 에워싸고 소리를 치며 주사위를 던지고 있었다. 이때 문 어귀에 서서 한가로이 잎담배를 피우고 있던 위안성이 그들이 들어오는 것을 보고 웃으며 인사를 했다.

"둘째 도련님, 셋째 도련님, 이제 돌아오세요."

쥬에민 형제는 안으로 들어갔다. 대청 문이 활짝 열려 있고 거기서도 남녀 할 것 없이 많은 사람들이 밝은 등불 아래서 탁자를 가운데 놓고 주사위 놀이에 여념이 없었다. 숙부와 숙모들이 모두 모여서 노는데 그 중에서도 가장 시끄럽게 떠드는 이는 넷째 숙부 커딩과 셋째 숙모 왕씨였다.

쥬에민 형제는 지엔윈을 데리고 그쪽으로 걸어갔다. 잘그락거리는 은전과 사발 속에서 울리는 주사위 소리가 불협화음처럼 그들의 귓전을 때리고 있었다. 또 여러 사람의 웃음 소리와 떠드는 소리가 이따금 섞여 들려왔다.

그들이 아직 댓돌에 올라서기도 전에 커딩이 유쾌하게 웃으며 달려나왔다. 커딩은 지엔윈을 보자 걸음을 멈추고 몇 마디 말을 건네었다. 지엔윈도 그에게 인사를 하고 안에 들어가 여러 사람들에게 세배를 했다. 커딩은 지엔윈에게 같이 한몫 끼어 놀자고 했다. 지엔윈은 처음에는 몇 번 사양했지만 결국은 탁자 한 구석에 자리를 잡았다. 주사위 소리가 계속 울렸고 은전들이 쉴새없이 왔다갔다 했다. 쥬에민은 방으로 돌아가버렸다. 쥬에후이는 지엔윈이 그 판에 가담하는 것을 말리고 싶었으나 지엔윈 자신이 놀고 싶어하는 듯했고, 또 여러 어른들 앞에서 말을 많이 하기도 뭣하여 거기서 나와버리고 말았다. 그는 몹시 불쾌한 생각이 들어 속으로 "제기랄, 놀음꾼 하나를 더 데려다준 셈이로군." 하고 중얼거렸다.

쥬에후이는 쥬에신의 방 창밑을 지나가다가 안에서 울려나오는 마작 소리를 듣고 그 방에 들어갔다. 그는 형수네가 마작하는 것을 잠깐 동안 지켜보다가 자기 방으로 갔다.

쥬에민은 책상에 엎드려 무엇인가 쓰고 있다가 쥬에후이가 들어오는 것을 보자 후다닥 일기장을 덮어버렸다. 그러고는 뒤를 돌아보며 웃었다.

"남이 봐서는 안 될 비밀이라도 있는 모양이군요."

쥬에후이는 이렇게 한마디 빈정대고는 손에 잡히는 대로 책상 위에서 영어책 한 권을 집어들고 침대에 드러누워 높은 소리로 읽기 시작했다.

"섣달 그믐날 밤에 무슨 공부를 한다고? 시끄러워 죽겠구나."

동생의 글 읽는 소리에 마음이 어지러워 평온하게 글을 쓸 수 없게 된 쥬에민이 이렇게 동생을 나무랐다.

"그럼, 형 혼자 실컷 써봐."

쥬에후이는 침대에서 일어나 책을 책상 위에 집어던지고 투덜거리며 밖으로 나갔다.

문 밖에 나서니 주사위 소리, 은전 소리, 말 소리, 웃음 소리가 바람결처럼 대청으로부터 그에게로 불어왔다. 댓돌 위에 선 그는 마치 연극을 하는 듯한 그들의 동작과 웃음 소리와 고함 소리를 듣고 있었다.

쥬에후이는 자기도 모르게 적막감을 느꼈다. 그 모든 것이 자신과는 거리가 먼 것처럼 생각되었다. 그는 차디찬 대기에 둘러싸인 채 뜻 모를 우울함에 짓눌리고 있었다. 자기를 동정해주거나 관심을 가져주는 사람은 하나도 없었다. 그 괴상한 환경 속에서 그는 완전히 고립되어 있는 것 같았다. 그 기괴한 환경을 그는 더욱더 이해할 수가 없었다. 젊은 그의 마음으로 이 수수께끼는 확실히 풀 수 없는 것이었다. 지난 여러 해 동안의 섣달 그믐날 정경이 차례로 떠오르기 시작했다. 그때 그는 형제자매들과 함께 마작을 놀거나 주사위를 던지거나 또는 다른 유희를 하며 모든 것을 잊어버리고 유쾌하게 즐겼다. 그때는 조금도 적막감을 느끼지 않았었다. 그러나 지금의 그는 예전의 그가 아니다. 그는 마치 다른 세상에 사는 것처럼 어둠 속에 혼자 외로이 서서 다른 사람들이 웃고 즐기는 것을 보고만 있었다.

'사람이 달라진 것인가, 아니면 환경이 변한 것인가?' 그는 이렇게 자문해보았으나 그 자신도 명확한 대답을 할 수 없었다. 그렇지만 자기 자신과 이 커다란 집안의 사람들이 상반된 길을 걷고 있다는 것만은 알 수 있었다. 그와 동시에 '맑은 물이니, 흐린 물이니' 하던 황씨 어멈의 말이 또 그의 가슴을 찔렀다.

어지러워진 마음을 진정하려고 그는 댓돌에서 내려와 아무 거칠 것 없이 발길 가는 대로 한가롭게 길을 거닐었다.

정원 통로를 지나 안으로 돌아가니 웃음 소리와 말 소리가 차차 멀어졌다. 문득 걸음을 멈추어 살펴보니 자기가 수화의 방 창문 아래 서 있었다. 맞은편 등불이 휘황하게 밝혀져 있는 방은 셋째 숙부 커안의 방이고 그 사이가 정원인데 정원에는 등나무 덩굴대가 있었다. 그는 창밑에 놓여 있는 의자에 걸터앉아 맞은편 구석에 있는 주방을 멍하니 바라보았다. 주방의 문어귀에는 어멈 몇이 오가고 있었다.

수화의 방에서 말 소리가 들려왔다. 아주 낮았지만 귀에 익은 말 소리였다.

"듣자니까 우리 둘 가운데서 한 사람을 고른다고 하더라." 이것은 셋째집 하녀 완얼의 목소리였다. 그녀는 얼굴이 갸름하고 예쁘장한 소녀로 나이는 밍펑보다 한 살 위고 말을 비교적 빨리 하는 편이었다.

이런 말이 갑자기 들려왔기 때문에 쥬에후이는 주의를 기울였다. 그는 심상치 않은 내용이 들릴 것만 같아서 숨을 죽인 채 가만히 있었다.

"그러면 두말할 것도 없이 네가 뽑히겠구나. 나보다 나이가 좀 많으니까." 이것은 밍펑의 목소리였는데 그녀는 자기 말이 우스워서인지 후훗 하고 웃었다.

"남은 진담을 하는데 너는 사람을 놀리려고 하는구나. 이 못된 것아." 완얼이 성이 나서 말했다.

"아니 나는 너한테 축복을 하고 있는데 도리어 나더러 못된 것이라고?" 밍펑이 여전히 웃으면서 말했다.

"첩이 되는 걸 좋아하는 사람이 어디 있니!" 완얼은 더욱 화가 나서 고통스러운 목소리로 말했다.

"첩이 되었어도 잘만 살더라! 이 집 할아버지의 작은마누라 천씨를 보렴!" 밍펑이 또 말했다.

"그만두자! 말로야 너를 당할 사람이 있겠니? 이제 두고봐라. 누가 뽑히나, 나 아니면 너일 테니 뽑히기만 하면 너는 도망칠 수도 없어."

완얼은 정말 화가 나서 내뱉듯이 말했다.

쥬에후이는 하마터면 소리를 지를 뻔했다. 그러나 밍펑이 뭐라고 대답하는지 들으려고 얼른 입을 막고 귀를 기울였다.

밍펑은 이런 말들이 결코 농담이 아니라는 것을 느꼈기 때문인지 더이상 아무 말도 하지 않았다. 방 안에서는 괘종의 추 소리가 규칙적으로 똑딱거릴 뿐이었다. 쥬에후이는 더 이상 참기 힘들었지만 그 자리를 떠날 수 없었다.

"정말 내가 뽑힌다면 어떻게 하지?" 방 안에서 밍펑의 절망적인 소리가 들려왔다.

"갈 수밖에 없지. 우리 같은 거야 팔자 한탄이나 했지 뾰족한 수 있겠니?" 고통스러워하는 완얼의 말이었다.

"안 돼, 안 돼. 갈 수 없어! 나는 갈 수 없어! 나는 죽어도 그런 늙은이의 첩질은 못하겠단 말이야."

그녀는 마치 자기가 남의 첩으로 가게 되기나 한 것처럼 고통스럽게 소리쳤다. 슬픔으로 떨리는 그녀의 목소리가 창 밖으로 새어 나왔다.

"걱정 마, 무슨 방법이 있겠지. 그때가 되면 마님께 원조를 청할 수도 있잖아? 그리고 그 말이 사실 같지도 않고. 누가 우리를 놀리려고 일부러 꾸며낸 말인지도 모르지 않니?" 밍펑의 말을 듣고 화가 좀 가라앉은 완얼은 슬픈 목소리로 그녀를 위로하는 동시에 자기 자신의 운명을 생각하는 모양이었다.

쥬에후이는 여전히 창밑 의자에 꼼짝도 하지 않고 앉아 있었다. 밤이 이슥해진 것도, 섣달 그믐날 밤인 것도 잊은 채였다. 주방에서는 두세 명의 식모들이 요리사와 농담을 하고 있었고 맞은편 셋째 삼촌의 침실 창밑으로 찻잔을 든 하녀들이 이따금 오갔다. 그들은 바빠서 그에게 주의를 돌릴 사이도 없었다.

"내 보기에 요즘 너에게 마음에 드는 사람이 생긴 모양인데, 그렇지?" 완얼이 낮은 목소리로 밍펑에게 물었다. 그 목소리는 아주 부드러웠고 평소처럼 빠르지도 않았다.

밍펑이 아무 대답도 하지 않는 것을 보고 완얼은 더욱 부드러운 어조로 재차 물었다.

"너 마음에 드는 사람이 있지? 요즈음 네 행실이 어쩐지 좀 수상하더라. 어째서 나에게 사실대로 말하지 않니? 다른 사람에게 절대로 말하지 않을게. 난 널 친동생처럼 여기는데 나에게 못할 말이 어디 있니?"

밍펑은 수줍음으로 주저하다가 완얼의 귀에 대고 뭐라고 한마디 소곤거렸다. 쥬에후이는 귀를 기울이고 엿들으려 했으나 무어라고 하는지 들리지 않았다.

"그게 누구야, 말해줘."

완얼이 웃으며 나직이 물었다. 쥬에후이는 깜짝 놀라며 초조하게 밍펑의 대답을 기다렸다.

"말하지 않겠어." 밍펑의 목소리가 약간 떨렸다.

"가오 서방 아니야?" 완얼이 끝까지 캐물었다. 가오 서방이란 젊은 하인 가오중高忠을 일컫는 것임을 쥬에후이는 알고 있었다. 그래서 그는 안도의 한숨을 내쉬었다.

"누가 그런 사람한테 반할라구? 그가 너를 사모하는 것 같던데 그건 인정하지 않고 되려 남에게 덮어씌우려 들다니." 밍펑이 픽 웃었다.

"남은 진정으로 묻는데 그렇게 말하는 법이 어디 있어?" 완얼이 지지 않고 대들었다.

"너 말야, 가오중이 널 사모하지 않는다고 단정할 수 있니?"

"그러지 말고 우리 털어놓고 말해보자구." 밍펑이 웃으면서 애원하듯 말했다. 이어서 그녀는 낮은 소리로 소곤거렸다.

"넌 모를 거야. 말하지 않겠어. 그이의 이름은 나밖에 아는 사람이 없어."

'그이'라는 말을 입밖에 내면서 마치 자기를 비호하는 힘이라도 얻은 듯 밍펑의 말은 행복의 속삭임으로 변했다. 그녀는 순결한 사랑 속에서 자신을 잊어버리고 행복감에 도취되었다.

두 소녀의 말 소리는 더욱더 낮아져 나중에는 소곤거리는 귓속말로 변했으며 때로는 웃음 소리까지 섞여 나왔다. 쥬에후이가 밖에서 아무리 귀를 기울여도 전부 알아들을 수는 없었다. 그러나 그는 완얼이 밍펑에게 신세타령을 하고 있다는 걸 알 수 있었다.

"완얼아." 그들이 한창 속삭이고 있을 때 안쪽에서 셋째 어멈 량씨의 목소리가 들려왔다. 완얼은 한참 동안이나 대답도 않고 밍펑과 하던 이야기를 계속했다. 그러다가 부르는 소리가 점점 더 가까워질 때에야 비로소 하던 말을 그치고 일어서며 원망하듯 중얼거렸다.

"하루 종일 오너라, 가거라 하며 설날에도 쉴 틈을 주지 않으니 이래서야 어떻게 산담?" 완얼은 투덜거리며 밖으로 나갔다.

방 안에는 밍펑만 남아 있었다. 그녀는 꼼짝도 않고 가만히 앉아 있는 모양이었다.

쥬에후이는 일어나서 의자 위에 무릎을 꿇고 올라앉았다. 그러고는 얼굴을 창문에다 대고 창구멍을 뚫은 후 가만히 방 안을 들여다보았다. 밍펑은 책상 앞 의자에 앉아 두 팔꿈치를 책상 위에 올려놓고 두 손으로 얼굴을 괸 채 오른쪽 새끼손가락을 입에 물고 있었다. 밍펑은 밑바닥에 잣나무 가지와 낙화생으로 장식해놓은, 주석으로 만든 남포등을 그저 멍하니 바라보고 있었다.

'앞으로 도대체 어떻게 될 것인가?' 그녀는 문득 이렇게 한숨을 쉬며 책상 위에 엎드려버렸다.

쥬에후이는 자기도 모르게 손가락으로 창문 가운데 달린 유리를 가볍게 몇 번 두드렸다. 그러나 아무 반응도 없었다. 그는 아까보다 좀더 힘 있게 몇 번 두드리면서 그녀의 이름을 나직이 불렀다.

"밍펑아, 밍펑아."

밍펑은 깜짝 놀라 머리를 쳐들고 두리번거리며 사방을 둘러보았다. 그러나 아무것도 보이지 않았다.

"잠이 들자마자 꿈을 꾼 모양이야. 누가 나를 부르는 것 같았는데." 그녀는 탄식하는 어조로 이렇게 중얼거리며 책상을 짚고 맥없이 일어섰다. 등불 빛이 커튼 위에 이 조숙한 소녀의 그림자를 던져주었다.

쥬에후이는 밖에서 조금 전보다 더 힘 있게 창문을 두드리며 연거푸 몇 번을 불러댔다.

밍펑은 그제야 소리 나는 방향을 알아차리고 얼른 창가의 의자 앞으로 달려갔다. 그녀는 의자 위에 무릎을 꿇고 앉아서 상반신은 책상에 비스듬히 기댄 채 속삭이듯 물었다.

"누구세요?"

"나야." 쥬에후이는 낮은 음성으로 말했다.

"얼른 커튼을 들어봐. 잠깐 물어볼 말이 있다."

"셋째 도련님 아니세요?"

밍펑은 그 목소리의 주인공이 쥬에후이라는 것을 알자 화초가 그려진 커튼을 쳐들었다. 유리에 얼굴을 대고 있는 쥬에후이의 긴장한 표정을 보자 그녀는 자기도 모르게 가슴이 두근거렸다.

"왜 그러세요?"

"내 방금 너희들이 주고받는 말을 들었는데…."

쥬에후이의 말이 채 끝나기도 전에 밍펑이 말을 받았다. 그녀는 얼굴빛이 변하며 급히 말했다.

"우리가 한 이야기를 다 들으셨다고요? 우리는 농담을 하고 있었을 뿐인데요."

"농담을 하고 있었다구? 나를 속이지 마라. 그러다가 정말 네가 뽑혀가게 되면 어쩔 셈이냐?"

쥬에후이가 격앙된 어조로 말했다.

밍펑은 얼빠진 사람처럼 말도 하지 못하고 한참 동안 쥬에후이를 바라보았다. 그녀의 눈에서 갑자기 눈물이 흘러내렸으나 그녀는 그것을 닦으려고도 하지 않고 마침내 마음을 다잡은 듯 단호한 어조로 말했다.

"안 가겠어요. 저는 다른 사람에게는 절대 가지 않겠어요. 도련님 앞에서 맹세하겠어요."

쥬에후이는 얼른 손바닥을 유리에 대며 밍펑의 입을 막는 시늉을 하고 말했다.

"나는 너를 믿어. 너더러 맹세하라고는 않겠다."

문득 밍펑은 꿈에서 깨어난 사람처럼 안에서 유리창을 두드리며 급히 애원했다.

"셋째 도련님, 얼른 돌아가세요. 거기 계시다가 사람들에게 들키면 안 좋을 테니까요."

"도대체 어떻게 된 일인지 나에게 말 좀 해봐. 그 이야기를 해주지 않으면 여기서 꼼짝도 하지 않겠다." 쥬에후이가 고집을 부렸다.

"네, 말하겠어요. 그러면 곧장 돌아가셔야 해요, 도련님."

밍펑이 어쩔 줄 모르며 다급히 당부했다.

쥬에후이는 밖에서 고개를 끄덕였다.

"펑씨 나으리가 첩을 구하는 중이래요. 그 펑씨네 마님이 이 댁에 오셨다가 이 집 하녀들이 다 괜찮게 생겼다고 하시며 할아버님더러 하나 보내달라고 했다나봐요. 그러자 할아버님이 큰집과 셋째 집 하녀 가운데서 하나를 골라주기로 하셨대요. 완얼이 셋째 마님에게서 이 소문을 듣고 저한테 일러주러 왔던 거예요. 우리들의 생각은 아까 도련님이 들으신 그대로이구요. 이것뿐이에요. 도련님, 이제 어서 돌아가세요. 누가 오기 전에요."

여기까지 말하고 난 밍펑은 그만 커튼을 내려버렸다. 밖에서 쥬에후이가 아무리 창문을 두드리고 불러도 커튼은 다시 올라가지 않았다.

쥬에후이는 하는 수 없이 의자에서 내려와 층계 위에 멍하니 서 있었다. 그는 여러 가지 일들을 생각하면서 두 눈으로는 주방을 바라보았으나 아무것도 눈에 들어오지 않았다.

그때 밍펑은 여전히 의자 위에서 무릎을 맞대고 있었다. 이윽고 아무 소리도 나지 않기에 그녀는 쥬에후이가 이미 떠났으리라 생각하고 가만히 커튼을 조금 쳐들고 내다보니 쥬에후이는 아직도 거기에 서 있었다. 감격한 그녀는 얼른 커튼을 놓고 손으로 눈물을 닦아냈다.

불꽃놀이

쥬에후이는 자기 방으로 돌아왔다. 대청에서의 주사위 놀음은 이미 끝났지만, 많은 사람들이 남아서 주거니 받거니 담소를 즐기고 있었다. 쥬에신의 방에서는 아직 마작패 소리가 나고 있었으나 아까처럼 요란스럽지는 않았다. 먼동이 트기 시작했다. 한 해가 이 시각으로 끝나는 것이었다. 낡은 것은 어둠 속으로 사라지고 새 것이 광명과 함께 달려오고 있었다.

쥬에후이가 방에 들어온 지 얼마 안 되어 지엔윈도 돌아왔다. 그는 아무 말 없이 창가의 의자에 걸터앉았다.

"잃었나?" 쥬에후이가 물었다.

"음." 지엔윈이 애매하게 대답하고는 얼굴을 다른 데로 돌려버렸다.

"얼마나 잃었나?" 쥬에후이가 캐물었다.

"6원." 지엔윈이 낙담해 대답했다.

"꼭 자네의 반 달치 월급이군." 책상에 엎드려 무언가 쓰고 있던 쥬에민이 갑자기 머리를 들며 지엔윈에게 말했다.

"그러게 말일세." 지엔윈이 고민스럽게 말했다. "나는 그 돈으로 영문 소설 몇 권을 살 예정이었는데 그만…."

"그런데 왜 도박을 했지? 옆에서 말리고 싶었지만 자네 기분이 상할까봐 못 말렸네."

쥬에후이가 그에게 동정을 보내며 물었다.

지엔윈은 쥬에후이를 바라보더니 자신을 원망하며 말했다.

"나도 도박에 별로 흥미도 없는 데다 매번 돈을 잃을 때마다 후회를 한다네. 다만, 일단 누가 같이 놀자고 끌어당기면 거절하기가 미안해서…."

멀리서 폭죽 터뜨리는 소리가 들려왔다. 그러자 다른 몇몇 저택에서도 호응하듯 연이어 폭죽을 터뜨렸다. 창밖에는 사람들이 오가는 소리가 났다. 커딩이 대청에서 쑤푸를 부르는 소리가 들렸다.

"차례 지낼 시간이 된 모양이구나." 쥬에민이 일기장을 덮으며 이렇게 중얼거렸다. 그는 일기장을 책상서랍에다 소중하게 집어넣고 자물쇠를 잠갔다. 전에 없이 밤새껏 켜져 있던 전등이 희미해지기 시작하며 진한 잿빛 광선이 창문으로 비쳐 들어왔다.

쥬에민은 먼저 밖으로 나가 쪽빛 하늘을 바라보았다. 차디찬 냉기가 그를 엄습했다. 그는 어깨를 움츠리며 대청으로 급히 걸어갔다. 안방의 왼쪽 창밑까지 가자 그곳에 네모난 상이 놓여 있고 위안성,

쑤푸, 원더, 자오성, 리구이 등의 하인들이 잔에 차를 따르고 있었다. 여섯 잔씩 따라 그것을 쟁반에 받쳐 안방으로 가지고 가면 커밍이나 커안이 받아 제삿상에 올려놓곤 했다.

찻잔은 다 놓여졌다. 사람들은 주방으로부터 설떡이 들어오기만을 기다리고 있었다. 기다리는 동안 사람들은 피곤한 웃음을 띠고 마작과 주사위에 대한 이야기들을 그럭저럭 주고 받았다. 어떤 사람들은 활활 타오르는 화로 곁에서 불을 쬐고 있었다. 할아버지의 방에서 큰 기침 소리가 나는 것을 보니 그도 이미 일어난 모양이었다.

쥬에후이와 지엔윈도 방을 나와 문지방에 올라서서 대청을 바라보며 이야기를 하고 있었다.

날이 밝고 제사 지낼 시간이 되자 쥬에후이는 지엔윈을 남겨두고 대청으로 들어갔다. 쥬에쥔이 대청에서 무엇인가 불길한 말을 했기 때문에 할아버지는 붉은 종이쪽지에다 '어린 것의 말을 탓하지 마시고 큰 행운과 이익을 주소서童言無忌, 大吉大利'라고 써서 대청의 문기둥에 붙였다. 그것을 본 쥬에후이는 마음속으로 실소를 금치 못했다.

대청 밖에서는 폭죽 소리가 울리기 시작했다. 연발폭죽을 세 타래나 터뜨렸기 때문에 사람들이 대청에서 배례를 끝마칠 때까지도 폭죽 소리는 그치지 않았다. 날은 이미 환하게 밝아 있었다.

새벽부터 쥬에신은 그의 세 숙부와 함께 가마를 타고 세배를 하러 떠나갔다. 여자들도 폭죽의 잔해를 밟으며 떠들썩하게 이야기를 주고받으면서 거리로 나가 새해의 '희신喜神'(집안에 아무 사고가 없도록 보호해 주는 신)이 있는 방향으로 걸어갔다. 이것은 그네들에게 있어서 일년에 한 번뿐인 '바깥 나들이'였다. 한 해 중 그들이 거리에 얼굴을 내놓을 수 있는 기회라고는 오직 이때뿐이기 때문에 그들은 호기심에 가득 찬 눈을 반짝거리며 어슴푸레하고 고요한 거리를 실컷 구경했다. 모두들 집에 돌아가는 것을 아쉬워했지만 외간 남자들과 부딪치기 전에 서둘러 돌아가지 않을 수 없었다.

폭죽 소리도 밎고 웃음 소리도 끊겨 거리는 나시금 정석 속에 잠겼다.

이날의 중요한 일들은 마무리 되었다. 이 저택 대부분의 사람들은 하룻밤을 꼬박 뜬 눈으로 보냈기 때문에 더이상 버티지 못하고 일찌감치 잠이 들었다. 커밍과 쥬에신 같은 몇몇 사람은 아직도 돌봐야 할 일들이 있기 때문에 잠들지 않았지만 쥬에민네 형제들은 저녁도 먹지 않은 채 밤에 제사를 지낼 때까지 그냥 자고 있었다.

새해의 날들은 이렇듯 평범하게 지나갔다. 매일의 일과는 거의 고정되어 있었고 해마다 되풀이되는 행사여서 큰 변화도 없었다. 며칠 동안은 온 집안에서 마작패 소리와 주사위 소리가 온종일 끊일 줄을 몰랐다. 도박이 나쁘다는 것을 잘 알고 있는 지엔윈까지 자주 놀음판에 끼곤 했다. 그는 다른 사람과 어울리기 위해서 조금도 주저하지 않고 자신이 싫어하는 일을 하는 것이었다.

놀음을 하는 동안 그에게는 작은 걱정거리가 있었지만 조그마한 쾌락도 있었다. 그는 잃은 돈을 전부 따왔다.

음력 정월 초이튿날, 친이 어머니와 함께 세배를 하러 왔다. 장씨 부인은 가오씨네 집에서 사흘만 묵었지만 딸에게는 보름날까지 놀다오라고 허락해주었다. 친이 오자 젊은 축은 곧바로 활기찬 분위기에 휩싸였다. 그들은 온종일 화원에서 재미있는 놀이를 하거나 이야기를 나누며 놀았다. 그들을 방해하는 사람은 아무도 없었다. 때로는 '주마籌碼'(도박의 도구)를 가지고 호숫가에 있는 만향루에 올라가서 놀기도 했는데 그들은 '사자주獅子籌' 던지기를 좋아했다. 이 놀이가 비교적 복잡하고 재미있기 때문이었다. 돈 딴 사람은 그 돈을 몽땅 내서 하인을 시켜 술과 안주를 사오게 했다. 그러고는 화원으로 가져가 만향루 뒤에 있는 산기슭에다 자그마한 솥을 걸고 손수 음식을 만들었다. 우이쥬에, 수잉, 친은 모두 요리솜씨가 보통이 아니어서 그네들이 번갈아가며 음식을 만들고 나머지 사람들은 옆에서 시중을 들거나 잔심부름을 했다. 음식이 다 되면 그것을 가지고 만향루에 올라가거나 어느 조용한 곳을 찾아 상을 차렸다. 그들은 유쾌하게 먹으며 상대방에게 술을 많이 먹이기 위한 각종 놀이판을 벌이곤 했다.

때로는 손님을 초대하여 같이 어울리기도 했다. 친은 자기의 학우인 쉐첸루許倩如를 데리고 와서 놀았는데, 그녀의 집은 이 저택 맞은편에 있었다. 그녀는 18~19세의 포동포동한 처녀로 행동거지가 대담하고 말씨도 소탈했다. 어디서나 신식 여학생다운 태도가 돋보이는 여성이었다. 그녀는 친과 마찬가지로 쥬에민이 다니는 학교가 여학생도 입학할 수 있도록 개방할 것을 갈망하고 있었기 때문에 그들과 사귀고 싶어했다.

그녀의 부친은 일찍이 동맹회의 회원이었으며 일본 유학을 했고 또 만청晩淸을 적대시하는 신문을 발간한 적도 있었다. 나중에는 독일에 유학하여 화학을 전공했는데 지금은 교섭서交涉署(외교부 계통의 지방 주재 기관)에서 근무하고 있었다. 그는 일반인들보다 개화된 사람이었다. 그녀의 모친도 일본 유학생 출신이었는데 병으로 세상을 떠난 지 5년이 채 못 되었다. 그녀의 부친은 후처를 맞아들이려 하지 않아 집에는 무남독녀인 그녀와 어릴 때부터 그녀를 보살펴주고 있는 늙은 어멈이 있을 뿐이었다. 이러한 환경에서 자라난 쉐첸루는 자연히 성격이 친과는 전혀 달랐다.

지엔윈도 가오씨네 집에 머물며 쥬에밍의 방에서 기거하고 있었다. 요 며칠 동안 그는 눈에 띄게 쾌활해졌다. 쥬에민은 그에게 좀 냉담하게 굴었지만 쥬에신, 쥬에후이, 쥬에밍 등은 모두 친절하게 대했다.

초여드렛날 저녁에 젊은이들은 이틀 간의 준비를 거쳐 어른들을 화원의 폭죽놀이에 초대했다. 어른들은 그들의 열성적인 요청에 못 이겨 모두들 구경을 나왔다. 할아버지만 노쇠한 몸이 밤의 냉기를 견딜 수 없어 나오지 못했다.

화원에는 오른쪽 진입로에서부터 회랑의 전등을 모두 켜놓았다. 대나무 숲, 소나무 숲과 같이 전등을 켜지 않은 곳에는 나뭇가지들 사이에다 빨갛고 파랗고 노란, 갖가지 색깔의 등롱을 달아놓았다. 돌다리 양옆의 난간에 본래부터 가설되어 있는 전등은 수면에 비쳐 마치 둥근 달처럼 보였다. 마지막으로 만향루에 이르자 누각의 처마 밑에는 본래 달려 있는 붉고 푸른 명주를 씌운 몇 개의 궁등에 촛불을 켜놓아 사람들로 하여금 꿈나라에 들어오지 않았나 하는 착각이 들게 할 만큼 몽롱하고 신비한 색채를 던지고 있었다.

사람들은 누각 안에 들어가 각기 자리를 잡고 앉았다. 10여 명의 하인과 어멈들, 그리고 하녀들은 차를 따르고 담배를 담아올리기에 바빴다. 모두가 창 앞에 앉았다. 창문을 활짝 열어놓으면 바깥의 모든 것들이 한눈에 들어왔다. 그러나 등불로 인해 오색으로 물든 곳만 희미하게 보일 뿐 먼 곳은 아무것도 분간할 수 없는 어둠 속에 파묻혀 있었다. 그 어둠 속 여기저기에 여러 가지 빛깔의 반점과 좀더 밝은 불빛이 더러 보일 뿐이었다.

"화포를 올린다더니 어떻게 된 게냐? 너희들 또 나를 속였구나." 저우씨가 웃으면서 옆에 있는 친과 우이쥬에게 말했다.

"조금만 기다리세요, 곧 터질 거예요. 어떻게 감히 외숙모님을 속이겠어요?" 친이 웃으며 대답했다.

친은 뒤를 돌아보았으나 쥬에신 형제들은 거기에 없고 지엔윈이 커밍, 커안, 커딩 3형제와 이야기를 하고 있었다. 마님들은 쉴새없이 첸루에게 여러 가지 일들을 물었다. 그 중 어떤 질문들은 그녀에겐 아무 의미도 없는 것으로 여겨졌지만 첸루는 여전히 자기가 생각하는 대로 시원스럽게 대답을 했다.

이 누각을 제외하고 화원은 쥐죽은 듯 고요했다. 새까만 어둠 속에서도 어둠이 좀 덜한 곳이 있는데 그곳은 칠흑과 같은 어둠과 구별이 되었다. 바로 거기서 갑자기 날카로운 소리가 울리더니 어둠 속에서 시뻘건 불빛이 하늘로 솟아올라 공중에서 별안간 흩어지며 무수한 금실이 드리우듯 아래로 쏟아졌다가 어둠 속으로 사라졌다. 이어서 새하얗게 빛나는 거위알만한 것이 공중으로 치솟더니 요란한 소리를 내며 작열하여 무수한 은꽃이 되어 사방으로 흩어졌다. 뒤를 이은 것은 남색 불줄기였다. 그것은 공중에서 색깔이 변하여 처음에는 붉은 불씨가 되어 떨어지더니 다음에는 녹색으로 변했다. 녹색 불씨가 다 떨어져 사라진 후에도 사람들의 눈에는 그 빛이 여전히 남아 있는 듯했다. 수펀은 어머니 왕씨에게 몸을 기대고 '호호' 웃으며 연달아 소리쳤다.

"좋구나, 참 좋다!"

"정말 멋지구나!" 저우씨가 동그란 얼굴에 웃음을 짓고 친에게 얼굴을 돌리며 물었다.

"저런 걸 어디서 사왔지?"

친이 생긋 웃으며 쉐첸루를 가리켰다.

"외숙모님, 저애에게 물어보세요."

"제 아버지께 부탁해서 얻은 거예요." 첸루가 대답했다.

어둠 속에서 다시 녹색 불빛이 날아올랐다. 그러나 이번에 공중으로 올라간 불빛은 떨어지지도 않은 채 어둠 속에서 빙빙 돌면서 한동안 여러 가지 색깔로 변하다가 갑자기 사라져버렸다. 그야말로 순식간의 일이었기 때문에 사람들은 그것이 어디에 떨어졌는지 알 수 없었다. 그러자 또 새하얗게 빛나는 것 서너 개가 큰 소리를 내며 한꺼번에 공중에서 터졌다. 삽시간에 밝은 은꽃이 하늘에서 휘날리며 호반과 소나무숲을 환하게 비추었다. 그 불빛 속에서 맞은편 호숫가에 있는 조각배 두어 채가 어렴풋이 보였다.

"음! 알고 보니 배를 타고 다니며 화포를 쏘아올려서 장소가 자꾸만 옮겨지는 거로구먼." 넷째 마님 왕씨가 이제야 알았다는 듯이 이렇게 말하자 남편 커안도 빙그레 웃으며 고개를 끄덕였다.

한참이 지났으나 호반에서는 아무런 움직임도 보이지 않았다. 사람들은 목을 길게 빼고 어디가 어딘지 분간할 수 없는 밤하늘을 정신없이 쳐다보았다. 쳰루가 친에게 다가가서 가만히 무언가 속삭였다.

"이제 끝난 모양인가?" 커딩이 아쉬워하는 어조로 이렇게 말하며 일어설 때 갑자기 수면이 환해졌다.

요란한 음향과 함께 별안간 수면에 여러 그루의 꽃나무 기둥이 일어서더니 금빛 작은 꽃송이들을 사방으로 흩뿌렸다. 한참이 지나자 나무 기둥은 점점 짧아지고 빛도 점점 어두워지다가 끝내는 사라져버렸다. 그러나 누각에 앉아 있는 관중들의 눈에는 여전히 그 금빛 찬란한 불꽃이 남아 있었다. 얼마 후 모든 것은 원래의 상태로 돌아가 캄캄한 어둠 속에 고요히 잠겨버렸다.

갑자기 호반으로부터 대기를 진동시키며 퉁소 소리가 들려왔다. 그것은 '매화삼농梅花三弄'이라는 곡조인데 누군가 호궁으로 반주를 해주고 있었으나 그 소리가 너무 낮아 퉁소 소리에 압도되었다. 맑고도 부드러운 퉁소 소리는 신기한 신화 세계의 아름답고도 아득한 옛 이야기를 해주는 듯 밤바람을 타고 사람들의 가슴에 울렸다. 그 소리에 그들은 번거로운 현실을 잠시나마 잊어버렸다. 귓가에 부드럽게 맴도는 퉁소 소리로 인해 그들은 각기 자신이 지니고 있던 아름다운 꿈들을 상기시키며 침묵 속에서 추억에 잠겼다.

"퉁소를 부는 게 누구지? 참 잘도 부는구먼."

저우씨가 칭찬하는 어조로 친에게 물었다. 이때 '매화삼농'은 거의 끝나가고 있었다.

"우리 수잉 아가씨예요." 장씨 옆에서 담배를 담아주고 있던 완얼이 곧 대답했다. 그녀는 저우씨가 자기 집 아가씨를 칭찬해주는 것이 무척 기뻤다.

"호궁을 타는 건 큰오빠구요." 친이 한마디 덧붙였다.

퉁소 소리가 멎자 멀리서 박수 소리와 웃음 소리가 들려왔다. 그러나 그 소리들은 고요한 수면에 부딪혀 물 속에 가라앉아버리고 다시는 떠오르지 않았다. 솔솔 부는 바람의 힘을 빌어 몰래 도망쳐온 소리들만 누각까지 겨우 전해졌다. 공기 속에는 아직도 '매화삼농'의 여운이 남아 있었다.

그 무렵 퉁소 소리가 다시 들려왔다. 이번에는 유쾌한 곡조였으며 한 남성의 맑고 힘찬 노래가 온 밤하늘에 울려퍼져 조금 전까지 남아 있던 애달픈 여운을 깨끗이 쫓아버렸다. 그 소리는 누각에 있는 사람들을 과거의 추억으로부터 깨어 현실로 돌아오게 했다. 사람들은 그것이 쥬에민의 목소리라는 것을 알 수 있었다.

그 노래는 얼마 가지 않아 곧 퉁소 소리와 함께 어둠 속으로 사라졌다. 조금 후 쥬에민이 부르는 유행가 소리가 다시 들려왔다. 그가 둘째 구절을 부를 때에는 독창이 이미 여러 사람의 합창으로 변했다.

남자, 여자, 고음, 저음이 한데 뒤섞여 복잡한 멜로디를 이루었으나 사람들은 그 소리들을 하나하나 분간해낼 수 있었다. 그 중에서도 수잉의 맑고 높은 목소리는 쥬에민의 굵은 목소리에 눌리지 않았다. 합창 소리는 누각에까지 힘 있게 울려와 사람들의 얼굴에 부딪히고 사람들의 귓속에 파고들었다. 귓속에다 담지 못한 소리들은 집 안을 날아다니며 여기저기에 부딪혀 온 누각 안이 진동하는 듯했다.

노랫소리가 갑자기 멎고 이어서 왁자지껄하는 웃음 소리가 들렸다. 웃음 소리는 공중에서 서로 부딪쳐 어떤 것은 산산조각으로 부서져버려 다시는 본래의 형체를 회복할 수 없게 되었다. 그러자 또 웃음 소리가 달려와 아직 깨어지지 않은 소리를 쫓아가서 그것마저 깨어버렸다. 누각 안에 있는 사람들에게는 웃음 소리가 마치 어두운 밤하늘에서 서로 부딪치고 도망가고 쫓아가고 하는 것처럼 느껴졌다.

이때 호수에는 붉고 푸른 조그마한 등롱들이 연이어 나타났다. 사람들의 시선은 수면으로 집중되었다. 어느새 수면은 온통 등롱 천지였다. 이 등롱들은 천천히 호수 위를 떠다니며 수면을 기이한 빛으로 물들여 수시로 빛깔이 변하기도 하고 흔들리기도 했으나 아무런 소리도 나지 않았다. 그러다가 별안간 등롱들이 급히 한쪽 기슭으로 이동하면서 가운데에 한 갈래의 길을 열어놓았다. 그러자 또 웃음 소리가 터졌다. 이번에는 아까보다 좀 가벼운 웃음 소리였다. 조각배 한 척이 웃음 소리를 싣고 천천히 노를 저어 다리목에 와서 멎었다. 웃음 소리가 더욱 똑똑히 들려왔다. 이때 쥬에신 형제들이 배에서 내려 기슭을 오르는 것이 보였다. 그 배는 돌다리 밑으로 천천히 노를 저어가고 있었다. 그런데 뜻밖에도 그 뒤에 배 한 척이 또 나타나서 역시 다리목에 멎었다. 그리고 소녀들이 배에서 내렸다. 수잉, 수화, 수전 세 자매에다 하녀 밍펑까지 네 사람 모두 손에 등롱을 들고 있었다.

그들이 차례차례 누각으로 올라오자 누각 안은 한층 더 활기를 띠었다.

"어머니, 셋째 숙부님, 구경들 잘 하셨습니까?" 쥬에신은 올라오자마자 웃으면서 큰 소리로 물었다.

"멋있구나." 커밍이 고개를 끄덕이며 대답했다.

"정말 재미있게 구경했다."

커딩이 이렇게 칭찬하면서 말을 이었다.

"내일 밤에는 내가 용등놀이 구경을 시켜주지. 화포도 내 손으로 만들어 터뜨려야지."

그의 뒤에 서 있던 쥬에밍이 제일 먼저 손뼉을 쳤다. 그러자 젊은 축들이 일제히 환호성을 지르며 찬사를 보냈다.

화포놀이는 확실히 어른들의 단조로운 일상생활에 무지개 같은 빛깔을 뿌려주었으며 적지 않은 즐거움을 맛보게 해주었다. 그러나 그것은 순간적인 것이었다. 잠시 후 모든 것은 과거의 추억이 되어 화원은 차갑고 어두운 밤 속에 쓸쓸히 묻혔다.

고통 속의 축제

초아흐렛날, 이날 하루 동안 쥬에밍, 쥬에줜, 쥬에스 3형제는 아침부터 밤까지 줄곧 바빴다. 그들은 마굿간에서 가마꾼들이 화포 만드는 것을 구경하며 사람들에게 용등을 본 이야기를 하느라 여념이 없었다.

이날 아침 일찍 커딩네 집 가마꾼 두 사람은 화원에 있는 대나무 숲에 가서 굵직한 대나무 두 대를 찍어 그것을 톱으로 자른 후 여러 개의 짤막한 대나무 통으로 만들어가지고 마굿간으로 돌아왔다. 그러자 각 방의 가마꾼 전부가 모여 그들을 도왔다. 어떤 사람은 대나무통을 다듬고 어떤 사람은 도화선을 만들었으며 어떤 사람은 화약에 동전 부스러기를 놓고 통에다 다지고 있었다. 이렇게 하면 발사한 화포가 사람의 살에 붙어서 잘 떨어지지 않고 그냥 탄다는 것이었다. 그들은 이날 밤의 쾌락과 만족을 위하여 잠시도 쉬지 않고 일했다. 그 결과 10여 통의 화포가 잠깐 동안에 다 만들어졌다. 그들은 만들어진 화포를 문간방에 가져다 늘어놓고 여러 사람에게 구경시켰다.

마침내 저녁 때가 되었다. 제사가 끝난 후 커딩은 밖에 나가 하인들을 시켜 용등을 맞아들일 모든 준비를 하게 했다. 중문 안에다 네모난 상들을 가져다놓고 그 위에 의자를 놓아 임시관람석을 만들었다. 그는 용등놀이꾼에게 줄 상금을 봉투에 넣어두고 또 수시로 대문 밖에 나가서 용등이 오기를 기다리기도 하며, 한편으로는 거리로 하인을 내보내 용등이 오는지 혹은 어디까지 왔는지를 알아보게 했다.

이처럼 만반의 준비를 했고 낮에 용등이 온다는 회답을 받았기 때문에 더이상 할일이 없으리라 여긴 커딩은 마음을 푹 놓고 집 안에 들어가 가족들과 담소를 나눴다.

그러나 밤 8시가 되고, 8시 반이 지나도 여전히 아무 소식이 없었다. 징 소리, 북 소리도 들리지 않았다.

"작은아버지, 용등은 어떻게 되었어요?" 쥬에퀀과 쥬에스는 기다리다 못해 그를 재촉했다.

"곧 올 게다."

이렇게 대답하는 그 자신도 좀 다급하기는 했으나 곧 올 것이라는 확신을 가지고 있었다. 대청에서 기다리고 있는 수잉 자매들은 그를 바라보며 미소를 지었다. 수펀도 그의 옷을 잡아당기며 물었다.

"등롱이 언제 와요?"

9시가 되어도 아무 소식이 없자 사람들은 모두 무료하고 피곤해졌다.

지엔윈은 이튿날부터 왕씨네 집에 가서 글을 가르쳐주어야 했고 그것 때문에 더욱 흥미를 잃어버려 일찌감치 인사하고 가버렸다. 커딩은 구경꾼이 줄어드는 것을 보자 더욱 속이 탔다.

"용등이 오지 않을 것 같지?"

수화가 웃으며 수전에게 말했다. 그녀가 이렇게 빈정대자 커딩은 더욱더 초조해져서 정원에서 왔다갔다 하며 자꾸 시계만 쳐다보았다. 그러다가 참다못해 밖으로 나갔으나 아무 소식도 얻지 못하고 도로 들어왔다.

9시 15분이 되자 멀리서 징 소리와 북 소리가 들려왔다.

"용등이 오는 모양이군." 커딩이 안심한 듯 중얼거렸다.

바로 이때 가오중이 뛰어 들어왔다. 커딩은 이 젊은 하인을 보자 방금까지 속을 태우던 일이 떠올라 그만 화를 내며 호통을 쳤다.

"이 망할 녀석! 나가서 동정을 보고 오라는데 여지껏 뭘 하고 있었느냐?"

가오중은 두 손을 단정하게 드리우고 서서 한참 동안 말도 못하고 가만히 서 있다가 상전의 꾸중이 끝난 후에야 천천히 조심스럽게 말했다.

"소인은 거리 어귀에서 오랫동안 기다리고 있었지만 용등이라고는 하나도 보이지 않았습니다. 그래서 이리저리 거리로 돌아다니며 아무리 찾아도 여전히 볼 수 없었습니다. 그러다가 겨우 한 놈을 만났는데 그게 바로 오늘 낮에 오겠다고 대답한 놈이었습니다. 소인도 그 자의 뒷덜미를 잡아 끌고오려고 했지만 놈들은 벌써 머리도 이마도 형편없이 불에 그을려 있었습니다. 또 용등이란 것도 뼈만 남아서 세상 없어도 오지 못하겠다고 했습니다. 돌아가서 쉬어야겠다, 술을 아무리 많이 준대도 싫다, 이렇게 딱 잡아떼기에 하는 수 없이 소인 혼자 돌아왔습니다.

이 말을 들은 커딩은 더욱 화가 나서 또 호통을 쳤다.

"이 빌어먹지도 못할 놈의 자식아! 밥이나 처먹을 줄 알지 용등 하나 못 붙들어온단 말이냐? 냉큼 나가서 한 놈 붙들어와. 그렇지 않으면 네깐 놈은 쫓겨날 줄 알아!"

가오중은 이 집에 들어온 지 3~4년 밖에 안 되었지만 상전의 성미만은 잘 알고 있었다. 상전은 화가 나면 사리를 따지지 않았다. 하인으로서 먹고 살기 위해 그는 복종하는 수밖에 별 도리가 없었다. 그는 머리를 숙이고 말대답도 못한 채 "예,예." 하다가 상전이 나가라고 손짓을 한 후에야 물러나왔다.

10시가 다 되었으나 용등은 여전히 소식이 없었다. 쥬에잉, 쥬에췬, 쥬에스, 수펀 같은 아이들은 완전히 절망하여 돌아가 잘 준비를 했다. 맞은편 저택에서 온 손님인 쉐첸루도 인사하고 돌아갔다.

커딩은 초조하게 정원을 이리저리 왔다갔다 하며 속이 상해 어쩔 줄을 몰랐다.

10시가 지날 무렵 가오중이 숨을 헐떡이며 뛰어들어와 "용, 용등이 왔습니다." 하고 말했다. 과연 멀리서 징 소리, 북 소리가 들려왔다. 그 소리는 점점 더 가까워졌다. 갑자기 만면에 화색이 돈 커딩은 자랑을 늘어놓는 가오중의 경과보고를 기분 좋게 듣고 있었다.

"그 녀석들이 제 집으로 돌아가고 있는 것을 소인이 한사코 끌고 왔습니다."

"오냐, 오냐, 잘했다. 얼른 가서 데리고 들어오너라."

커딩은 가오중에게 칭찬을 해준 뒤 형과 형수들을 부르러갔다. 이 좋은 소식은 즉시 쥬에잉, 쥬에췬, 쥬에스들에게 전달되었다. 쥬에췬과 쥬에스는 너무 기뻐서 사방으로 뛰어다녔다.

15분쯤 지난 후, 이 저택은 갑자기 활기를 띠었다. 할아버지를 제외한 전 가족이 중문 안에 임시로 가설한 관람대에 모여들었다. 용등은 징 소리와 북 소리를 따라 중문 밖 넓은 마당에 멈춰 있었다. 외부 사람들이 몰래 들어오는 것을 막기 위해 대문은 이미 잠가놓았다.

징 소리와 북 소리가 쉴새없이 울리며 용등은 춤을 추기 시작했다. 용은 머리부터 꼬리까지 도합 아홉 마디로, 참대 조각으로 얽어맨 마디마다 가운데에 촛불을 꽂고 겉에는 비늘이 그려진 종이를 바른 것이었다. 용등 춤을 추는 사람들은 각각 한 마디씩 그 밑에 달린 대나무자루를 쥐고 있었고 앞에는 한 사람이 여의주를 들고 있었다.

용은 여의주가 움직이는 대로 춤을 추며 몸을 굴리기도 하고 꼬리를 흔들기도 했다. 몸놀림이 자유자재여서 머리를 흔들고 꼬리를 치며 갑자기 땅에 누워 뒹굴다가도 홀연 몸뚱이를 뒤쳐 반대 방향으로 뒹굴기도 했다. 춤은 갈수록 점점 더 빨라져 마치 진짜 용이 공중에서 춤을 추는 것 같았다. 옆에서 울리는 징 소리와 북 소리는 그 위세를 더해주었다.

갑자기 폭죽 터지는 소리가 울리며 공중에 꽃불이 오르자 용은 마치 성이 난 것처럼 재빨리 돌아가며 춤을 추었다. 폭죽들이 용의 몸뚱이 위에 날아가 터지자 용은 놀란 것처럼 쉴새없이 좌우 양쪽으로 이리저리 피하며 공중에서 마구 날뛰었다. 징 소리와 북 소리는 상처를 입은 용이 울부짖는 소리처럼 더욱더 요란스럽게 울렸다.

젊은 가오중이 대나무 장대 끝에다 폭죽 한 타래를 매단 뒤 그것을 들고 벽에 기대어 세위놓은 사다리에 올라섰다. 그러고는 용의 몸뚱이에 대고 그 폭죽을 터뜨렸다. 몇몇 가마꾼들은 참대통으로 만든 화포를 들고 한쪽 옆에서 대기하다가 번갈아가며 불을 붙여 용등춤을 추고 있는 사람들의 몸뚱이에 대고 발사했다. 용은 미친 듯이 날뛰기 시작했다. 용은 죽어라 땅바닥으로 뒹굴면서 화포의 세례를 받고 있었다. 사람들은 용이 꿈틀거리며 땅바닥에서 뒹구는 것을 정신없이 바라보았다. 사람들의 지껄이는 소리와 함께 징 소리와 북 소리가 점점 높아졌다. 가마꾼들은 웃고 있었다. 중문 안 관람대에 있는 관중들도 웃고 있었는데 그들의 웃음 소리는 점잖아서 가마꾼들의 웃음 소리와는 달랐다.

이어서 원더, 리구이, 자오성 등이 대여섯 통의 화포를 동시에 앞뒤에서 용등놀이꾼에게 쏘아대며 피할 수 없게 만들었다. 이 방법은 과연 효과적이었다. 용은 여전히 비틀며 뒹굴었고 불꽃은 한 뭉치씩 그들의 벌거벗은 몸뚱이로 날아갔다. 화포는 즉시 땅에 떨어지는 것도 있었지만, 더러는 그들의 살에 붙어 타들어갔다. 몇몇은 견디다 못해 비명을 지르기도 했다. 이렇게 되자 용등놀이꾼들은 행동을 멈추고 가만히 서서 대나무 막대기를 지팡이 삼아 꼭 틀어쥐고 가마꾼들이 쏘아대는 화포를 막아내는 한편 몸을 세차게 흔들어 불꽃이 자기 몸에 붙지 못하도록 했다. 살빛은 벌써 화약에 그을려 시꺼멓게 변하고 화포가 날아올 때마다 가느다란 신음 소리를 내면서 그들은 떨고 있었다. 그러자 관중들은 더욱 유쾌하게 웃어댔다. 가마꾼들은 용등놀이꾼의 몸에 더욱 가까이 가져다대고 화포를 터뜨렸다. 그들은 용등놀이꾼들이 용서해달라고 사정할 때까지 그을려주기로 마음먹은 것 같았다.

그 용등놀이꾼들은 건장한 몸집에 굳센 완력을 가지고 있었다. 그들은 얼마든지 태우라는 듯이 몸을 가마꾼들에게 내맡긴 채 조금도 피하려 하지 않았다. 견디기 힘든 고통 속에서도 용감함을 보이려는 듯 그들은 미친 듯이 고함을 질러댔다.

"화포가 있는 대로 다 가져다 터뜨려라."

그 다음부터 화포는 점점 더 그들 가까이에서 터졌다. 마침내 아픔을 참을 수 없는 지경에 이르자 그들은 도망치기 시작했다. 좀전까지 위풍당당하게 뛰놀던 용은 아홉 동강이 나고 각 마디들은 사방으로 흩어졌다. 비늘도 다 떨어져버리고 머리부터 꼬리까지 온 몸뚱이가 거의 다 타버려 용은 빈 뼈대만 남았다.

몇몇 용등놀이꾼들은 용의 몸뚱이를 한 동강씩 메고 대문까지 도망쳐나갔으나 문은 이미 잠겨 있었다. 도망칠래야 도망칠 수 없게 된 그들은 무안한 대로 하는 수 없이 제자리로 돌아올 수밖에 없었다. 그러자 가마꾼들은 상전이 시키는 대로 또 화포에다 불을 붙여서 그들을 쫓았다. 정원은 평탄한 마당으로 나무도 없거니와 몸을 숨길 만한 장소도 없었다. 중문으로 도망치는 자도 있었으나 이미 그곳에는 사람들이 병풍처럼 빼꼭이 둘러서 있었다. 더구나 커딩이 화포 한 통을 들고 서 있다가 사람이 가까이 오는 것을 보면 즉시 불을 붙여 사방으로 쏘아대고 있었다. 둥근 여의주를 든, 나이가 어린 소년은 그쪽으로 도망치다가 커딩의 화포가 명중되는 바람에 몸에 불이 붙었다. 살갗이 타들어가기 시작하자 소변은 날카로운 비명을 질렀다. 정신없이 도망치던 그는 또 원더의 화포에 맞자 뒤로 물러서며 온몸을 미친 듯이 떨었다. 그의 얼굴은 온통 땀투성이였다. 이 때 용의 꼬리를 든 사람에게 화포를 발사하려던 커딩은 마침 둥근 여의주를 든 소년이 자기 옆에 와서 떨고 있는 것을 보더니 "너, 추우냐? 옛다, 불찜질을 한 번 더 해주마." 하며 또 그에게 화포를 쏘았다. 그는 깜짝 놀라 여의주로 그것을 막았다. 여태까지 생생하던 여의주가 이 불벼락에 불이 붙어 순식간에 활활 다 타버리고 말았다. 가마꾼과 하인들은 용등놀이꾼들을 둘러싸고 그들의 입에서 항복 소리가 나오기를 기다리기라도 하듯 맹렬히 화포를 쏘았다. 그러나 어느새 화포가 다 떨어졌기 때문에 그들은 그 잔인한 짓을 그만둘 수밖에 없었다. 대문을 열어주자 용등놀이꾼들은 저고리를 몸에 걸치고 대오를 정돈한 후 뼈만 남은 용을 쳐들고 다 죽어가는 징 소리, 북 소리와 함께 지칠 대로 지친 모습으로 걸어나갔다. 여의주를 든 소년은 다리에 상처를 입어 절뚝걸음으로 걸어가면서 입 속으로 투덜거렸다.

커딩은 준비해두었던 상금을 그들에게 내주고 나서 아쉬운 어조로 말했다.

"유감스럽게도 화포가 너무 적었군. 그렇지 않았으면 오늘 저녁에 실컷 그을려주었을 텐데. 어떠냐, 너희들? 실컷 보지 못했을 테지? 내일 저녁에 또 한 번 보여줄까?"

"실컷 보았어요. 이젠 더 보고 싶지 않습니다."

커딩의 뒤에 서 있던 쥬에후이가 엄숙하게 말했다. 커딩은 그를 흘끗 돌아보았으나 말귀를 똑똑히 알아듣지는 못했다. 다른 사람들도 "그럴 것까지는 없어요." 하고 사양했다. 제일 좋아하며 날뛰던 쥬에밍, 쥬에쥔, 쥬에스는 벌써 돌아가는 사람들 틈에 끼어 보이지 않았다. 사람들은 흡족한 마음으로 각각 흩어져 돌아가고 하인들은 임시 관람대를 치우느라고 분주했다.

돌아갈 때 쥬에민네 형제는 뒤에 떨어져 걷고 있었다. 쥬에후이는 친에게 다가가 물었다.

"누나, 누나는 재미있게 보았어?"

"별로 재미있는지 모르겠어." 그녀가 담담하게 대답했다.

"그걸 보고 난 감상이 어때?" 쥬에후이가 계속 캐물었다.

"아무런 감정도 없어." 여전히 간단한 대답이었다.

"그저 그렇군! 어려서 볼 때는 재미있는 것 같았는데 지금보니 그렇지도 않아!" 쥬에민이 옆에서 한마디 던졌다.

"아니, 정말 조금도 감동되지 않더란 말이지?" 쥬에후이가 정색을 하고 물었다.

쥬에민은 쥬에후이의 말뜻을 이해하지 못하고 그를 흘끗 돌아보면서 말했다.

"저 따위 저급한 놀음이 어떻게 사람을 감동시킬 수 있겠니?"

"그래, 동정심이 조금도 들지 않았단 말이우?" 쥬에후이가 분개한 어조로 말했다.

"그건 너무 지나친 말이 아닐까? 그것과 동정심이 무슨 관계가 있다고 그래? 외삼촌네들은 서서 만족을 얻으셨고 용등놀이꾼늘은 상금을 받았으니까 각자 자기의 욕망을 충족시킨 셈이지. 그랬으면 되지 않았어?" 친이 자기의 견해를 말했다.

"정말 훌륭한 아가씨답군!" 쥬에후이가 냉소하듯 찬사를 던졌다.

"누나 같은 총명한 사람이 그런 것도 간파하지 못하다니. 누나는 사람이 자기의 쾌락을 다른 사람의 고통 위에 쌓아올려도 좋단 말이에요? 누나가 돈을 주기만 하면 다른 사람의 육체를 화포로 마구 지져도 좋단 말이야? 그러고 보니 누나의 눈은 아직 완전히 뜨였다고 할 수가 없겠군요!"

친은 아무 말도 하지 않았다. 이것은 그녀의 버릇으로, 자기 자신이 해결할 수 없는 어떤 문제에 부딪히게 되면 곧 입을 다물고 생각에 잠겼다. 그녀는 절대로 반박하거나 억지로 변명하려 들지 않았다. 그러나 그녀는 이것이 자기와 같은 소녀의 머리로는 해결할 수 없는 문제라는 사실을 모르고 있었다.

달빛 아래 뱃놀이

정월 대보름날 밤은 날씨가 무척 좋았다. 하늘에는 별이 반짝이고 드문드문 흰 구름 몇 조각이 흘러가고 있었다. 남색 하늘에 걸린 보름달은 마치 옥쟁반처럼 환했다.

이날 저녁, 관례대로 온 가족이 제사를 지냈다. 그러나 행사는 매우 빨리 끝났다. 쥬에잉이 쥬에쥔을 데리고 거리로 용등놀이를 구경하러 갔다. 우이쥬에와 수잉 자매들은 친이 이튿날에는 돌아가야 된다는 것을 생각하며 몹시 아쉬워했다. 두 집의 거리가 그렇게 먼 것은 아니었지만 그들이 며칠 간을 친과 함께 지낼 수 있는 기회는 아주 드물었다. 뿐만 아니라 이 보름날만 지나면 설연휴도 끝나 다음날부터는 제각기 자기 일을 시작해야 했다. 더이상 설날처럼 즐겁게 놀 수 없는 것이다. 그래서 모두들 쥬에신의 방에 모여서 이 밤을 어떻게 지낼까를 상의했고, 화원에 가서 뱃놀이를 하자는 쥬에후이의 제의에 모두들 찬성했다.

우이쥬에도 같이 가기로 되어 있었으나 막 떠나려 할 때 하이천이 어머니와 떨어지지 않으려고 막무가내로 떼를 써서 하는 수 없이 그녀는 혼자 집에 남았다. 뱃놀이를 떠난 사람은 쥬에후이 3형제와 수잉 세 자매, 그리고 친까지 일곱에다 밍펑을 데리고 갔다. 밍펑은 술과 안주를 담은 조그마한 바구니를 들고 따라갔다.

일행 여덟 명은 일렬종내로 늘어서서 화원으로 들어가 회랑을 따라 걸었다. 겁이 제일 많은 수전은 밍펑을 붙들고 그녀에게 바짝 붙어서 따라갔다. 화원 안은 아주 조용했다. 어둠침침한 전등은 몹시 쓸쓸해 보였다. 길다란 정원에는 달빛이 비치고 여기저기 검은 그림자들이 뻗쳐 있었다. 그들은 이야기를 하면서 천천히 걸었다. 그들이 막 화단을 지나갈 때 갑자기 난데없는 소리가 나며 무언지 새까만 것이 인조동산으로 훌쩍 뛰어올라갔다가 다시 회랑의 기왓장 위로 뛰어올랐다. 수전은 겁이 나서 얼른 밍펑에게 달라붙고 수화도 놀라서 저게 무어냐고 연거푸 물었다.

사람들은 걸음을 멈추었다. 그러나 주위에는 아무것도 보이지 않았다. 쥬에후이가 발을 굴러보았으나 아무런 반응도 없었다. 그는 난간을 넘어 화단에 올라선 뒤 돌멩이를 주워서 지붕 위로 연거푸 두 개를 던졌다. 돌멩이가 기왓장 위에 떨어져 굴러내려오자 '야옹' 하는 고양이 소리가 났다. 이어서 고양이가 도망치는 소리가 들렸다.

"고양이 새끼였구나." 쥬에후이는 웃으며 혼자 중얼거렸다. 회랑에 다시 돌아온 그는 겁이 나서 밍펑에게 매달려 있는 수전을 보고 웃으며 놀려주었다.

"요런 겁쟁이 봐. 원, 부끄럽지도 않니?"

"어머니가 화원에 귀신이 있다고 말씀하셨단 말이야." 수전은 밍펑의 손을 꼭 붙들고 떨리는 목소리로 변명했다.

"귀신? 귀신을 누가 봤다던?" 쥬에후이가 웃으면서 물었다.

"작은어머니가 너를 속이려고 한 말을 곧이듣다니, 이 바보야!"

쥬에후이의 말에 모두들 웃음을 터뜨렸다.

"너는 귀신을 그렇게 무서워하면서 어째서 우리를 따라왔니?" 앞에 섰던 쥬에신이 돌아보며 물었다.

수전은 밍펑의 손을 살며시 놓고 겁먹은 시선으로 여러 사람들을 돌아보며 간신히 대답했다.

"오빠, 언니들과 같이 놀면 재미있고 또 혼자 떨어져 있기가 싫어서 왔지요, 뭐!"

"잘했어. 정말 귀여운 내 동생이야! 자 무서워하지 말고 이리와. 내가 보호해줄 테니. 귀신이 다 뭐야." 친이 웃으면서 수전에게 다가가 그녀의 손을 잡고 나란히 함께 걸었다.

"강태공姜太公이 여기 있으니 물귀신들은 물러갈진저!"

수화가 친의 말을 받아 이렇게 놀려주자 사람들은 또 웃음을 터뜨렸다.

그들은 대나무 숲으로 들어갔다. 숲에는 등불이라곤 하나도 없었다. 그러나 나무가 그다지 빽빽하지 않고 가운데로 난 꼬불꼬불한 오솔길은 중천에서 비치는 달빛을 받아 제법 환했다. 머리를 들면

맑게 갠 하늘이 바라다보였다. 대나무 가지들은 가만히 흔들리며 나지막한 소리를 냈다. 시냇물이 졸졸 흐르고 있었으나 그 소리는 어디서 나는지 알 수 없었다. 대나무 숲을 거의 벗어났을 때에야 비로소 앞에 조그마한 시내가 흐르는 것이 보였다.

쥬에후이는 자기가 담이 커서 귀신을 무서워하지 않는다는 것을 증명이라도 하려는 듯 일부러 뒤에 떨어져서 밍펑과 같이 걷다가 갑자기 대나무 숲으로 뛰어 들어갔다. 사람들은 영문을 몰라 뒤를 돌아보았다.

"쥬에후이야! 너 뭐하니?" 쥬에민이 물었다.

쥬에후이는 대답도 하지 않고 묵묵히 가느다란 대나무를 골라서 그것을 뿌리째 뽑으려고 애썼다. 그러나 대나무가 뽑히지 않자 그것을 꺾어서 가지를 쳤다. 그는 땅을 몇 번 쳐보곤 만족한 듯이 "거 훌륭한 지팡이로군." 하고 중얼거리며 밍펑 옆으로 걸어갔다.

옆에 서서 그를 바라보던 사람들은 모두 웃었다. 쥬에민도 웃으며 말했다.

"나는 네가 미쳐서 무슨 보물이라도 파내려고 그러는가 했더니 그다지 대단한 일도 아니로구나!"

"보물? 형의 머리에서는 자나깨나 그 보물이라는 것이 떠나지 않는 모양이군! 형은 그 〈보물섬〉이라는 연극을 하기도 전에 거기에 온통 정신이 팔려 있군요?" 쥬에후이가 도리어 이렇게 비웃었다.

그들은 계속 웃고 떠들면서 걸어갔다. 소나무 숲에 들어서자 주위는 갑자기 어두워졌다. 달은 바늘 같은 솔잎에 가려 그 사이로 흰 반

점처럼 반짝거릴 뿐이었다. 나무들이 아주 빽빽이 우거진 숲의 중앙에 들어서자 길이 어디 있는지 분간조차 할 수 없었다. 그러나 그들에게는 그 길이 익숙했기 때문에 아무리 꼬불꼬불한 오솔길이라도 더듬어 나갈 수 있었다. 맨 앞에 선 쥬에후이는 대나무 막대기로 길을 찾았다. 이따금 커다란 소리가 공포심을 불러일으켰다. 그들은 긴장하여 천천히 걸었고 친은 수전을 자기 옆에 바짝 당겨서 팔로 그녀를 감싸안았다.

앞이 차차 환해지고 그들은 어느새 호반에 이르렀다. 수면은 달빛을 받아 하얗게 빛나고 있었다. 호수에 비친 둥근 달은 수면에 떴다 가라앉길 반복했고 때로는 잔잔한 물결에 일그러지기도 했다. 이따금 물고기가 파닥거리는 소리도 들려왔다. 오른쪽으로는 그다지 멀지 않은 곳에 다리가 있었고 왼쪽으로는 멀리 호심정과 꾸불꾸불한 돌다리가 어렴풋이 보였다.

모두들 호숫가에 서서 조용히 수면을 바라보았다. 갑자기 돌멩이 한 개가 물 속으로 날아가 떨어지자 물 위에 뜬 둥근 달이 산산이 깨지고 수면에는 커다란 파문이 일었다. 달은 얼마 안 되어 원래의 모양으로 돌아갔으나 수면의 파문은 한참이 지나서야 사라졌다.

"또 네가 한 짓이로구나." 쥬에민이 뒤에서 빙그레 웃고 있는 쥬에후이를 돌아보며 말했다.

"어째서 모두 거기 서서 꼼짝도 하지 않는 거요? 배는 저기 있는데 도대체 뭘 기다리느라고 그러지?"

쥬에후이는 호수 저편 언덕을 가리켰다. 그다지 멀지 않은 다리목

옆의 버드나무에 조그마한 배가 매여 있었다.
"우리도 벌써 봤어요. 오빠가 일러주지 않아도 알고 있다고요."
수화가 가로채서 대답했다. 머리채를 끝을 만지작거리면서 그녀는 중천에 걸린 밝은 달을 쳐다보며 소동파蘇東坡의 '수조가두水調歌頭'를 부르기 시작했다.
"명월은 어제 뜨려느냐, 잔을 들어 푸른 하늘에 물으니…." 수화가 칫 귀질을 떼자, 쥬에민이 우렁찬 목소리로 그 뒤를 이었다.
"하늘의 궁궐은 어디메뇨, 오늘이 언제임을 몰라라." 친과 수잉도 따라 불렀다. 쥬에신이 가지고 온 퉁소를 불기 시작했다. 수잉은 쥬에신이 퉁소를 부는 것을 보자 쥬에민의 손에 들려 있던 피리를 빼앗아들며 말했다.
"퉁소 소리는 너무 갸날퍼서 틀렸어요. 내가 피리를 불지요."
은은하고 드높은 피리의 선율이 이내 잔잔한 퉁소 소리를 압도했다. 그러나 퉁소의 구슬픈 가락이 함께 섞여서 때로는 처량하게 울렸다.
쥬에후이는 천천히 호수를 따라 다리목으로 걸어가면서 밍펑에게 같이 가자고 불렀다. 그는 밍펑에게 몇 마디 말을 건넸으나 밍펑은 묻는 말에만 짧게 대답하고는 즉시 수잉에게로 가버렸다. 쥬에후이는 다리목까지 걸어가고 나서야 밍펑이 따라오지 않고 자기 혼자 걷고 있다는 것을 깨달았다. 그는 다시 되돌아섰다.
고요하고 아름다운 풍경을 보고 있었지만 그는 갑갑한 마음을 떨칠 수 없었다. 무슨 까닭인지는 알 수 없었으나 그는 가끔 자신이 형이나 누이들과 다르다는 생각이 들었다. 그리고 그는 종종 이 대가족의 고요해 보이는 표면 밑에는 이제 곧 폭발할 화산이 숨겨져 있는 것처럼 느껴졌다.

노래가 끝나자 퉁소 소리도 피리 소리도 멎었다. 수잉은 또 피리를 불려고 입에 대었지만 쥬에후이가 그녀를 제지했다.

"배에 앉아서 천천히 불지, 그렇게 조급할 게 뭐냐?"

사람들은 호숫가를 따라 천천히 다리목으로 걸어갔다. 이때 쥬에후이는 맨 앞에 서고 밍펑은 맨 뒤에서 걸었다.

일행이 다리를 건너 풀밭에 이르자 쥬에신은 버드나무에 매여 있는 밧줄을 풀어쥐고 배를 기슭에 띄웠다. 그는 동생들을 전부 앉히고 나서 배 뒷전에 올라 천천히 노를 저었다.

배는 천천히 원홍교 밑으로 해서 앞이 트인 곳으로 흘러갔다. 뱃머리에 앉은 밍펑은 자기가 가지고온 바구니를 풀어서 짠지와 수박씨와 땅콩 그리고 장미주 한 병과 작은 술잔 몇 개를 꺼냈다. 수잉과 수화가 그것을 배 한가운데에 있는 둥근 소반에 올려놓았다. 쥬에민은 병마개를 빼고 술잔에 술을 따랐다. 달빛은 배에 앉아 술을 마시며 즐기는 이 젊은이들을 무심하게 비추고 있었다.

뒤로 멀찌감치 밀려난 원홍교는 달빛을 받아 마치 비단으로 싸인 것처럼 어렴풋했고, 다리목에 켜져 있는 전등불들도 몽롱하게 반짝거렸다. 배는 어느 사이에 천천히 굽이를 돌고 있었다. 천공에 걸린 둥근 달을 한참 동안 바라보던 그들이 주위를 돌아보았을 때는 어느새 주위의 풍경이 일변해 있었다. 한 쪽으론 깎아세운 듯한 절벽이,

다른 한 쪽으론 호반에 세운 수각(밑으로 물이 통하도록 물 위에 지은 정자)들이 보였다. 달빛과 등불 빛을 정면으로 받고 있는 호심정도 똑똑히 볼 수 있었다.

사방을 살펴보던 쥬에후이는 뱃속에 가득 차 있는 말을 토해놓고 싶어서 소리를 버럭 질렀다. 그 소리는 돌벽에 부딪혀 되돌아와 사람들의 귀청을 울렸다.

"네 목소리는 크기도 하구나."

쥬에신이 웃으면서 이렇게 말하고 이어서 자기도 소리를 내어 경조京調를 부르기 시작했다. 이때 배는 절벽을 지나 낚시터 밑으로 흘러가고 있었다. 저편을 돌아보니 수각들은 나지막한 나무들 뒤로 숨어버리고 눈에 보이는 것은 빽빽하게 늘어선 어린 나무들뿐이었다.

"큰오빠! 이리 와서 술이나 드세요. 이제는 노를 그만 젓고 제멋대로 떠다니게 내버려두세요."

수잉이 저쪽에서 말을 건넸다.

"여기도 좋다. 혼자서 널찍하게 앉아 있는 게 좀 좋으냐?"

쥬에신은 이렇게 대답한 후 젓던 노를 멈추고 술잔을 들어 한 모금 마시고는 땅콩 몇 개를 집어 입에 넣었다. 배는 평온하게 물 위에 떠서 조금씩 움직였다. 그는 땅콩을 삼키고 나서 혼잣말로 중얼거렸다.

"배를 아예 낚시터에 대버리는 게 좋겠군! 언덕에 올라가서 구경도 하고…."

그는 동생들에게는 묻지도 않고 뱃머리를 기슭으로 돌렸다. 힘은 좀 들었으나 마침내 배를 낚시터 밑에 갖다 댈 수 있었다. 아랫쪽은 언덕으로 올라가는 돌층계로 되어 있었다. 배에서 내려 돌층계로 올라간 그는 잠시 후 낚시터 돌난간에 나타나 그들을 바라보며 웃었다.

수잉은 얼른 수박씨를 한줌 쥐어 쥬에신에게 뿌렸으나 쥬에신은 어느새 몸을 돌려 어디론가 사라져버리고 위에서 '경조'를 부르는 노랫소리만 들릴 뿐이었다. 그러나 그 소리는 점점 낮아지다가 나중에는 들리지 않았다.

"오늘 저녁에는 유감스럽게도 한 사람이 빠졌군."

친이 불만스런 어조로 말했다.

"올케 말이지?" 수박씨를 까먹던 수화가 고개를 들면서 묻자 친이 머리를 가로저었다.

"알았어, 메이 누나…."

쥬에후이의 말이 채 끝나기도 전에 쥬에민이 가로챘다. 쥬에민은 동생을 흘겨보며 책망하는 어조로 말했다.

"좀 가만히 있어! 너는 정말 말이 많아서 탈이야. 형이 듣게 되면 어쩌려고 그러니."

"들으면 어때? 두 사람은 벌써 서로 만났다는데."

쥬에후이도 가만 있지 않았다.

"뭐? 큰오빠가 벌써 메이 언니를 만나보셨다구요?"

수화가 놀라며 물었다.

"큰서방님이…."

밍펑이 뱃머리에서 웃으며 낮은 소리로 외쳤다. 모두들 고개를 들어보니 쥬에신이 머리를 내밀고 그들이 하는 말에 귀를 기울이고 있었다. 그들은 일제히 입을 다물어버렸다.

쥬에신이 천천히 걸어내려와 돌층계로 해서 조금 전처럼 배 뒤로 올라앉았다.

"어째서 내가 오니까 이야기를 그만두니?" 그의 목소리에는 쓸쓸함이 담겨 있었다.

"우리가 무슨 얘길 하고 있었지? 어쨌든 형과는 관계없는 얘기였어요." 쥬에민이 이렇게 거짓말을 했다.

"너희들이 메이와 내 이야기를 하고 있는 것을 내가 똑똑히 들었는데."

쥬에신이 쓰디쓴 웃음을 지으며 말했다. 그는 호수 한복판으로 천천히 배를 저었다.

"그래요, 친 누나가 오늘 메이 누나까지 왔으면 더욱 좋았을 거라고 했어요."

이렇게 솔직히 말해버린 것은 역시 쥬에후이였다. 이미 호수 가운데에 이르렀지만 배는 멈추지 않았다.

"메이는 다시는 여기 오지 않을 거다."

쥬에신이 하늘을 쳐다보며 이렇게 탄식했다. 이때 좀 부주의한 탓으로 배가 오른쪽으로 쏠리며 물방울이 튀었다. 그러나 배는 즉시 원래대로 되돌아갔다.

하늘에는 희뿌연 구름 몇 조각이 나타났고 달은 천천히 구름에 가려졌다. 그들은 모두 쥬에신을 바라보고 있었다.

"그렇지만 오늘 저녁에 빠진 사람은 메이 언니뿐만 아니라 오빠네 외가쪽 사촌인 후이蕙 언니와 윈芸 언니도 있잖아요. 그 언니들이 여기 와서 놀 때는 큰언니도 있었는데 그후 큰언니는 세상을 떠났지요. 그 언니들이 여기서 떠난 지도 벌써 3년이나 되니 세월은 정말 빨라요."

수잉이 서글픈 어조로 쥬에신에게 말했다.

"슬퍼하지 마. 어머니가 그러는데 오빠네 외가에서 편지가 왔대. 후이 언니네 식구들이 1~2년 내에 성 안으로 돌아온다고." 수화가 한마디 거들었다.

"정말? 날 놀리는 건 아니겠지?"

수잉이 생글생글 웃으면서 물었다. 잠시 후 그녀는 또 친에게 고개를 돌리며 물었다.

"언니도 내일이면 돌아가버리지요? 내일 밤에는 우리가 여기 와서 뱃놀이를 한다고 해도 또 언니가 빠져버리겠지. 정말 '천하에 헤어짐이 없는 잔치는 없다' 더니."

"헤어질 바엔 일찌감치 헤어지는 게 차라리 낫지 뭘! 헤어지게 되면 어쩌나 하고 아무리 겁을 내도 결국엔 헤어지게 될 거고 그때 가서는 한층 더 안타까울 게 아니야?" 쥬에후이가 화난 듯한 어조로 말했다.

"나무가 쓰러지면 원숭이도 흩어진다는 말이 있지만 지금은 아직 나무가 쓰러지지 않았으니까."

쥬에신이 자기의 감정을 누르며 말했다.

"결국은 쓰러질 날이 올 거요. 어차피 흩어질 바에야 제각기 자기 갈 길로 가도록 일찌감치 헤어졌으면 좋겠는데."

쥬에후이는 오래 전부터 가슴 속에 품어왔던 울분을 모두 뱉어내기라도 하는 듯 말했다.

"친 언니! 나는 헤어지기 싫어요. 혼자 남게 되면 얼마나 쓸쓸하겠어요."

친과 수잉 사이에 앉아 있던 수전은 갑자기 머리를 들고 친을 물끄러미 바라보며 마치 도움이라도 구하듯 말했다. 소녀다운 맑은 목소리 속에는 슬픔이 담겨 있었다. 이때 쥬에후이의 눈앞에 수놓은 비단신을 신은 조그마한 발이 나타나고 그의 귓전에 동여맨 발이 아파서 고통스럽게 울부짖던 슬픈 울음 소리가 들렸다. 이 소녀의 비애가 그들의 마음을 끌어당겨 그녀에 대한 연민을 부추겼다. 그러나 그 감정은 일시적이고 순간적인 것이었다. 그들 각자의 삶 앞에도 음울한, 알 수 없는 장래가 가로놓여 있었기 때문에 모두는 자신의 앞날에 대한 불안을 말없이 달랠 뿐이었다.

수면이 갑자기 어두워지며 주위가 온통 잿빛으로 뒤덮였다. 달이 구름 속으로 들어가버려 한동안 빛을 내지 못했다. 규칙적으로 노젓는 소리만이 밤의 정적을 깨뜨리고 있었다.

"좀 천천히 저으럼!"

쥬에신이 뱃머리에 앉아 있는 밍펑에게 말했다.

수전은 얼른 친에게로 파고들었고 친은 그녀를 꼭 껴안아주었다. 구름을 뒤로 밀어젖히고 나온 달이 푸른 하늘을 곤추 달리고 있었다. 호심정과 구부정한 돌다리가 눈앞에 똑똑히 나타났다. 달빛은 그 그림자를 물 위에 던져주어 마치 그림과도 같이 아늑해 보였다. 왼쪽은 매화 숲인데 꽃은 이미 떨어졌으나 향기가 아직 남아 있는 마른 가지들이 차디찬 달빛 아래 당당하게 모습을 드러내며 그 그림자를 물 위에다 비스듬히 비추고 있었다. 오른쪽은 언덕받이로 드문드문 몇 그루의 버드나무가 서 있고 바깥쪽에는 제방이 있었다. 작은 못을 만들기 위해 호수의 한 쪽에 세운 제방에는 호수물이 드나들 수 있도록 둥그런 구멍들이 뚫려 있었다.

"무서워할 것 없어. 잘 앉아서 저걸 좀 봐. 달이 밝고 경치도 아주 좋지 않니!" 친이 수전의 어깨를 치면서 말했다.

수전이 단정히 일어나 앉았다. 그녀는 하늘과 주위를 살피다가 다른 사람들을 둘러보고는 마지막으로 친을 바라보며 이해할 수 없다는 듯 말했다.

"언니, 어째서 모두들 헤어져야만 하는 거예요? 언제나 이렇게 같이 모여서 놀면 좋지 않아요?"

사람들은 모두 웃었다. 친은 귀엽다는 듯이 수전의 어깨를 가볍게 치며 웃었다.

"요 철부지야! 제각기 할 일이 있는데 어떻게 매일 이렇게 한데 모여 놀 수 있겠니?"

"앞으로 우린 누구나 헤어지게 돼. 너도 그래. 너도 이담에 자라면 시집을 가서 너의 남편과 같이 살게 될 거야. 그러면 너는 온종일 그 사람 곁을 떠나지 않을 거고 우리를 잊어버릴 테지." 쥬에신이 수전을 놀리듯 말했다.

여자는 어째서 자기가 사랑하는 육친을 버리고 남의 집으로 시집을 가 그들의 시중을 들어야 하는가? 이 문제에 대해서 수전은 여러 차례 어머니에게 물어보았으나 만족할 만한 답을 얻지 못했다. 그러나 지금 남편이라는 말을 들으면서 그녀는 자기도 모르게 본능적으로 얼굴을 붉혔다. 자기로서는 해명할 수 없는 부끄러움을 느낀 것이다.

"나는 시집 안 가요. 절대로 시집가지 않겠어요." 그녀는 자기 생각대로 솔직히 대답했다.

"그럼 너는 집에서 노처녀로 지낼 셈이니?" 그녀의 맞은편에 앉아 있던 쥬에민이 웃으며 물었다.

쥬에후이가 형의 말을 가로챘다.

"시집을 가지 않을 거면 작은어머니가 네 발을 동여맬 때 왜 가만히 있었니?"

수전은 대답할 말을 찾아내지 못했다. 그녀는 조그만 입을 내밀고는 고개를 숙였다. 그녀는 저려오는 조그마한 발을 가만히 주무르며 어머니가 한 말들을 떠올렸다. 어머니는 그녀에게 이런 말들을 해주었다.

"우이쥬에가 처음 이 집으로 시집왔을 때 전족을 하지 않은 발이었기 때문에 사람들이 얼마나 비웃었는지 모른다. 시집 온 그날 우이쥬에가 신방에 들어가 침대 가에 걸터앉았을 때 누군가 일부러 그녀의 치맛자락을 들추고 그 큰 발을 구경했을 정도란다."

그리하여 그녀는 발이 크면 불행하고 반대로 발이 작으면 행복하다고 믿게 되었다. 그후 모진 매를 여러 번 얻어맞고, 오랫동안 고통 속에서 무수한 눈물을 흘리고, 또 여러 날 밤을 지새워가며 간신히 자기 발을 작게 만들었던 것이다. 그러나 그녀가 얻은 것은 무엇인가? 그녀의 모친이 예상했던 칭찬과 영광은커녕 도리어 생각하지도 못한 조소와 동정의 눈빛만 돌아왔다. 그녀는 이제 겨우 열세 살이었다. 이렇게 어린 나이에 벌써 전통의 희생물이 되고 만 것이었다. 두 발이 이처럼 기형적으로 작아지고 보니 때때로 아프기도 하거니와 언니들에 비하면 어느 모로 보나 못한 것만 같았다. 신체의 불구로 인해 마음도 더욱 무기력해졌다. 전족의 고통을 보상받을 수 있는 유일한 기회는 아마도 시집을 가는 그 순간일 것이다. 그런데도 조그마한 자신의 두 발을 어루만지면서 시집가지 않겠다는 말을 다시 할 수 있을까? 그러나 이 유일한 보상의 기회라는 것도 모든 것이 달라지고 있는 지금은 막연하고 실속 없는 희망일 뿐이었다. 바로 이 조그마한 배에 앉아 있는 여자들만 해도 제대로 발육된 발을 가지고 있는 사람이 넷이나 되었다. 그러니 번듯한 곳에 시집가려는 자기의 희망이 반드시 실현되리라고 어떻게 장담할 수 있을까?

여기까지 생각한 그녀는 그만 친의 무릎에 쓰러져 흐느껴울기 시작했다.

사람들은 수전이 이별이 슬퍼서 우는 줄만 알고 웃으면서 그녀를 위로했다. 그러나 그녀는 엎드린 채 시간이 지날수록 더욱더 슬피 울었다. 아무리 달래도 듣지 않자 사람들은 관심을 거두었고 쥬에민은 심지어 핀잔을 주기까지 했다.

"네가 친 언니의 옷을 더럽히고 있잖니?"

그러나 그녀는 여전히 고개를 들지 않았다. 그러자 수잉이 피리를 입에다 대고 '슬픈 가을'의 곡조를 연주하기 시작했다. 피리 소리는 마치 슬픈 지난날을 하소연하기라도 하듯이 수면에서 몸부림치며, 떨어졌다가는 솟아오르고 흩어졌다가는 다시 모이곤 했다.

이때 갑자기 뒤에서 긴 탄식 소리가 들려왔다. 모두가 뒤를 돌아다보니 쥬에신이 양쪽 무릎을 껴안은 채 고개를 들어 멍하니 하늘을 바라보고 있었다. 배는 호심정 바로 앞에서 가만히 떠다녔다. 정자는 마치 무슨 비밀이라도 간직하고 있는 듯 여느 때보다 더욱 우람하고 장엄해 보였다.

"어째서 이제껏 여기밖에 오지 못했을까?" 쥬에후이가 이상스럽다는 듯 중얼거렸다.

대꾸하는 사람은 아무도 없었다. 뒤에 앉아 키를 잡고 있는 쥬에신은 배를 다리 밑으로 저어가려고 방향을 오른쪽으로 돌렸다. 다리가 가까워지고 사람들이 반사적으로 자세를 낮추자 배는 크게 요동을 쳤다. 그들이 허리를 폈을 때 맑은 달빛은 그들의 얼굴을 비춰주었고 다리는 벌써 저만큼 멀어져 있었다.

"어떻게 된 거지?" 수전이 얼굴을 들며 겁에 질린 듯 친에게 묻자 친 대신에 수화가 '후훗' 하고 웃었다.

수면은 더욱 넓어졌다. 한 조각의 파문도 없이 하얗게 빛나는 수면은 달빛을 받아 한층 부드럽고 매끄러워 보였다. 배는 흔들리지 않고 가볍게 물 위를 미끄러져갔으며 바람은 조금도 일지 않았다.

"호수가 마치 비단결 같구나!"

쥬에민이 수면을 바라보며 감탄하듯 중얼거렸다.

"달이 정말 밝군요. 그렇지만 가을이 아니어서 좀 쌀쌀한 것이 유감이에요." 친이 한마디 거들었다.

"사람이란 좀체 쉽사리 만족을 느끼지 못하는 법이야. 이러면 또 저러고 싶고. 저것 봐, 안개가 끼기 시작하네!"

쥬에후이는 이렇게 말하고 밍펑에게 지시를 내렸다.

"밍펑아! 노를 좀더 빨리 저어라. 시간이 많이 늦은 것 같아."

호수는 차츰 구부러지면서 수면도 점점 좁아졌다. 그곳에서는 수목이나 집들이 전혀 보이지 않았다. 양쪽은 모두 인공으로 쌓아올린 산과 바위들이었고 오른쪽 산꼭대기에는 조그마한 정자가 오똑 서서 밑을 내려다보고 있었다. 여기서부터는 유속이 빨라 배도 속도를 내기 시작했다. 쥬에신은 조심스럽게 키를 돌려 커브를 크게 돈 후 곧장 달렸다. 수면은 여전히 비좁았다. 한쪽에는 나지막한 담장이, 다른 한쪽에는 인조 동산이 있었다. 여기서는 하늘이 한층 높아 보였고 달도 작아 보였다. 뽀오얀 물안개가 드리우기 시작하자 모든 것이 그 속에 잠겨버렸다. 그들은 스미는 찬 기운을 이기기 위해 술잔에 남아 있던 나머지 술을 마시기도 하고 몸을 서로 맞대기도 했다. 주변의 바람소리는 마치 딴 세상에서 불어오는 듯 들릴락 말락 했다. 쥬에후이와 밍펑은 있는 힘껏 배를 저었다.

"수전은 공부하기로 결정했다고? 내일이면 선생님이 오신다지?" 친이 수전에게 다정히 물었다.

이 며칠 동안 친의 권고로 인해 수화, 수전 자매는 글공부를 계속할 결심을 하게 되었고 여러 번 조른 끝에 겨우 모친으로부터 허가를 얻어낸 것이다. 이튿날에는 룽龍 선생이 오기로 했고 그들은 쥬에잉네와 함께 공부를 시작할 예정이었다.

"결성이 났어요. 나는 보는 순비를 다 해누었어요." 수전이 시원스레 대답했다.

"일이 이렇게 쉽게 성공할 줄은 몰랐어." 친이 기뻐하면서 말했다.

"그게 무슨 대단한 일이라구." 쥬에후이가 참견했다.

"돈도 한푼 더 드는 게 아닌데. 다른 집 딸들은 다 공부를 하고 있는데 자기네 딸만 글을 배우지 않는다면 자랑거리가 못 되겠지. 작은아버지는 본래 이런 일에 관심도 없고 할아버지는 자기의 체면이 깎이지나 않을까 하는 걱정뿐이니까. 집에서 공부한다는 것쯤은 반대할 리도 없을 거구. 게다가 '성현의 글'을 배우는 것이니까…."

'성현의 글'이라는 말을 하면서 그는 소름이 끼쳤다. 어이없는 웃음이 터져나왔다. 그러나 그의 말은 더이상 설명할 필요조차 없는 사실이었다.

배는 벌써 앞으로 돌려져 있었다. 물 위에는 안개가 자욱이 끼었으나 다리의 측면이 안개 속에서 어렴풋이 드러났다. 다리목에 켜져 있는 전등은 달빛 속에 희미하게 빛났고 안개에 싸여 불그스레했다. 그들은 이미 호수를 한 바퀴 돌아온 것이었다.

배는 안개 속을 천천히 미끄러져가고 있었다. 안개 속에서 달을 보는 것도 별다른 흥취가 있었다. 모두들 말없이 경치를 둘러보는 사이에 배는 벌써 만향루 밑으로 돌아왔다. 쥬에신은 집으로 돌아갈 것인지 더 놀 것인지에 대해서 동생들의 의향을 물었다.

"이제는 시간도 늦었으니 돌아가서 보름떡이나 먹읍시다."

쥬에후이의 대답에 반대하는 사람은 아무도 없었다. 쥬에신은 배를 기슭으로 가져가 버드나무 밑에 대고 한 사람씩 내려놓은 후 본래 매놓았던 나무에 밧줄을 걸었다. 그러고 나서 여러 사람의 뒤를 따라 다리목으로 걸어갔다.

"오늘 저녁처럼 유쾌한 기분으로 놀기는 난생 처음이야." 쥬에민은 그 말을 계속 되뇌었다.

그들 가운데는 그 말에 동감하는 사람도 있었으나 쥬에신은 속으로 은근히 '메이가 있었더라면 얼마나 좋았을까?' 하고 생각했다. 친도 메이가 없는 것이 무척 유감스러웠다.

그들이 화원을 나서자 쥬에잉과 쥬에췬이 헐레벌떡 달려왔다. 쥬에잉은 쥬에신을 보자 몹시 흥분한 목소리로 외쳤다.

"큰형님! 호외를 보셨어요? 전쟁이 일어났대요."

"무슨 호외 말이냐? 어디서 전쟁이 일어났어?"

쥬에신은 무슨 영문인지 알 수 없었다.

"보시면 알 거예요."

쥬에잉이 자랑스럽게 말하면서 구겨쥐었던 종이 한 장을 내밀었다.

그것은 〈국민공보國民公報〉의 '긴급호외'였다.

"독군이 장張 사령관을 토벌하라는 명령을 내렸고 전선에서는 벌써 전투가 시작된 모양이구나."

쥬에신은 잔뜩 긴장된 표정으로 중얼거렸다.

한밤중에 울린 포성

"무슨 뉴스예요?"

우이쥬에가 걱정스러운 표정으로 방 안에 들어서는 남편을 맞으며 물었다.

"정세가 더욱더 험악해지는 것 같소." 쥬에신이 머리를 가로저으며 맥없이 대답했다.

"성省 안에 있는 군대가 또 패전하고 장 사령관이 벌써 북문 밖까지 와 있다는 말이 있소." 그는 창 밑에 있는 등의자에 가서 앉았다.

"시가전이 일어나지는 않겠지요?" 우이쥬에가 겁을 내며 물었다.

"그거야 누가 알겠소. 독군이 자리를 내놓느냐 않느냐에 달렸지!"

쥬에신은 걱정스러운 어조로 대답했다. 그러나 아내를 위로하기 위해서 한마디 더 보태었다.

"그렇지만 평화적으로 해결될지도 모르지." 사실은 그도 이렇다

할 판단이 서지 않았다.

우이쥬에는 아무 말도 하지 않고 묵묵히 안방으로 들어갔다. 그녀는 넋을 잃은 사람처럼 힘없이 침대에 걸터앉아 미소를 지었다. 그러고는 자고 있는 하이천을 바라보다가 능금 같은 두 볼을 손으로 가볍게 어루만져주었다. 그녀에게는 하이천이 여느 때보다 더 소중한 존재로 여겨졌다. 마치 누가 그 어린 것을 빼앗아가기라도 할 듯 그녀는 하이천의 옆을 떠나지 않았다. 우이쥬에는 멍하니 앉아 방문만 물끄러미 바라보았다. 밖에서는 아무 소리도 들리지 않았고 온 저택은 쥐죽은 듯 고요했다. 규칙적으로 똑딱거리는 시계 소리는 마치 그녀의 심장 소리 같았다.

바깥방 쪽으로 무겁고도 다급한 발자국 소리가 났다. 누군가 들어오는 모양이었다. 우이쥬에는 깜짝 놀라 서둘러 바깥방으로 나갔다. 그녀는 쥬에민이 책상 앞에서 쥬에신과 이야기하고 있는 것을 보았다.

"무슨 소문을 들었어요?"

우이쥬에는 문턱에 서서 놀랍고도 걱정스러운 표정으로 쥬에민에게 물었다.

"방금 나갔다가 부상병을 메고 성 내로 들어오는 것을 보았습니다. 계속해서 들어오는데 그 수가 얼마나 되는지 알 수 없을 정도였어요." 쥬에민이 흥분한 어조로 말했다.

"유혈이 낭자한 채 들것에 실려오는 참상은 보기만 해도 끔찍합니다. 팔이 형편없이 된 사람도 있고 다리가 잘린 사람도 있는데, 피가 그냥 흘러내리고 있었어요. 환자들의 신음 소리가 끊이지 않아요. 어떤 사람은 모로 누워서 실려가는데 관자놀이 근처가 한 치쯤 찢어져 피가 그냥 뚝뚝 떨어지고 있었습니다. 백짓장같이 창백한 그 얼굴이란 차마 눈 뜨고 볼 수가 없을 정도예요. 나는 한참 동안 들여다보고 있었지만 정말 무시무시합디다…."

그는 말을 잠깐 끊었다가 다시 이었다.

"그걸로 미루어보아 틀림없이 여기서 그다지 멀지 않은 성 밖에서 지금 전투가 벌어지고 있을 거예요. 이제 한 번만 더 패전한다면 어쩔 수 없이 시가전이 벌어질 것입니다."

"여기는 괜찮을까요?" 우이쥬에가 다급한 어조로 물었다.

"아마 괜찮을 거예요. 그 패잔병들이 지난번처럼 그렇게 사방에다 불을 지르지만 않으면 좋겠는데…."

쥬에민의 대답이었다.

"겨우 2~3년 동안 조용하더니 또 이 난리로군! 언제나 사람을 들볶아대니 정말 이래서야 무슨 재미로 산단 말인가?"

그때까지 말없이 앉아 있던 쥬에신은 갑자기 일어나 그렇게 중얼거리고는 밖으로 나가버렸다. 집 안에는 쥬에민과 우이쥬에만 남아 있었다.

조금 지나자 쥬에후이와 수화가 들어왔다.

"또 좋은 구경거리가 생겼군!"

쥬에후이의 굵직한 목소리가 숨막힐 듯한 침묵을 깨뜨렸다.

"쥬에후이야, 넌 무섭지 않니? 넌 오히려 좋아하는 것 같구나."

쥬에민은 쥬에후이를 흘끔 바라보고 수심에 찬 어조로 말했다.

"무섭긴 뭐가 무서워요? 생활이 너무 단조로워서 차라리 그런 싸움이 지루한 삶에 활기를 가져다주었으면 좋겠어요. 그렇지만 내일 학교는 아마 휴강하겠지…."

쥬에후이는 아무렇지도 않다는 듯이 말했다.

"작은도련님은 정말 대담하군요!" 우이쥬에는 놀라운 표정으로 쥬에후이를 바라보았다.

"이런저런 연극 구경을 자꾸 하게 되면 소심하던 사람도 담이 커지는 법이지요. 그자들은 몇 해 동안이나 싸우고 있지만 나는 여전히 나대로 그냥 있잖아요? 그런데 뭐가 무섭겠어요?"

그러나 쥬에후이의 이러한 말도 다른 사람들의 두려움을 덜어주지는 못했다. 바로 그때 밍펑이 문을 열고 들어와서 저녁을 드시라고 했다.

"나는 먹고 싶지 않아." 우이쥬에가 힘없이 말했다.

"나도 안 먹을래." 수화도 똑같은 대답이었다.

"여자들이란 할 수 없어. 어쩌면 심장이 그렇게도 작담. 무슨 안 좋은 소식 좀 들었다고 밥이 안 넘어간다니."

쥬에후이는 비웃듯이 말을 던지고는 제일 먼저 밖으로 나갔다.

저녁을 먹은 후 쥬에신, 쥬에민, 쥬에후이는 계모의 방에 가서 한담을 나누다가 형편을 알아보기 위해 함께 거리로 나가기로 했다. 그러나 어두컴컴한 대문에는 빗장이 단단히 걸려 있었다. 문지기 영감이 시내의 교통이 이미 차단되었다고 알려주었다.

세 사람은 도로 들어가며 양쪽 군대의 우열에 대해서 주거니 받거니 했다.

"오늘 저녁에는 총 소리를 듣게 될 각오를 하고 있어야 한다."

그들이 중문에 들어섰을 때 커딩이 말했다. 그는 염려스운지 또 한마디를 덧붙였다.

"오늘 저녁엔 잠결에도 조심해서 서로 돌봐야 한다."

이날 밤 저택 안은 평소보다 조용했다. 모두들 겁이 나서 말도 크게 하지 않았고 발 소리마저 죽였다. 어디서 바스락거리는 소리만 들려도 모두들 가슴이 두근거렸다. 주방은 일찌감치 불을 꺼버렸고 밤참을 먹으려는 사람도 없었다. 여자들은 소중한 물건들을 꽁꽁 싸서 땅굴 속에 감추거나 자기 몸에 간직했다. 어느 방에서나 할 것 없이 부부가 아들 딸들을 앞에 놓고 서로 마주보며 피곤한 눈과 공포에 싸인 심정으로 길고 어두운 밤을 지새웠다.

커밍은 긴장한 표정으로 방마다 돌아다니며 항상 마음을 놓지 말 것과 만일의 경우에 대비하여 옷을 벗지 말고 잠을 자라는 할아버지의 말을 전달했다.

그러자 마치 온 세상이 뒤집힐 큰 재난이 일어날 듯, 사람들의 공포가 깊어졌다. 쥬에후이의 심정도 좀 달라졌다. '도망? 어디로 도망을 친단 말인가?' 그는 이 사태가 절대로 재미있어 할 일이 아니라는 것을 새삼스럽게 느꼈다.

이때 그의 눈앞에 무시무시한 정경이 불현듯 떠올랐다. 3년 전 어느날, 포탄 한 개가 거리로 날아와 돌바닥에 부딪히더니 그 파편이 옆에 서 있던 하인의 몸을 뚫고 들어갔다. 하인은 날카롭게 비명을 지르면서 그 자리에 쓰러졌다. 그는 한 번 버둥거리더니 그만 죽고 말았다. 그 자리에는 피가 흥건히 고여 있었다. 이것은 그가 이미 오래 전 목도한 일이지만 지금까지도 그 정경이 머리에 또렷이 남아 있는 것이다. 그 자신이 살아 있는 사람인 것처럼 그의 눈앞에 있던 사람도 역시 피와 살이 있는 사람이었다. 그 비참한 정경과 몸서리쳐지는 종말을 생각하자 불쾌한 기분에 사로잡혔고 심지어는 공포심까지 들었다.

눈부신 전등 빛이 그의 눈을 아프게 찔렀다.

"빌어먹을 놈의 전등." 그는 이렇게 중얼거리며 전등이 얼른 꺼져 자신이 어둠 속에 파묻히기를 바랐다.

10시 경에 갑자기 날카로운 소리가 밤하늘을 한참 동안 뒤흔들었다.

"시작된 모양이구나."

책상에 엎드려 있던 쥬에민은 창백해진 얼굴을 들며 총기 없는 눈으로 멍하니 쥬에후이를 바라보았다.

총 소리가 다시 서너 번 연거푸 울렸다.

"꼴을 보아하니 정세가 그리 심각하지는 않은 것 같군! 성을 지키는 병사들이 위협하느라 쏘는 총 소리겠지."

쥬에후이는 억지로 차분한 목소리로 말했다. 그러나 그의 말이 채 끝나기도 전에 또 한동안 총 소리가 연거푸 울렸다. 그 소리가 멎자마자 이번에는 마치 콩 볶는 소리처럼 요란한 총성이 들렸다. 이따금 총알이 지붕을 스쳐 지나가며 '핑, 핑' 하는 소리와 함께 여기저기서 기왓장이 깨지고 떨어지는 소리가 났다. 옆방에서는 하이천의 울음 소리가 터지고 밖에서는 사람을 부르는 처참한 소리가 들렸다.

"이제 끝장났군! 끝장났어!"

옆방에서 우이쥬에의 탄식 소리가 들렸다. 하이천의 울음 소리가 그치자 윗방에서 할아버지의 기침 소리가 들렸다.

'꽝!' 괴상한 천둥 소리가 공기를 진동시켰다. 이어서 하늘에서 무수한 쇳조각이 쏟아지는 듯 '좌르륵, 좌르륵' 하는 소리와 함께 집이 흔들렸다.

"유탄, 유탄포를 쏘고 있어요."

옆방에서 우이쥬에가 가늘게 떨리는 목소리로 말했다.

'꽝! 따다탕, 따다탕'

대포 소리가 세 번 연거푸 울렸다. 마지막 것은 저택 뒤에서 담장이 무너지는 듯 요란한 소리를 냈다. 그로 인해 집이 한참 동안이나 흔들렸다.

"끝장났군! 저놈들이 저렇게 대포 사격을 하고 있으니 틀림없이 죽었어. 무엇이 포탄에 맞았는지 가보고 와야겠다. 둘째 숙부네가 잘못 되지나 않았는지."

옆방에서 쥬에신이 발을 구르며 말했다.

"나가지 마세요. 바깥은 더 위험해요. 나가지 마세요." 우이쥬에가 울상을 지으며 말렸다.

쥬에신이 긴 한숨을 내뱉으며 말했다.

"우리 셋이 이렇게 한데 있다가는 포탄 한 개만 날아오면 모두 다 끝장 아니오?"

"포탄에는 눈이 없잖아요. 나가도 죽고 나가지 않아도 죽을 바에야 세 식구가 함께 죽는 편이 차라리 낫지요." 우이쥬에가 흐느꼈다. 하이천이 우는가 싶더니 대포 소리가 다시 울렸다.

"이래가지고 사람이 어떻게 살지? 죽을 바에야 차라리 통쾌하게 죽었으면."

쥬에신의 목소리였다. 그 소리는 비참과 절망과 공포의 부르짖음이었다. 옆방에 있는 쥬에후이는 이런 말들을 더이상 듣고 있을 수 없어서 두 손으로 귀를 틀어막았다.

사람들의 나약한 마음을 더욱 죄려는 듯 예리하고도 처참한 울부짖음이 주위의 공기를 진동시키더니 돌연 전등이 꺼져버렸다. 온 집안이 암흑 세계로 돌변했다.

"불을 켜라!" 사방에서 고함 소리가 거의 동시에 울려퍼졌고 방마다 소동이 벌어졌다.

쥬에민 형제는 입을 꼭 다문 채 불을 켤 생각도 하지 않았다. 쥬에후이는 침대 위로 엎어져 있었고 쥬에민은 책상 옆에 앉아 꼼짝도 하지 않았다.

대포 소리는 잠시 동안 멎었으나 총 소리는 여전히 콩 볶듯 했다. 갑자기 멀리서 아우성과 함께 돌격하는 병사들의 함성 소리가 뒤범벅이 되어 들려왔다. 환호인지 놀라서 부르짖는 소리인지 비명 소리인지 똑똑히 분간할 수는 없었으나 그 소리는 무시무시한 장면을 연상시켰다. 돌격 소리와 함께 시퍼런 창검들이 어찌할 바를 몰라 허둥거리는 병사의 몸을 뚫고 들어갔다. 창검을 빼내면 피가 솟구쳤다. 살아 있던 많은 사람들이 쓰러져 순식간에 머리가 깨지고 다리 없는 시체로 변했다. 나머지 사람들은 미치광이처럼 아우성을 쳤다. 피에 굶주린 맹수가 희생물을 찾기 위해 사방을 휘젓고 다니는 듯한 소리였다.

이 저택에는 암흑과 공포와 기대가 있을 뿐이었다. 그러나 성 밖과 저 밭고랑, 그리고 산비탈에서는 많은 사람들이 공연한 전투 속에서 발악하며 죽어가고 있었다. 이러한 생각들에 사로잡힌 쥬에민 형제는 아무리 애를 써도 뒤숭숭한 마음을 진정시킬 수가 없었다. 어둠 속에서도 그들은 조금도 진정하지 못했으며 눈앞에는 여전히 붉고 흰 환영이 어지럽게 떠오를 뿐이었다.

"정말 무서운 세상이다."

쥬에신은 옆방에서 긴 한숨을 내쉬며 괴로운 어조로 중얼거렸다.

"어떻게 해야 되나요? 우리도 무슨 방법을 찾아야지요!" 절망에 가까운 우이쥬에의 슬픈 목소리였다.

"여보, 가서 좀 자다가 오구려! 몹시 피곤해 보이는데." 쥬에신이 아내를 위로했다.

"어떻게 눈을 붙일 수가 있겠어요. 포탄이 언제 날아와 떨어질지 모르는 판에!" 우이쥬에가 흐느끼며 대답했다.

"여보, 공연히 그렇게 속을 태우지 말아요. 죽는다 해도 할 수 없지. 모든 것이 다 각자 타고난 운명이니 억지로라도 눈을 좀 붙이는 게 나을 성싶소."

쥬에신은 억지로라도 차분하게 말하려고 애쓰면서 아내를 위로했다.

이때 옆방에서는 쥬에민이 성냥을 그어 등잔에다 불을 켰다. 희미한 등잔불은 맥없이 흔들리며 겨우 방 한쪽 구석을 밝힐 뿐이었다. 쥬에민은 멍한 눈으로 쥬에후이의 창백한 얼굴을 바라보고 놀라서 물었다.

"얘! 왜 그렇게 됐니? 네 얼굴빛이 말이 아니로구나." 쥬에후이는 침대에 누운 채 꼼짝도 않고 조용히 대답했다.

"형도 그렇게 보이는데…."

두 형제는 서로 물끄러미 바라보기만 할 뿐 적당한 말을 찾지 못했다. 총탄은 연달아 지붕에 날아와 떨어지고 대포 소리는 공중에서 포효하며 저택을 뒤흔들고 있었다. 하이천이 또 울기 시작했다.

"이렇게 기다리고 있어봤자 아무 소용없으니 잠이나 자야겠군."

쥬에후이는 벌떡 일어나 옷 단추를 풀기 시작했다.

"자고 싶으면 자도 되지만 옷은 벗지 않는 게 낫겠다."

쥬에민이 이렇게 말렸으나 그는 벌써 옷을 벗고 이불 속으로 기어들어가버렸다. 이불을 머리까지 푹 덮어쓰자 과연 총포 소리가 차차 어렴풋해졌다.

이튿날은 맑게 갠 날씨였다. 태양은 새로운 광명을 안고 동쪽 하늘로부터 솟아올라 아직 무사한 이 저택을 비춰주었다. 여기저기 가는 곳마다 깨진 기왓장들이 어지럽게 널려 있고 포탄 파편과 탄환

몇 개가 보였다. 지붕은 기왓장이 떨어져나간 곳이 여러 군데이고 왼쪽 옆채의 지붕 한쪽이 무너져 있었다. 그러나 총소리는 더이상 들리지 않았다.

이른 아침 쥬에민 형제는 계모의 방으로 갔다. 둘째 숙모와 수잉이 머리를 산발한 채 피로한 표정을 짓고 있었다. 마룻바닥에는 두꺼운 보료가 깔려 있고 한복판에 네모난 책상 네 개가 놓여 있었다. 또 책상 주위를 솜이불로 둘러막아 바람이 통하지 못하게 해놓았다. 지난 밤을 그 책상 밑에서 보냈던 것이다. 이렇게 하면 총탄을 피할 수 있으리라 여겼기 때문이다. 둘째 숙모와 수잉도 그들의 방 뒷마당에 포탄이 떨어져 벽이 무너졌기 때문에 여기서 함께 잤다고 계모가 말했다. 하이천도 그곳에서 잤으나 지금은 유모가 안고 바깥에 바람을 쐬러 나가고 없었다.

"아마 새벽 3시쯤 되었을 거야. 포탄 한 개가 너희들이 자는 방 꼭대기를 뚫고 지나가는 것 같더구나. 이어서 기왓장들이 깨져 떨어지는 소리가 났지. 너희 형수가 하이천을 안고 윗채로 달려오기에 나는 너희들의 방에 포탄이 떨어진 줄 알고 다급히 불렀지만 너희는 대답이 없더구나. 밖에서는 총알이 빗발치는데 아무도 너희들한테 가보려는 사람이 없었단다. 후에 밍펑을 불러서 가보라고 했더니 너희들의 방문이 꼭 닫혀 있고 집 안팎이 아무렇지도 않다고 하더구나. 그래서 나도 그제야 무사한 줄 알고 겨우 마음을 놓았다. 오늘 저녁에는 그렇게 깊은 잠이 들지 않도록 해야 한다. 언제나 만반의 준비를 하고 있어야지." 본래 말을 잘하는 편인 저우씨가 거침없이 말했다. 그녀의 입에서 나오는 말은 마치 매끄러운 돌 위로 굴러가는 구슬처럼 조금도 막힘이 없었다.

"저는 본래 꿈을 꾸다가도 깨기를 잘 하는데 지난밤에는 어쩐 일인지 밖에서 그런 난리가 나는데도 전혀 모르고 아주 맛있게 잘 잤어요."

쥬에민이 웃으며 변명하듯 말했다.

이때 쥬에신과 커밍이 함께 들어왔다.

"이제는 좀 괜찮아졌는가?" 아무렇지 않은 그들의 표정을 보고 저우씨가 다소 안심하는 기색으로 물었다.

"아마 무사하겠지요."

커밍은 웃으면서 이렇게 한마디 하고는 무거운 어조로 말을 이었다.

"오늘은 밖에 나다녀도 말리는 사람이 없고 군대라곤 얼씬거리지 않습니다. 거리는 매우 조용하고, 들뜬 분위기도 없습니다. 소문에 의하면 적군이 어젯밤에 병기공장을 점령해버렸기 때문에 성省 당국에서는 영국 영사를 조정자로 내세웠고 독군은 하야할 것을 승낙한 모양입니다. 아마 이제는 전쟁도 없을 거예요. 그리고 보니 어젯밤에는 모두 공연히 놀란 셈이군요."

이어서 그는 아내 장씨를 돌아보며 말했다.

"당신도 지난밤 내내 마음을 졸여서 몹시 피곤해 보이는데 이제는 돌아가서 좀 쉬구려."

그리고 나서 공손한 어조로 저우씨에게 인사의 말을 했다.

"아주머님도 이제는 좀 쉬십시오. 지난밤에는 아주머님께 폐를 많이 끼쳤습니다."

그들은 서로 몇 마디 더 주고받다가 커밍은 아내와 딸을 데리고 자기들의 방으로 돌아갔다. 쥬에신 형제는 그냥 그 방에서 저우씨와 이런저런 이야기를 나눴다.

그날 하루는 무사히 지나갔다. '이제는 아마 전쟁이 없겠지.'라고 모두들 생각했다. 그러나 해가 지자 정세는 급변했다.

저녁 무렵에 할아버지를 제외한 온 식구가 마당에 모여 앉아 지난밤에 겪은 일들을 이야기하고 있었다. 이때 별안간 위안성이 숨을 헐떡거리며 달려와 "고모 마님이 오셨습니다." 하고 전했다. 이어서 옆문으로 장씨 부인이 들어오고 그 뒤에는 친과 젊은 여자 한 사람이 따라 들어왔다. 그들은 평상시 차림 그대로였고 겉옷은 입지도 않은 상태였다. 세 여자의 표정은 각각 달랐으나 무슨 변고를 당한 사람들처럼 겁먹은 기색은 하나같았다.

온 식구가 모두 일어나 그들을 맞으며 각자에게 일일이 인사를 했다. 그들이 막 이야기를 시작하려고 할 때 갑자기 맑은 하늘에서 벼락이 치듯 무서운 소리가 났다. 불덩어리 같은 것이 공중을 스쳐 지나가는 것이 보이더니 곧이어 무엇이 작렬하는 듯 '따다당, 따다당' 하는 소리가 연거푸 들렸다. 사람들은 당황하여 윗채로 뛰어 들어갔다.

이어서 대포 소리가 너댓 번 울리고 잠시 조용해지더니 이내 총소리가 나기 시작했다. 그것은 성 밖 동북쪽에서 들려왔으며 콩을 볶듯이 요란했다. 이어서 또 기관총 소리가 울렸다. 총 소리는 수만 마리 말들이 달리는 듯 더욱 격렬해졌다. 그러자 성 꼭대기에 자리 잡고 있던 대포가 발사되기 시작했다. 이번에는 어젯밤과 달리 소리가 아주 가까웠다. 또 10여 문의 대포가 동시에 발사되어 창문과 벽이 울리며 땅이 들먹거리는 것이 꼭 지진이 일어난 것 같았다.

모두들 대청 안에 숨어들어 감히 말 한 마디 하지 못했다. 그들은 얼굴빛이 새파랗게 질려 시모를 멍하니 바라보기만 했다.

누구나 다 불가항력적인 공포에 압도되어 자기의 목숨이 종국에 다가가고 있다고 느꼈다. 그들은 신음 소리도 비명 소리도 내지 않고 몸부림치지도 않은 채 조용히 기다리고 있을 따름이었다. 그래서 수년 간의 풍파를 겪고 오랜만에 이 저택에 찾아온 메이의 존재도 새로운 감회를 주지 못했다. 끊임없이 공중으로부터 날아오는 죽음의 공포가 다른 모든 감각을 쫓아버리고 말았던 것이다.

날이 차차 저물어가자 대포 소리도 잠시 멎었다. 그러나 총 소리는 여전히 격렬했다. '오늘 밤을 또 어떻게 지내지?' 이런 생각이 사람들을 괴롭히기 시작했다. 바로 이때 아주 가까운 곳에서 큰 소리가 울리며 벽이 몹시 흔들렸다. 그 소리가 흩어지자 마치 폭죽 소리와 같은 여음이 울렸다. 거기에 돌멩이 깨지는 소리와 기왓장 떨어지는 소리가 함께 울려퍼졌다.

"이제는 죽었군! 죽었어!"

저우씨가 창백한 낯으로 일어서며 떨리는 목소리로 중얼거렸다. 그녀는 자기 방으로 돌아갈 생각이었다.

막 문발을 쳐들던 그녀는 안에서 달려나오는 밍펑과 마주쳐 하마터면 넘어질 뻔했다.

"어떻게 된 일이냐? 어떻게 된 일이야?"

여러 사람들이 일제히 물었다.

밍펑은 사색이 되어 숨을 할딱거리며 한참 동안 말을 하지 못했다.

할아버지가 방에서 나오자 천씨도 따라 나왔다. 사람들은 모두 일어섰다.

"어째 그러냐?"

"제가 셋째 아가씨 방에 있는데… 천장에 포탄이 떨어져서… 천장에는 큰 구멍이 뚫리고… 유리창도 깨졌어요. 창 밖이 연기로 자욱해서… 저는 겨우 뛰어나왔어요."

밍펑은 너무 놀란 나머지 더듬거리며 겨우 말했다.

"이러고 있다가는 안 되겠다. 이렇게 함께 모여 있다가 포탄 두어 개만 떨어지면 온 식구가 전멸되겠다. 무슨 방도를 찾아내야지."

할아버지가 떨리는 목소리로 말하면서 기침을 하기 시작했다.

"제 생각엔 식구들을 분산시키는 수밖에 없을 것 같습니다. 각자 자기 식구들을 데리고 친척들을 찾아가서 어디 안전한 장소에 대피하는 것이 상책일 것 같습니다. 그리고 아버님은 탕씨 댁으로 가시는 게 어떻겠습니까? 거기는 안전하니까요." 커밍이 제의했다.

"동문 일대는 갈 수가 없습니다. 남문과 서문은 좀 안전할는지 모르지만…." 장씨 부인의 말이었다.

장씨 부인은 동문에서 피난온 것이었다. 그녀의 집은 군대에게 점령당하고 말았다. 그때 마침 그 집에 가서 묵고 있던 메이는 원래 집으로 돌아갈 예정이었지만 일대의 교통이 벌써 차단되었기 때문에 하는 수 없이 가오씨네 집으로 피난왔던 것이다.

장씨 부인의 말이 채 끝나기도 전에 지붕 위로 괴상한 소리를 내며 포탄 한 개가 또 날아가더니 작렬하는 소리가 들렸다. 이번에는 좀 멀리 가서 부근 어느 저택의 담 안에 떨어진 모양이었다.

모두들 허겁지겁 밖으로 달려나가려 했으나 막 내청 앞까지 갔을 때 하인들이 달려와 앞을 막아섰다. 대문에 자물쇠를 채웠으며 거리엔 온통 보초병들이 늘어섰고 교통이 이미 차단되었다고 그들은 전했다.

모두들 돌아서는 수밖에 없었다. 달리 포탄을 피할 방법이 없었기 때문에 그들은 쥬에신의 제의에 따라 화원으로 피하기로 했다.

화원에 들어선 그들은 마치 딴 세상에 들어간 듯한 느낌이었다. 총 소리와 포 소리는 여전히 사람들의 귀청을 울렸지만 주위의 모든 것이 현재 자신들이 무서운 상황에 처해 있다는 사실을 잊어버리게 했다. 그곳은 싱싱한 푸른 풀과 울긋불긋한 꽃들로 생기가 가득했으며 온 화원이 황혼의 면사포에 싸여 한층 신비스러운 색채를 띠었다. 그들은 긴장된 나머지 경치에 주의를 돌릴 여유가 없었지만 꽃 한 그루, 풀 한 포기, 나무 한 그루, 돌멩이 하나까지 모두 거기에 자연스레 자리하고 있었기 때문에 눈에 들어오지 않을 수 없었다.

그들은 소나무숲을 지나 호숫가에 이르렀다. 호수의 푸른 물은 붉은 저녁노을을 받아 장밋빛으로 물들었다. 그러나 물 위에는 벌써 어슴푸레한 어둠이 깃들고 있었다. 그들은 풍경에 눈을 돌릴 겨를도 없이 호반을 따라 소나무숲을 지나 수각水閣 쪽으로 걸어갔다.

　소나무숲이 끝나는 곳에 수각이 있었다. 그들은 모퉁이를 돌아 수각 정문으로 향했다. 쭉쭉 뻗은 대나무 가지와 잎들이 짙은 잿빛 기와를 덮고 있었고 문앞에 서 있는 몇 그루의 목련에는 흰 꽃이 만발하여 그윽한 향기가 코를 찔렀다.

　커밍이 문을 열어 부친을 먼저 들어가게 한 뒤 나머지 사람들도 차례대로 들어갔다. 쑨푸가 들어와서 남포등에다 불을 켰다. 할아버지는 피로해서 마루방에 드러눕고 다른 사람들은 각각 의자와 걸상에 자리를 잡고 앉았다. 이 수각은 도합 세 칸의 큰 방으로 이루어져 있는데 지금 사람들이 든 방은 가운데 칸이었다. 하인과 어멈들이 달려와 임시주택이 될 양쪽 방을 정리하기 시작했다. 한쪽에는 남자들이 들고 다른 한쪽에는 여자들이 들 예정이었다. 일손이 많았기 때문에 방은 재빨리 정돈이 되었다.

　포 소리는 이미 멎었고 총 소리도 차차 뜸해져 한참 동안 조용했다. 이제까지의 모든 것이 한 차례의 악몽인 것처럼 주위는 평화롭고 고요했다. 호수 쪽으로 난 창문을 열면 출렁거리는 맑은 물이 내려다보였고 신선한 바람이 불어와 온갖 번뇌를 깨끗이 쓸어가는 듯했다. 하늘 높이 걸려 있는 초승달은 물 위에 담담히 은빛을 던져 서늘한 기운을 한층 더해주었다. 맞은편에는 만향루가 달빛 아래 외로이 우뚝 서 있고 그 앞에는 흰꽃들이 만발해 있었다. 이밖에도 산, 석벽, 복숭아나무, 버드나무들은 제각기 사람들에게 말 못할 비밀이라도 간직한 듯이 서로 다른 모습으로 달빛 속에 잠겨 있었다.

"여기는 5년 전에 내가 왔던 곳이구나." 오랫동안 집에 쓸쓸히 남아 있을 어머니와 동생이 염려되어 속을 태우던 메이는 눈앞의 아름다운 정경으로 인해 기분이 좀 풀렸다. 그녀는 창턱에 기대어서서 마치 거기서 무엇을 찾아내기나 하려는 듯 맞은편의 만향루를 넋 놓고 바라보았다. 한참 후 그녀는 시선을 호반에 서 있는 버드나무로 옮기면서 탄식하듯 진에게 말했다. 친은 그녀 곁에 서서 말없이 하늘을 바라보고 있었다. 하늘에는 흰 물결과 같은 구름 조각이 겹겹으로 쌓여 있었고 달은 천천히 구름 사이를 빠져나갔다. 친이 메이를 향해 돌아서자 메이는 호반에 서 있는 버드나무를 가리키며 말했다.

"한때는 저기 늘어져 있는 능수버들 가지에도 내 마음을 빼앗긴 적이 있었지! 드디어 봄이 왔구나!"

"언니, 내 말 좀 들어봐요." 친은 그녀의 말에 대답도 하지 않고 다른 일을 생각해냈다. 그녀는 몹시 즐거운 표정으로 메이의 소매를 잡아당기면서 말했다.

"올해 정월 보름날 저녁에 여기서 뱃놀이를 했는데 그때 우리는 언니가 함께 와서 모두들 같이 놀 수 있게 되었으면 좋겠다고 생각했어요. 그런데 뜻밖에도 지금 언니가 여기에 오셨단 말이에요."

친을 바라보는 메이의 얼굴에는 즐거운 기색은 보이지 않고 눈에 눈물만 가득 고여 있었다. 그녀는 친의 손을 잡으며 말했다.

"말만 들어도 고맙다. 그렇지만 내가 여기 온들 좋을 게 뭐 있겠니? 너도 내 마음을 모르는 건 아니겠지? 눈앞에 보이는 풍경은 예나 지금이나 다름없건만 저 풀, 나무, 산, 호수 할 것 없이 어느 한 가진들 과거를 회상시키지 않는 것이 없구나. 탈 대로 타버린 속은 잿더미가 되었지만 옛일은 아무리 해도 잊을 수가 없구나!"

친은 놀란 눈초리로 메이를 바라보다 말고는 가만히 뒤를 돌아다 보았다. 아무도 메이의 말에 귀를 기울이는 사람이 없는 것을 알자 그녀는 메이의 귀에 가만히 속삭였다.

"언니! 어째 여기서 그런 말을 하고 있어요? 다른 사람이 들으면 어쩌려고? 지난날을 잊을 수야 없겠지만 그런 고민거리를 일부러 들춰낼 필요는 없잖아요."

친이 여기까지 말했을 때 뒤에서 발자국 소리가 들렸다. 돌아다보니 우이쥬에가 하이천의 손을 잡고 걸어오고 있었다.

"두 분이 여기서 무슨 비밀 얘길 하고 있어요?" 우이쥬에가 웃으면서 말했다.

메이는 얼굴을 붉히며 얼른 대답을 하지 못했다. 친이 웃으면서 말했다.

"형님, 마침 잘 오셨어요. 우리는 지금 형님 흉을 보는 중이었어요."

"형님! 친의 말을 곧이듣지 마세요." 메이가 얼른 웃으며 변명했다.

"아가씨도 원, 나 같은 게 어떻게 친 아가씨와 비하겠어요? 친 아가씨는 공부도 많이 했고 신식 학교에도 다니고, 곱게 생겼고, 대담하기도 하고…."

"그리고 또 뭐예요?" 친이 일부러 정색을 하고 물었다.

"또 있지요… 얼마든지!" 우이쥬에도 나오는 웃음을 참지 못했다. 그들의 앞으로 걸어온 우이쥬에는 화제를 돌려 메이에게 말했다.

"메이 아가씨! 나는 오래 전부터 아가씨를 한 번 만나봤으면 했어요. 나는 아가씨 얘기를 많이 들었어요. 다른 지방으로 가셨다는 말도 들었고 다시 이곳으로 돌아왔다는 말도 들었지요. 그런데 한 번도 만나볼 기회가 없어서 인연이 없는 모양이라고 생각하고 있었는데 오늘은 드디어 아가씨를 만나니 여간 반갑지 않네요. 우리 어디서 만난 적이 있는 것 같은데…."

"그럴 리 없어요. 나는 아직 그런 복이 없었어요." 메이가 입을 가리며 웃었다. 그러나 그녀는 즉시 웃음을 거두고 부드러운 말씨로 한마디 덧붙였다.

"그런데 형님은 사진에서 본 것보다 좀 실해진 것 같아요." 그녀는 우이쥬에의 대답을 기다리지도 않은 채 하이천의 조그마한 손을 잡고 물었다.

"얘가 하이천이에요?"

"그래요." 우이쥬에는 웃으면서 하이천을 내려다보았다.

"하이천! 아주머니께 인사해야지!"

하이천은 그 귀여운 눈으로 메이를 바라보며 조금도 주저하지 않고 인사를 했다.

메이는 하이천을 들여다보며 다정하게 웃었다. 그녀는 하이천을 안고 머리를 어루만져주며 말했다.

"정말 큰오빠를 꼭 닮았어요. 더구나 이 두 눈은! 지금 몇 살이지?"

"아직 네 돌이 못 됐어요. 나이로는 다섯 살이지만!" 우이쥬에가 대신해서 대답했다.

메이는 하이천의 얼굴을 자기 볼에다 대고 입을 몇 번 맞추어주며 "정말 기특하기도 하지." 하고 귀여워했다.

그녀는 하이천을 우이쥬에에게 돌려주며 말했다.

"올케는 정말 행복하시겠어요. 이렇게 귀여운 아드님을 두셨으니!" 그녀의 목소리가 약간 떨렸다.

친은 얼른 화제를 다른 데로 돌렸다. 그들은 유쾌하게 담소를 나누었다. 우이쥬에는 메이를 처음 만났으나 어쩐지 그녀가 마음에 들었다.

이날 밤 사람들은 모두 일찍 잠자리에 들었다. 커밍과 쥬에신은 여러 가지 일을 돌보아야 했기 때문에 적당한 곳에 나가서 잤다. 쥬에민 형제도 할아버지와 한방에서 자기가 거북하고 제 방에서 자는 것이 편했기 때문에 역시 거기서 나와버렸다. 여러 차례 이런 일을 겪고 나서 그들은 대담해져 있었다.

다시 만난 두 사람

　모두 밤새도록 깊은 잠을 이루지 못했다. 먼동이 트면서부터 시작된 할아버지의 기침 소리는 좀처럼 멎지 않았다. 그래서 사람들은 일찌감치 잠에서 깨어났다.
　친과 수잉네 자매는 세수를 하고 나서 메이와 함께 화원을 산책했다. 거닐면서 수잉네 자매는 메이와 서로 헤어진 후의 이야기들을 주고받았다. 화원은 별 피해가 없었고 소나무숲에 포탄 한 방이 날아와 나무 두 그루가 상했을 뿐이었다.
　거리의 교통은 아직 회복되지 않았다. 네거리는 여전히 병사들이 지키고 있었고 거리 곳곳에는 보초병이 서 있었다. 그러나 혼자서라면 보초병의 허가를 받아 몇 블록은 지나다닐 수 있었다. 가오씨 댁 요리사가 채소를 사러 시장에 나갔지만 성문을 닫아건 지 이틀이나 되어 농촌 사람들이 채소를 지고 들어오지 못했기 때문에 시장에는 아무런 채소도 없었다. 요리사는 있는 재간을 다 내보았지만 식탁에 둘러앉은 사람들에게는 입에 맞는 반찬이 없었다.

이날 점심은 수각에서 먹었다. 가운데에다 식탁 두 개를 차려놓고 어른들과 젊은이들이 각각 두 패로 갈라져 앉았다. 2~3일째 음식을 배부르게 먹은 적이 한 번도 없었지만 식탁에 쓸쓸히 놓여 있는 얼마 안 되는 반찬들을 보면 그만 식욕이 다 사라져 모두들 밥술을 뜨는 둥 마는 둥 했다. 그러나 쥬에민, 쥬에후이 형제만은 밥술을 놓지 않고 두 그릇씩 먹어댔다. 쥬에신은 메이의 맞은편에 앉아 있었다. 그는 이따금 메이를 슬며시 바라보곤 했으며 때로는 이쪽을 바라보는 메이의 시선과 마주치기도 했다. 그럴 때마다 메이는 고개를 숙이거나 시선을 다른 데로 돌렸다. 그녀의 마음은 몹시 설레었지만 그것이 기쁜 건지 슬픈 건지 자기로서도 분간할 수 없었다. 다행히 사람들의 시선은 밥을 먹는 쥬에민 형제에게로 쏠려 있어 그녀를 유심히 바라보는 사람은 없었다.

"오빠들은 참 양도 크네요. 반찬도 없는데 그만 수저를 놓지 않으시구."

수화는 할아버지가 밖으로 나간 걸 보자 웃으면서 쥬에민에게 말했다.

"너희들은 아씨님들이니까 우리와는 다르지."

입에 잔뜩 퍼넣은 밥을 삼키고는 밥그릇을 놓으면서 쥬에후이가 먼저 대답했다.

"너희들은 끼니마다 닭고기, 오리고기, 물고기가 없으면 밥이 넘어가지 않을 거다. 우리가 학교에 다니면서 점심때마다 식당에 가서 먹는 게 뭔줄 아니? 나물, 배추, 두부, 볶은 콩 따위란 말이다…. 그렇지만 이제 너희들도 고생 좀 해봐라. 그놈의 교통이 며칠 동안 더 두절됐으면 좋겠다. 어떻게 되는지 구경이나 좀 하게!"

그는 말을 그냥 계속할 참이었으나 쥬에민이 그만두라고 옆구리를 찔렀다. 그도 몇몇 어른들의 눈치가 심상치 않은 것 같아 그만 입을 다물고 자리에서 일어섰다.

"둘째 오빠에게 말한 건데 누가 오빠더러 나서라고 했수?"

수화는 입을 내밀며 쥬에후이를 한 번 흘겨보고는 시선을 다른 데로 돌렸다.

점심을 먹은 후 쥬에신네 3형제는 소식을 들을 겸 고모네 집에도 가볼 겸 해서 거리로 나섰다. 거리에는 행인이 그다지 많지 않았다. 사람들은 저택 문앞마다 너댓 명씩 모여서 고개를 내밀고 동정을 살피며 이번 사건에 대한 이야기를 하고 있었다. 10여 보쯤 간격을 두고 완전무장을 한 병사들이 길가에 늘어서 있는 한편 총을 메고 담을 따라 천천히 걷는 병사도 보였다. 쥬에신네 3형제가 옆을 지나가도 말리는 기색이 없어 그들은 그냥 앞으로 걸어갔다.

세 갈래로 갈라진 길 어귀의 목책 근처에 행인 대여섯 명이 서서 벽에 붙은 고시告示를 읽고 있었다. 쥬에신 형제도 그 고시를 읽었다. 그것은 독군이 하야를 선언하는 포고문이었다. 독군은 아주 겸손하게도 '자신은 사람들을 감복시킬 만한 덕망이 없고 사변을 수습할 만한 수완이 없다' 하고, 때문에 '이번 전쟁을 빚어내어 병사들을 희생시켰고 국민들을 도탄에 빠뜨렸다'고 했다. 그래서 이제 정권을 내놓고 하야하기로 결심한 바이며 '전쟁의 연장과 국토의 피폐'를 피하고자 한다는 것이었다.

"적병이 성 밑까지 쳐들어온 지금에 와서야 겨우 이런 소리를 한단 말이야. 왜 좀더 일찍 하야하지 않고."

고시를 읽고 난 쥬에후이가 비웃었다.

옆에 있던 쥬에신은 이 말을 듣고 깜짝 놀라며 사방을 휘둘러보았다. 부근에 사람이 없다는 걸 확인하고 마음을 놓은 쥬에민이 얼른 쥬에후이의 소매를 잡아당기며 나직이 꾸짖었다.

"말 조심해! 죽고 싶어서 그래?"

쥬에후이는 아무 말 없이 두 형을 따라 골목길을 나왔다. 오래된 절간 문앞에 이르자 10여 명의 병사가 10여 정의 소총을 두 군데다 모아놓고 서 있었다. 그들은 무표정한 얼굴이었다. 절간 옆 잡화점은 문을 절반쯤 열어놓았는데 그날치 신문이 있었다. 쥬에후이 형제는 그 신문을 빌려 대충 훑어보았다. 신문의 논조도 달라져 있었다. 마땅히 해야 할 것을 뒤늦게 선언한 것임에도 불구하고 독군에 대해서는 여전히 좋은 말을 하고 있었고, 동시에 적군에 대해서도 반역군 또는 역적 아무개라는 칭호가 없어지고 X사령관, X사단장이라는 칭호로 고쳐져 있었다. 뿐만 아니라 얼마 전까지 역적 아무개의 죄상을 준열하게 규탄하는 전보를 각지로 발송하던 상회商會와 구예교를 옹호하던 단체들도 이제 와서는 X사단장, X공公의 입성을 환영한다는 전문을 신문에 게재했다.

10여 명의 지방 유지들도 장 사령관이 하루 속히 입성하여 '성의 정사政事를 보살필 것'을 요청하는 공개 전문을 발표했다. 그 발기자는 펑러산馮樂山이었다.

"또 그 영감이로구나." 쥬에후이가 냉소했다.

"이제는 별일 없을 것 같군."

쥬에신은 안심하는 어조로 중얼거렸다. 그들은 이미 두 거리를 지나 세 번째 거리 어귀에 다다랐다.

그러나 앞에 있는 목책은 꽉 닫혀진 채였고 병사 두 명이 총을 들고 그곳을 지키고 있었다. 그들은 하는 수 없이 발길을 돌렸다. 그 옆에 있는 좁은 골목으로 빠져나가려고 했으나 좁은 골목을 지나 큰 거리로 들어서려고 할 때 다시 보초병에게 제지당했다.

"서라. 어디로 가는가?" 바짝 마른 병사가 험상궂게 물었다.

"XX거리에 있는 친척집에 갑니다." 쥬에신이 공손히 대답했다.

"못 간다! 가선 안 돼!"

이렇게 간단히 두 마디를 하고 병사는 입을 다물었다. 그는 자기 손에 든 총과 창검을 내려다보며 호기 있는 표정을 지어보였다. 그것은 마치 쥬에신 형제에게 '어디 내 말을 안 듣고 한 걸음만 떼었단 봐라! 이걸로 한 번이면 그만이다'라고 위협하는 듯했다.

그들은 묵묵히 발길을 돌릴 수밖에 없었다. 그 좁은 골목을 되돌아나와 다른 길로 돌아가려고 애를 썼으나 여전히 목적을 달성할 수 없었다.

그들은 하는 수 없이 집으로 돌아갈 작정을 했다. 돌아가는 길마

저 차단되었으면 어쩌나 하고 가슴을 두근거리면서 걸음을 재촉했다. 거리에는 행인이 드물었고 상점과 저택들도 문을 꽁꽁 닫아걸었다. 이 모든 것들이 그들의 공포심을 부채질했다. 보초선을 지날 때마다 가슴이 몹시 두근거렸다. 그러나 다행스럽게도 보초병들은 별다른 제지없이 그들을 통과시켰고 3형제는 집까지 무사히 돌아갈 수 있었다.

가족들은 거의 다 화원에 있었다. 그들은 바쁜 걸음으로 화원을 지나 우선 수각으로 갔다. 거기서는 할아버지와 고모네들이 거기서 마작을 하고 있었다.

'이런 형편에서도 마작을 할 생각이 날까?'

쥬에후이는 한심한 생각이 들었다. 그는 쥬에민이 그곳을 빠져나가는 것을 보고 자기도 나와버렸다. 쥬에신이 혼자 남아 할아버지 옆에 단정히 서서 거리에 나가 얻은 얻은 몇 가지 소식을 보고했다.

이 소식은 물론 할아버지와 다른 어른들에게 적지 않은 위안을 주었다. 장씨 부인만은 자기의 집이 어떻게 되었는지 알 수 없었기 때문에 여전히 마음을 놓지 못했다. 그러나 그것은 순간적인 걱정에 불과했다. 조금 후 좋은 마작 패 한 개를 떼어온 그녀는 집 생각을 그만 잊어버렸다.

쥬에신은 어른들과 몇 마디를 주고받다가 그들이 마작에 정신이 팔려 있는 것을 보고 그곳을 나와버렸다.

수각에서 나온 쥬에신은 혼자 목련 밑에서 한참 동안 멍하니 서 있었다. 어쩐지 무료한 생각이 들었다. 그 무엇을 갈망하는 듯하기도 했다. 자기가 바라는 것이 바로 눈앞에 있으나 자기의 것으로 만들 수 없다는 사실을 그는 잘 알고 있었다. 인생의 공허함을 느낀 그는 나무에 기대어서서 눈앞의 신록을 멍하니 바라보았다. 나무 위에서는 새들이 재잘거리고 있었다. 작은 새 두 마리가 가지 위에서 서로를 애무하는 바람에 새하얀 목련 꽃잎이 빗발처럼 그의 몸에 떨어졌다. 그러나 그것도 잠깐, 새 두 마리가 오른쪽으로 날아가는 것을 보면서 그는 새가 되어 광활한 푸른 하늘로 날아가지 못하는 자신의 처지를 못내 안타까워했다. 그는 자기의 몸을 굽어보았다. 꽃잎이 머리와 어깨에서 떨어졌고 가슴 위에도 한 조각이 붙어 있었다. 그는 두 손가락으로 꽃잎을 쥐어 가만히 떼어냈다. 꽃잎은 힘없이 땅에 떨어졌다.

앞에 있는 동산 뒤쪽에서 한 여자의 그림자가 나타났다. 여자는 버드나무 가지를 꺾어들고 천천히 거닐고 있었다. 그녀는 문득 고개를 들어 나무 밑에 서 있는 쥬에신을 보더니 걸음을 멈추고 그 자리에 섰다. 입술을 달싹이며 무슨 말을 할 듯하던 그녀는 결국 아무 말도 하지 않고 몸을 돌려 저편으로 걸어갔다. 하늘색 비단 겹저고리에 감청색 조끼를 입은 여자는 분명 메이였다.

쥬에신은 마치 냉수를 한 바가지 뒤집어쓴 것처럼 전신이 오싹해졌다. 그는 그녀가 어째서 자기를 피하는지 그 까닭을 물어보려고 뒤쫓아갔으나 그의 발걸음은 그다지 빠르지 못했다.

그는 동산 뒤로 돌아갔으나 화초들만 눈에 띌 뿐 그녀의 그림자는 보이지 않았다. 이상스러워 천천히 둘러보니 오른쪽에 있는 동산 틈

사이로 그녀의 감청색 조끼가 보였다. 그는 그곳으로 들어갔다. 앞에는 타원형으로 된 잔디밭이 있고 주위에 복숭아나무가 드문드문서 있었다. 그녀는 복숭아나무에 기대어 머리를 숙인 채 손바닥에 놓인 무엇인가를 만지작거리고 있었다.

"메이!" 그는 참을 수가 없어 그녀의 이름을 불렀다.

그녀는 고개를 들어 쥬에신을 바라보았다. 이번에는 피하려는 기색도 없이 낯선 사람을 대하듯 그를 물끄러미 바라보고만 있었다.

그녀의 앞으로 다가간 쥬에신은 흥분한 목소리로 말했다.

"왜 나를 피하는 거요?"

그녀는 말도 없이 고개를 다소곳이 숙이고 그녀의 손바닥에서 날개를 힘겹게 파닥거리고 있는, 다 죽어가는 나비만 쓰다듬었다.

"이제 나를 용서해주지 않으려오?"

그의 목소리는 고뇌에 젖어 있었다.

그녀는 고개를 들어 눈도 깜빡이지 않은 채 한참 동안 쥬에신을 바라보다가 담담한 어조로 겨우 한 마디 했다.

"오빠가 나에게 잘못한 거야 없지 않아요?"

"그 말은 나를 용서할 수 없다는 뜻이겠지…." 그가 비애에 찬 목소리로 말했다.

그녀가 미소를 지었다. 그러나 그것은 기쁨의 미소가 아니었다. 그녀의 눈빛이 차차 부드러워지더니 애무하듯 남자의 얼굴을 응시했다. 그러더니 그녀는 오른손으로 자신의 가슴을 가리키며 나직한 목소리로 말했다.

"오빠는 아직도 내 마음을 모르시는군요. 내가 지금까지 한 번이라도 오빠를 원망한 적이 있을라구요."

"그렇다면 왜 나를 피하는 거요? 그렇게 오랫동안 헤어졌다가 만난 처지에 말도 변변히 하지 않으니까 말이지! 생각해봐요! 내 속이 편안할 수 있겠소? 아직도 나를 원망한다고 생각하지 않을 수 있겠소?" 그는 간신히 이렇게 말했다.

메이는 고개를 숙이고 울음을 참느라 입술을 깨물었다. 그러자 이마의 주름살이 더욱 깊게 패였다.

"저는 오빠를 원망한 적이 없어요. 그렇지만 피차 과거의 일을 잊어버리기 위해서 될 수 있는 대로 서로를 만나지 않는 것이 좋을 것 같아요."

쥬에신은 그녀를 바라보기만 할 뿐 한동안 대답도 하지 못했다. 메이는 손에 들고 있던 나비를 가볍게 풀밭에 내려놓으면서 불쌍하다는 듯 말했다.

"가엾게도, 누가 너를 이 모양으로 만들어놓았는지 모르겠구나." 그녀는 무심결에 한 말이었으나 쥬에신에게는 다른 의미가 숨겨져 있는 듯 의미심장하게 들렸다. 그녀가 소근대듯 덧붙였다.

"오빠, 전 이만 가보겠어요. 마작하는 곳에 가봐야겠어요."

그녀는 수각 쪽으로 걸음을 떼었다. 고개를 들어 눈물에 젖은 눈으로 쪽진 메이의 뒷모습과 담청색 댕기를 바라보던 쥬에신은 그녀가 막 동산을 돌아가려 할 때 참다못해 그녀를 부르고 말았다.

"메이!"

그녀는 걸음을 멈추고 돌아서서 그가 따라오도록 산 아래서 기다렸다.

"오빠!"

그녀는 눈물 어린 눈을 들어 쥬에신을 바라보았다.

"나비 같은 걸 보고도 그렇게 가련해하면서… 그래, 나는 나비만큼도 불쌍하지 않단 말이오?"

쥬에신은 치미는 눈물을 참으며 나직이 말했다.

메이는 아무 말 없이 고개를 숙인 채 천천히 동산에 기대어섰다.

"내일이면 메이는 집으로 돌아갈 테지! 그렇게 되면 우리는 영원히 만날 기회가 없을 것 같아. 죽을 때까지 우리는 마치 딴 세상에서 사는 사람같이 되고 말 거요. 그런데도 이렇게 말 한 마디도 없이 묵묵히 헤어질 수 있겠소?"

쥬에신은 터져나오려는 울음을 억지로 참아가며 말했다.

메이는 여전히 대답 없이 숨소리만 가빠지고 있었다.

"메이! 내가 당신을 배반했소…. 나도 어쩔 수 없었소…. 결혼한 후부터… 나는 그만 당신을 잊어버리고 말았소…. 당신이 고통스러우리라는 것을 나는 생각조차도 안 했던 거요."

쥬에신의 목소리는 여전히 낮았고 급히 말을 하느라 말이 자꾸만 끊어졌다. 손에는 손수건이 쥐어져 있었으나 눈물을 닦으려고도 하지 않아 눈물이 두 볼로 흘러내렸다.

"그후 당신이 고통을 받고 있다는 소문을 들었고 그것이 내 탓이라는 것도 알게 되었소. 이런 생각을 할 때 나라고 마음이 편안했겠소? 봐요! 나도 고통을 받을 대로 받았소. 이래도 용서한다는 말 한 마디 못해주겠소?"

메이는 겨우 고개를 들었다. 그녀의 두 눈은 눈물로 빛나고 있었다. 지금까지 참고 있던 울음이 기어이 터지고 말았다.

"오빠! 나는 지금 가슴이 답답해서… 무슨 말부터 하면 좋을지 모르겠어요."

메이는 간신히 이렇게 말하고는 한 손으로 가슴을 누르며 연거푸 기침을 했다.

그는 메이가 이처럼 괴로워하는 것을 보자 후회와 연민에 사로잡혔다. 그는 그녀에게 다가가서 손수건으로 그녀의 눈물을 닦아주었다.

메이는 처음에는 가만히 있더니 얼마 후 돌연 그를 밀어내고 고통스럽게 몸부림치며 말했다.

"이렇게 가까이 오지 마세요. 공연한 의심을 사지 않도록 조심하셔야 해요." 그녀는 그곳을 떠나려는 듯 돌아섰다.

"이제 와서 무슨 오해를 사겠소? 나는 벌써 아이까지 있는 사람인데…. 그렇지만 내가 공연한 말을 한 것 같소. 근심이 사람을 해친다는 말도 있듯이 병이 나지 않도록 조심하오."

쥬에신은 메이의 손을 잡아당기며 말을 이었다.

"얼굴이 이 모양이 되어서야 어떻게 사람들 앞으로 나가겠소?"

이 순간 쥬에신은 자기의 비애 같은 건 잊은 채 오로지 메이의 일만 생각했으며 오직 그녀의 운명을 위해 슬퍼할 따름이었다.

메이는 겨우 울음을 그치고 그의 손수건을 받아 눈물을 깨끗이 닦은 후 돌려주며 서글픈 어조로 말했다.

"지난 몇 해 동안 나는 언제나 오빠 생각만 했어요. 오빠는 내가 고모님 댁에서 오빠의 뒷모습을 몰래 바라보며 얼마나 위안을 얻었는지 모르실 거예요. 여기 돌아온 후에도 오빠를 만나보려는 생각은 많이 했지만 그러면서도 만나기가 두려웠어요. 그날 '신발상' 상점에서 오빠를 피하고 말았지만 집에 돌아가서 얼마나 후회했는지 몰라요. 나 자신도 어쩔 수가 없었어요. 내게는 어머니가 계시고 오빠에게는 큰올케가 계시잖아요. 큰올케는 참 좋은 분이시더군요. 나는 큰올케가 좋아요. 나 때문에 오빠가 지난 일들을 회상하고 슬퍼하는 걸 원치 않아요. 나 자신은 상관없어요. 내 인생은 아무래도 상관없으니까요. 그렇지만 오빠에게까지 고통을 주고 싶지는 않고 큰올케에게 괴로움을 끼치고 싶지도 않아요. 어머니는 내가 무슨 생각을 하는지 모르시니까 무슨 일이나 자기 생각대로 짐작하고 내 슬픔은 조금도 몰라주시는 거예요. 이렇게 살아갈 바엔 차라리 일찌감치 죽는 편이 나을 것 같아요."

메이는 말을 마치며 긴 한숨을 내쉬었다.

쥬에신은 묵묵히 자기의 가슴을 손으로 눌렀다. 그는 가슴이 몹시 쓰라렸다. 두 사람은 서로 물끄러미 바라보고 있었다. 한참 후 그는 서글픈 미소를 띠고 잔디밭을 가리키면서 말했다.

"예전에 우리가 이 위에서 뒹굴며 놀던 일이 생각나지 않소? 내가 손가락을 벌레에게 물리자 메이가 달려와서 상처를 빨아주었지. 또 저 풀밭 속에서 나비도 잡고 봉선화 꽃씨를 받기도 했었지! 지금도 이 모든 것은 그때와 같건만…. 또 언젠가 한번은 월식이 들었는데 우리는 달님을 대신해서 벌을 받는답시고 걸상을 짊어지고 온 마당을 돌아다녔지…. 이런 일들이 생각나오? 우리 집에서 메이가 우리와 같이 공부하던 때 기름등잔을 두고 마주앉아 얼마나 많은 꿈을 꾸었소! 생각해보면 그땐 정말 재미있었지! 그때는 어디 오늘처럼 되리라고 꿈에나 생각했었소!"

그는 꿈속을 헤매듯 당시의 추억에 잠겨 있었다.

"나도 지금은 추억 속에서 살고 있어요." 메이는 여전히 낮은 목소리로 말했다.

"추억도 때로는 다른 생각을 잊어버리게 해요. 나는 정말 아무 구속도 근심도 없던 그 시절로 돌아가고 싶어서 못 견딜 지경이에요. 그렇지만 유감스럽게도 세월이라는 건 거꾸로 흐를 수 없는 거니까… 오빠! 오빠는 건강에 주의하셔야 해요."

그녀의 말이 끝나기도 전에 근처에서 인기척이 나더니 수화의 목소리가 들렸다.

"언니! 우리는 여태껏 언니를 찾아다녔어요! 여기 숨어 있는 줄도 모르고…."

메이는 쥬에신과 거리를 좀 멀리 하느라고 얼른 뒤로 한 걸음 물러났다. 달려온 것은 친과 수잉과 수화 셋이었다. 그들은 메이의 앞으로 바짝 다가왔다. 메이의 얼굴을 본 수화는 일부러 놀라는 체하며 웃음 띤 어조로 말했다.

"언니, 왜 이렇게 됐어요? 큰오빠가 못살게 굴어서 그러세요? 얼마나 울었길래 눈이 저렇게 부었을까?"

수화는 이번에는 쥬에신의 얼굴을 들여다보았다. 쥬에신은 눈물 자국을 감추려고 애썼으나 그만 들키고 말았다.

"저런! 오빠도 울었어요? 오랫동안 헤어졌다가 만났으니 반가워하셔야지. 왜 이런데 숨어서 서로 마주보며 울고만 계셔요?"

메이는 얼굴을 붉히며 고개를 떨구었다. 쥬에신도 머리를 돌려 다른 곳을 보면서 애매하게 변명했다.

"눈이 아파서 그런다."

이 말을 듣자 이번에는 수잉이 한몫 끼어들었다.

"이상한 일이네요. 어쩌면 그 눈이 여느 때는 아프지 않다가 하필 메이 언니가 왔을 때 아팠을까?"

옆에 섰던 친이 수잉의 말을 멈추게 하려고 옷소매를 잡아당겼다. 우이쥬에가 하이천의 손을 잡고 걸어오고 있었기 때문이었다. 그러나 수잉은 단숨에 이 말을 해버렸다. 그녀가 눈치를 알아차렸을 때는 이미 때가 늦었다.

수잉의 말을 들은 데다 두 사람의 모습을 본 우이쥬에는 약간 의심이 생겼다. 그러나 그녀는 아무 말 없이 웃는 얼굴로 하이천을 쥬에신에게 맡기고 메이에게 갔다.

"메이 아가씨! 너무 괴로워하지 말고 나랑 바람이나 쏘이러 가요. 마음을 좀 편히 가지셔야지요."

그녀는 이렇게 말하며 다정하게 메이를 부축해서 동산 모퉁이를 돌아갔다. 수잉과 수화도 그들의 뒤를 따라가려다가 친에게 제지당했다.

"따라가지 말자. 두 분이 가만히 할 이야기가 있는 모양이니까. 큰올케와 메이 언니는 사이가 아주 좋은 것 같아! 큰올케는 언니가 마음에 드는 모양이야."

수잉과 수화에게 던진 이 말은 실은 쥬에신에게 들으라고 한 말이었다.

(2권에서 계속)

박난영朴蘭英

전북 김제에서 태어났다. 고려대학교 문과대학 중어중문학과를 졸업하고 동대학교에서 석 · 박사 학위를 취득했다. 홍콩 중문대학 아시아 과정 수료, 미국 메릴랜드 대학 동아시아학부 방문학자를 거쳐 현재 수원대학교 인문대학 동양어문학부 부교수로 재직 중이다. 저서로《혁명과 문학의 경계에 선 아나키스트 바진》, 역서로《한 여자의 전쟁》이 있다.

가家

첫판 1쇄 펴낸날 2006년 10월 17일

지은이 | 바진
옮긴이 | 박난영
펴낸이 | 지평님
기획 · 마케팅 | 김재균
편집 | 김정희
본문 조판 | 성인기획 (02)360-4567
필름 출력 | 삼화전산 (02)2263-2651
종이 공급 | 화인페이퍼 (02)3275-0526
인쇄 · 제본 | 한영문화사 (031)903-1101

펴낸곳 | 황소자리 출판사
출판등록 | 2003년 7월 4일 제2003-123호
주소 | 서울시 종로구 누상동 10 웰빙하우스 101호 (110-041)
대표전화 | (02)720-7542 팩시밀리 (02)723-5467
E-mail : candide1968@hanmail.net

ⓒ 황소자리, 2006

ISBN 89-91508-26-1 04820
      89-91508-24-3 (전 2권)

* 잘못된 책은 교환해드립니다.
* 이 책의 반품 기한은 2009년 10월 16일까지입니다.